クオン インタビューシリーズ 04

韓国ドラマを深く面白くする 22人の脚本家たち

「梨泰院クラス」から「私の解放日誌」まで

"21"もドラマだ。

ファン・イェラン
『ハンギョレ21』編集長

> 母が言った。「人生は裏切りの連続だ」と。人生は礼儀知らずで、いちいち予告なんかしてこない。どんな人でも、誰であっても、人生には裏切られるものだと。だから悔しがる必要なんかないんだって。母はこうも言った。「だから大したことないんだから」と。
>
> ——「彼らが生きる世界」

　詩人チェ・スンジャの詩「三十歳」の一節に、「こんなふうに生きられるわけもなく、こんなふうに死ねるわけもない」と詠まれた30歳。私も、ノ・ヒギョンさんが書いた台詞を噛み締めながら、息の詰まる毎日に耐え、荒れ狂う心の波を沈めたものだ。彼女の描くドラマの世界には「体中の全神経を研ぎ澄ませてこそ」可能な愛や、「初めての人生だからこそ不器用な」人たちが息づいていて、彼らを見るだけでも私の心のなぐさめとなった。

> 写真を見ると悲しくなる。写真の中の私は屈託なく笑っていて、ああ、私はこの頃、幸せだったんだなあって勘違いさせられるから。
>
> ——「恋愛時代」

　パク・ヨンソンさんが紡ぐ「恋愛時代」のウノは、30代の私の姿でもあった。また、パク・バラさんの「シュルプ」で、息子が性的マイノリティであることを知って「母親だからこそ息子と向き合うのだ」というファリョンの姿は、そのまま40代の私の姿だった。
　ドラマや映画の脚本集は、近年、出せば必ず出版市場をにぎわせるベストセラー確約商品である。加えて、劇中に効果的に登場する詩集も脚光を浴

びる。 かくいう私も、シン・ハウンさんの「海街チャチャチャ」で、ドゥシク がヘジンに読み聞かせる詩集『エコーの肖像』(キム・ヘスク著) に胸を打たれ、 即購入したひとりなのだが……。 とにかく、こうした現象が意味するのは、 それほどまでに"文章"でドラマを記憶する人たちが増えているということ にほかならない。

　我々『ハンギョレ21』誌は、さっそくドラマ脚本家とのインタビュー企画 に着手した。 小誌が過去に発行した、小説家21人へのインタビューをまと めた『21 WRITERS ①』(2020年8月／1326・1327合併号)、文学以外の分野の作 家21人にインタビューした『21 WRITERS ②』(2022年3月／1405・1406合併号) に続く、3度目の"執筆者"特集号である。 特に今回は (姉妹誌である)『シ ネ21』誌とのコラボレーションだ。 また、ハンギョレのエンタメチームから、 ナム・ジウン、キム・ヒョシルの両記者も合流してくれた。 おかげで、総勢 22名の素晴らしいドラマ脚本家へのインタビューが実現することとなった。 残念ながらスケジュールの都合や、過酷な新作執筆作業による体調不良な どで取材が叶わなかった脚本家のみなさんには、ぜひ次回『21 WRITERS ④』 でお目にかかれることを期待している。

　創刊30周年を目前に控えた (※原書は2023年に刊行された)『ハンギョレ21』と、 脚本家の思いには相通じるものがあった。 まさに"이야기(ストーリー)"で ある。「雑談をするのも、日記を書くのも、記事を書くのもすべて"イヤギ"」 (キム・ボトンさん談)であり、説得するために私たちができることとは、「と にかく書くこと、(中略)支持してくれる人を少しずつ増やすこと」(キム・ス ジンさん談)だけなのだから。 ストーリーは「いちばん得意なこと」であり 「すべて」(ソンチョイ談) でもある。 彼ら同様、『ハンギョレ21』誌も、これ からも「時代のかゆいところに手が届く、孫の手みたいなストーリー」(パク・ ジェボムさん談) を発信し続けていく――。

『ハンギョレ21』
時事週刊誌。国民の知る権利を求め、国民が株式を持ち合 う新聞として1988年に創刊された「ハンギョレ新聞」を発 行するハンギョレ新聞社が、1994年に創刊。政治、経済、社 会、文化、国際ニュースなど多様なトピックを掲載している。

プロローグ
22人のドラマ脚本家に出会った。

イ・ジュヒョン
『シネ21』編集長

「こうなったら"三顧の礼"の姿勢で交渉するしかない！ 一度や二度の
NGなんかにめげず説得し続けなきゃ」。 相次ぐ取材NGの連絡に若干の危
機意識が押し寄せてきた頃だっただろうか。 ドラマ脚本家のインタビュー
のみの特別号を作るという、悲壮な覚悟を記者たちにもなんとか伝えようと、
ついに劉備玄徳まで動員してしまった。 私、そうとう追い込まれてるみたい。

「アポ取れた？」「回答待ちです」「結局ダメでした (泣)」「それって最終決定？」
「はい。 新作のスケジュールがタイトで時間がとれないそうです」

『ハンギョレ21』誌のファン・イェラン編集長と逐一交わしてきた会話は、
まさに「一難去ってまた一難」。「一緒にドラマ脚本家の特集号を作らないか」
と『ハンギョレ21』誌から提案があったのは、2022年の10月頃だった。『ハ
ンギョレ21』はそれ以前に2度、インタビュー特集号を発行しており、3度
目となるドラマ脚本家号には我々『シネ21』も合流するのがいいだろうとい
う話だった。実に面白そうだと思った。21人の脚本家へのインタビューも、『ハ
ンギョレ21』とのコラボレーションも。しかし、閑散期というのがこれといっ
てない週刊誌記者たちの状況は、それが時事週刊誌だろうが映画専門誌だ
ろうが変わりはしない。本格的な打ち合わせは結局、年明けに持ち越しとなっ
た。

　掲載する脚本家の選定基準は、キャリアの長短を問わず、現在精力的に
活動している「視聴者に愛されているドラマの脚本家」であることに決めた。
よって、視聴率だけや嗜好だけで決めるわけにもいかず、選定は困難を極めた。
それでも掲載された22人のラインナップを見るとバランスも十分で、これ

なら読者諸兄姉にも納得してもらえるのではないだろうか。

　ところで、なぜ21人ではなく22人になったのかについて、ここで説明しておかなければなるまい。当初、21人を目標に取材交渉を始めたわけだが、最終デッドラインに設定していたその日、ついに21人目の方からOKが出た。ヤッホー！　やった、解放された！　そんな歓喜の翌日、ヤン・ヒスンさんから「パク・ヘヨンさんに交渉したらOKが出た」との知らせが飛び込んできたのである（さすが"イルタ"は違う）！　こうなったら「21」という数字をあきらめてでもパク・ヘヨンさんのインタビューを掲載したい。それで最終的に「22人」になったというわけだ。もちろん、さまざまな事情から今回インタビューが実現しなかった脚本家の方々には、ぜひ本書の第二弾というかたちでお目にかかれればと思う（「こんな大掛かりな特集が二度もできるわけないだろう」という外野の声は聞こえないふり……）。

　こうしてできあがったインタビュー集には、ドラマ好きの人だけでなく、ドラマ脚本家を目指している人、小説家を目指している人、何かしらの物書きに憧れている人まで、あらゆる人たちにとって大変有益な話がたっぷりと盛り込まれている。プロの脚本家たちの世界を垣間見ることのできる資料性も極めて高い。彼らの話のなんと興味深いことか。

　本書のためにインタビューに応じてくださった22人の脚本家のみなさん、取材交渉をサポートしてくださったすべてのみなさんに、心からの謝意を表明する。

『シネ21』
ハンギョレ新聞社が1995年に創刊した映画専門誌。『ハンギョレ21』と姉妹誌という位置づけ。国内随一の映画専門誌として愛読され、その年の映画と関係者を選定する「シネ21映画賞」や国内のドラマと関係者を選ぶ「シネ21今年のシリーズ」を開催している。

本書は2023年3月に韓国で刊行されたインタビュー集『DRAMA WRITERS』
(『ハンギョレ21』『シネ21』2誌同時刊行) の日本語版です。 記載されている内
容は刊行当時のものです。 ただし日本語版刊行にあたりフィルモグラフィに
は2024年6月1日時点での最新情報を追加しました。 日本で放送・配信・出版さ
れている作品は邦題を、その他の作品は原題の日本語訳を記載しています。

チョ・グァンジン

「梨泰院クラス」

恐れることなく
挑み続けるタフガイ、
パク・セロイのように

Drama

2020年「梨泰院クラス」
準備中「マエストロ」(仮題)

Cinema

2020年『カブリオレ』

Webtoon

2013年『彼女の水槽』
2014年『ジェイへ』
2015年『フォーミニット』(作のみ)
2015年『偉大なる女主人』
2016年『六本木クラス〜信念を貫いた一発逆転物語〜』
2016年『絶対的な彼女』(作のみ)
2018年『リンクBOY』(作のみ)
連載中『存在』
連載中『ホリデイ』

TEXT:パク・ギヨン〈ハンギョレ21〉記者　PHOTO:キム・ジンス〈ハンギョレ21〉記者

2020年1月31日、JTBCで放送が始まったドラマ「梨泰院クラス」は、まさに大ヒットだった。5.0％でスタートした視聴率は2週間後には10％に急上昇。以降、回を追うごとに記録を更新し、最終回の第16話は全国16.5％、首都圏18.3％という好成績で有終の美を飾った（ニールセンコリア調べ、有料世帯基準）。その記録は「SKYキャッスル〜上流階級の妻たち〜」が前年にたたき出した非地上波チャンネルでの歴代最高視聴率に続く快挙だった。また、オンライン上での注目度を数値化した話題性指数でも、総合およびドラマ部門で4週連続1位を記録（グッドデータコーポレーション調べ、地上波・総合編成チャンネル・ケーブルテレビを含む）。ドラマに言及した当時の記事には「勢い止まらず」「驚異的」「大ブレイク！」といった言葉が踊り、主人公のパク・セロイ役を演じたパク・ソジュンに対しても「第二の全盛期を迎えた」と賛辞が贈られた。2022年には日本でも「六本木クラス」というタイトルでドラマがリメイクされている。

　ドラマの原作であるウェブ漫画もメガヒットだった。カカオページ※1の「スーパーウェブトゥーンプロジェクト」第一弾として発表され、連載当時（2017〜18年）の有料売上第1位、総閲覧数2億2千万ビュー、平均評価は10点満点中9.7点。なんとドラマ放送直後には、総閲覧数が3億6千万ビューを超えた。

　原作者でドラマ脚本の執筆まで手掛けたチョ・グァンジンさんが生み出す台詞は、大胆かつ重厚だ。彼自身もパク・セロイのように新しい挑戦に臆することなく前進する。「梨泰院クラス」の脚本執筆のオファーを承諾したのも、ウェブ漫画の原作者が脚本を書いた前例がなかったからだという。「梨泰院クラス」のキャッチコピーは《根性と血の気に満ちた若者が、理不尽な世の中で巻き起こすヒップな反乱》だが、似たような気概がチョさんからもうかがえる。ソウル市上岩洞にあるスタジオ「マパラム」で彼に会った。入口には「梨泰院クラス」の大きなポスターが掛けてあり、壁の本棚にぎっ

※1　韓国のインターネットサービス大手「カカオ」が提供する総合プラットフォーム。ウェブ漫画のほか、ウェブ小説や電子書籍を扱う。カカオウェブトゥーンとは別サービス

しりと漫画が並んでいた。 会議用テーブルは卓球台というユニークさ。「少し前に頭を剃り上げた」からと、写真は帽子を被って撮ることにした。

酒の味はどうだ？
それは今日が印象的だった証拠だ。
苦い夜が……俺の人生が……甘くなればいいと思った。
――「梨泰院クラス」

――ドラマ「梨泰院クラス」は台詞が印象的でした。 もっとも愛着のある、ご自身から見てもこれはと思うものがあれば、教えてください。

　思い入れのある台詞は、《酒の味はどうだ？》ですね。 僕が大学1年のときの誕生日の話ですが、地方で山の上に囲いを作る肉体労働をしていたんですよ。 携帯電話の電波すら入らないようなところで、仕事はきつい。 仕事が終わるとトラックの荷台に乗って山を下りるんですが、あたりが夕焼けに染まるなか、車が携帯電話の電波圏内に入った途端に、誕生日を祝うメッセージが一斉に飛び込んできたんです。 これには感動しましたね。 一刻も早く友達と遊びに行きたかったんですが、ふだんはケチな所長が「肉と酒をおごってやる」と言うんですよ。 僕は酒が得意じゃないけど、最初の一杯は断らないというのがマイルールで、当然その日も飲んだわけです。 そしたら、いつもは苦いだけの焼酎がなぜか甘くって。 その日は僕にとってすべてが本当に印象的でした。 そんな出来事から、《酒の味はどうだ？》《それは今日が印象的だった証拠だ》という台詞が書けたんです。

――同じ台詞でドラマが終わりますよね。

　はい。 だから余計に思い入れがあります。 最後のシーンで酒の味を聞

01 ──チョ・グァンジン── 조광진

かれたパク・セロイは、何も言わずに微笑み返すだけなのですが、ここはけっこう悩みましたね。「甘いです」と答えさせようかとも思ったけど、笑顔だけにしたのは、我ながらいい判断でした。

——《信念の代価を払わなくていい、そんな生き方をしたいです》という台詞も印象的でしたが、言葉選びに苦労されたのではないでしょうか?

　信念を貫くと、必ずそのしわ寄せがくる。 周囲の顔色をうかがったり、思うままに発言できなくなったり……そういうことを書きたかったんです。この台詞を含む一連の台詞は、文脈が少しすっきりせず残念な部分もあったんですが、シンプルにするのが意外と難しくて……。 まあ、パク・セロイがふだんから考えていることを口にする場面なので、多少不自然だったり文法がおかしかったりするほうが、むしろリアルかなと自分を納得させたんですけどね (笑)。

人は誰でも過ちを犯すの。
でも、責任をとることは誰にでもできることじゃない。
勇気のある人だけができるのよ。

——「梨泰院クラス」

　「梨泰院クラス」の主人公パク・セロイとは、こんな人物だ。 どん底まで落ちても這い上がり、鮮やかに表舞台に返り咲く。 前科者という烙印をものともせず、10年をかけて巨大な権力に復讐を果たす……。 そんなセロイの姿に視聴者や読者もカタルシスを得るのだ。 フリードリヒ・ニーチェの言葉が頭に浮かぶ。《死なない程度の試練は、私をよりいっそう強くしてくれる》。「セロイのように生きてほしい」と親から子に視聴を勧めることも

「梨泰院クラス」 写真提供:JTBC

あるそうだ。 パク・セロイという人物を作り上げたチョさんにも、似たよう
な経験がある。 願いを叶えるために、自分の限界を試した経験だ。

──20代の頃は、職を転々としながらコンクールに応募する生活が6〜7
年続いたそうですが、借金にも追われる状況から漫画家デビューに至った
経緯は?

作業部屋を借りる費用を貯めるために、半年くらい工場で働いていたんです。
そこは給料がよくて、月300万ウォンくらいもらえて。 それでお金が少し
貯まった頃に、ローンで車を買ったんです。 同僚たちからは「おめでとう。
今度乗せてくれ」と言われたんですが、ある先輩だけは反応が違いました。
「グァンジン、俺は思うことがある」と言うので「何ですか?」と聞いたら、
先輩はこう言ったんです。「おまえがここで働く理由が、作業部屋を借りる

カネを貯めるためだと聞いたとき、夢があっていいなと思ったんだ。おれだって、おまえと長く一緒に働けたらうれしいよ。でも車のローン返済のために働き続けてたら、最初に計画していたことができなくなるんじゃないのか?」って。とっさに「大丈夫ですよ〜」と答えてしまったんですけど、あとで仕事中に思いっきり考えるわけです。先輩の言葉が頭の中をぐるぐる回る感じで。工場の仕事をしながら返済を続けたら、完済するのは30歳すぎになるだろう。その頃も僕は漫画を描いていられるだろうか。コンクールに応募できているだろうか。挑戦すべき時は今なんじゃないだろうか。そんなことを考えていて気がついたんです。「僕は大きなミスをしたんだな」と。その工場は本当に忙しい職場でしてね。人手不足で、あまり休みもとれなくて。だから僕が辞めると言ったときも、ずいぶん引き留められました。でも、先輩に「仕事を辞めようと思います」と伝えたら、「わかった。今すぐ辞めろ」と言って送り出してくれたんです。

──人生を変えてくれる方に出会ったんですね。

　ええ。お名前だって忘れもしません。イ・ジョンギルさんです。とにかく、そういう経緯で創作活動に専念しはじめたんですが、勢いで仕事を辞めたもんだからローン返済もままならない状況で。そんなときに、コンクールの募集案内がひとつ出たんですよ。締め切りは3カ月後、賞金は1千万ウォン。よし、これに懸けて全力で準備をしようと決めたんです。あち

こちからキャッシングして車も担保に入れ、それで生活費を工面して準備して。 でも結果は落選。 その頃から借金の督促が来るようになりました。 人は窮地に追い込まれると少しおかしくなるみたいです。 宝くじを大量に買ってみたりとか……。 もともとは、落選したらすべてをあきらめて、とにかく借金の返済に集中するつもりでした。 でも、人生で初めて3カ月も漫画の執筆だけに打ち込んでみたら、少し勘がついてきたんです。 漫画というものの描き方がわかったというか。 それで、あと半年だけ粘ってみようと決めて地方へ引っ越しました。 日に何度も来ていた借金の督促も、電話代が払えなくなったことを機に来なくなりましたね。 そんなこんなで、僕はデビューに漕ぎつけたわけです。

確かな目標をもったヤツは必ず成長する。

——「梨泰院クラス」

　レジンコミックス※2での『彼女の水槽』の連載を機に、チョさんは漫画家として正式にデビューする。"漁場管理"（男女間で異性をキープすることを指す）という言葉の流行中に、真っ先にそれを題材にした戦略が当たったのだ。 彼は2話まで連載した時点で契約の提案を受けた。 レジンコミックスは韓国内に有料ウェブ漫画市場を作ったパイオニアで、アマチュアがサイトにアップした作品のなかから「売れる」と判断した漫画家と月30万ウォンの最低収入保証で契約を結ぶ。 その先は閲覧数にしたがって収益を分配していくというシステムだ。チョさんは契約時、安定した収入を得るにはいったい何人が自分のウェブ漫画を読めばいいのかと心配したそうだが、ふたを開けてみると大ヒット。初月の精算額は400万ウォン程度で、レジンコミッ

※2　韓国発のウェブ漫画プラットフォームのひとつ

クス側には別途、月３千万〜４千万ウォンの広告収入が入った。『彼女の水槽』はその年の総閲覧数１位にも輝き、借金はあっという間に完済。 ここから、チョさんの人生の逆転劇が始まった。

パク・セロイのキャラクターは 「頼もしい」母親がヒントに

　中学３年生のときから漫画家を夢見ていたチョさん。『SLAM DUNK』『NARUTO―ナルト―』『ONE PIECE』を読みながら夢をふくらませ、高校生になると漫画雑誌への投稿も始めた。デビューが2013年、25歳のときなので、夢をかなえるまで９年かかったことになる。 チョさんの実家は1997年の韓国通貨危機（IMF危機）のあおりを受け、京畿道議政府から母の出身地である全羅北道の南原への移住を余儀なくされた。炊事や暖房に裏山で切り出してきた木を使う、都会とは大きく異なる生活スタイル。 幼かったチョさんにとっては、農作業をしたり芋を焼いて食べたりした楽しい思い出の地だが、

当時のご両親の苦労は計り知れない。そんな苦しい状況下でも、チョさんは貧しさを感じず夢を見ながら成長することができた。「梨泰院クラス」のパク・セロイのキャラクターは、チョさんの「頼もしい」母親に着想を得たという。

——なぜ漫画だったのですか？

　本当にいいコンテンツを見ると、鳥肌が立つじゃないですか。僕がそれを初めて経験したのが漫画でした。初めて涙を流したのも漫画。素晴らしい、人をこんな気分させられるんだ、それなら僕も漫画を描いてみたい、と思ったんです。

——ご両親は反対しませんでしたか？

　当時、漫画家は稼げる職業ではありませんでしたが、それでも両親は大きく反対しませんでしたね。一人息子の僕を甘やかさず、それでいて貧しさも感じさせずに育ててくれたんです。『梨泰院クラス』のタイトルは、最初『おきあがりこぼし』か、同じ意味のロシア語の『ロリーポリー』を想定していました。母がそういう人なんです。倒れても起き上がる。幼い頃にそんな母の姿を見て育ったことが、僕の人生に大きく影響しているようです。

　　　おれの価値をおまえが決めるな。おれの人生はこれからだ。
　　　おれは自分の望みをすべてかなえてやる。

　　　　　　　　　　　　　　　　　　　　　　　　　　——「梨泰院クラス」

——「梨泰院クラス」以前には、ウェブ漫画の原作者がドラマの脚本を書くことはなかったそうですね。

　キム・ソンユン監督が、僕が台詞を上手に書くと言ってくださって。漫

画を読んでそう思ったらしく、「このままドラマにしても問題ない。 だから
脚本も書いてみないか」と。 脚本を書いたこともなければ書き方を学んだ
こともなかったので戸惑いましたが、やってみることにしました。 監督は
僕と同じく冒険が好きなのでしょう。 だから僕らは仲がいいんですよ、今
でも (笑)。

──ウェブ漫画に比べると、ドラマの現場はチームワークがより重要になる
と思いますが、その点はどうでしたか?

　　コミュニケーションのとり方に少し戸惑いましたね。 ドラマの現場には
舵取りをする人が2人います。 脚本家と演出家。 この2人の距離感が近
いほど、そして思い描く構図や世界観が近いほど作品はよくなるんです。ウェ
ブ漫画だけ描いていたときは、コミュニケーションの必要性を感じていま
せんでした。 しかし実際にドラマの現場で俳優やスタッフと会話を重ねて
みると、僕には解釈がひとつしかないと思っていたシーンでも、俳優には
俳優なりの、演出家には演出家なりの解釈があるんですよ。それが不思議で、
楽しく、戸惑った部分でもありますね。

──ほかのインタビューで「ドラマが進んでいくにつれて、俳優のキャラク
ターへの理解度が自分より高いと感じた」とおっしゃっていましたね。

「梨泰院クラス」のとき、ドンヒさん (チャン・グンス役のキム・ドンヒ) か
ら夜中に電話がかかってきて、長いこと話し込みました。 彼はグンスが生
まれてからこれまでのヒストリーを考えてみたそうで、僕に「このとき、グ
ンスはこんな感情だったと思うんですが、合ってますか?」と、ひとつひと
つ聞くんです。 いやあ、鳥肌が立ちましたよ。 僕はそこまでの設定を考え
ていなかったのに、彼はキャラクターを理解しようとそんなところまで掘り
下げたのかと。 彼からは、大切なことを学ばせてもらったし、衝撃を受けま
したね。

──今、新しいドラマを準備されていますが、「梨泰院クラス」のように原作

がある場合とそうでない場合とで違いはありますか？

「梨泰院クラス」は台本執筆作業だけで1年ちょっとかかりましたが、新しく書く場合はもっと大変ですね。企画プロデューサーと毎週、僕が書いた台本を基に会議をするんですが、もう4回、修正稿を見せました。書きはじめてからはすでに1年以上経っています。チームのほうが作業しやすいと思うかもしれませんが、面白いアイディアが浮かばなければひとりのときより苦しいんですよ。アイディアが出せない脚本家は罪人同然ですから。

今だけ！　今回だけ！　最後に1回だけ！
その瞬間は楽になるだろう。
でもな、その1回の繰り返しで人は変わってしまうんだ。

——「梨泰院クラス」

　作家とは物語を紡ぎ出す人のこと。人の心を動かし、感動を与える物語を探すことが仕事だ。作家にとっては日常のまわりにあるすべてが物語の素材となる。チョさんの場合も大きく変わらない。

——インスピレーションはどこから得て、資料やアイディアの収集と整理はどんなふうにしていますか？

　インスピレーションは日々の生活から得ていますね。だから、いろんな経験ができる場が好きです。僕自身は下戸ですけど、酒の席は最後まで参加して酔っ払った人たちを見て楽しむんです。酔うと急に本音を話し出す人もいたりして。そんな人の話を聞くことが好きだし、僕にはすべてが物語の種となります。ヤバそうな人やすごくカッコいい人も、興味深く観察

してキャラクターを自分の中にストックするんです。いい言葉をふいに耳にしたときなんかは、音声メッセージで自分宛てに送信します。名台詞なら「名台詞」と言ったあと、しゃべって送るんです。そうすれば、あとで「名台詞」で検索してすぐ確認することができますから。

——最近はどんな名台詞がありましたか？

「なぜおっさんは親の死に目を前にしても泣かないのか。泣くことができなかったのだ。資格がなくて」。こんな言葉でした。次の企画が「おっさん」なんです。僕も昔はスリムでしたが、あるときから急におなかが出てきました。全体的に体がむくむし、膝も痛い。急におっさん化したわけですが、こういうのが面白いし不思議に思えるんですよ。企画を煮詰める作業はほぼ終わって、第2話まで絵コンテを作りました。今はMZ世代[※3]との対話だとか、間に挟むエピソードも集めていますね。

——準備中の作品への意見や評価はどのようにして集めていますか？

フィードバックをくれるモニターは大部分が知人で、メンバーを僕の非公開サイトに招待しています。サイトには公開前のマンガや企画案がアップしてあって閲覧できるようになっています。今は50〜60人くらいいるかな。昔は攻撃的に批判してくる人もいましたが、最近はみんな配慮してくれますね。厳しい意見を言うときも慎重に言葉を選ぶんです。万が一、誠実な対応をしてくれない人だと思った場合には、メンバーから抜けてもらっています（笑）。

——ドラマや映画にまで活動の場を広げた今、漫画家としてデビューした頃とどんな違いがありますか？

デビューしたばかりの頃は、自由に好きな物語を作れて制約がありませんでした。今はむしろ制約だらけだと思います。文章や物語の書き方というのが少しわかってきたからでしょうね。以前はただ没頭して、構成なども気にせず書いていたんです。でも今は、これじゃ全体のバランスが

※3　1980年代〜1990年代ばに生まれた「ミレニアル世代」と、その後の2010年代前半までに生まれた「Z世代」をまとめた世代区分。おおまかに20代〜30代前半の若者を指すことが多い

悪い、構成が変だ、キャラクターに一貫性がないなど、いろんなことが気になってしまうんですよね。『梨泰院クラス』や『彼女の水槽』の頃は、勢いで描けていたんですが、今はこうした薄っぺらな知識のせいで、自ら制約をかけてしまうようです。

——物語を作って視聴者や読者に届けることは、チョさんにとってどのような意味がありますか?

　『梨泰院クラス』のときは、ある種の価値観をみなさんと共有したかった。ただ、振り返ってみると、ちょっと説教くさい作品だったかなとも思います。先日見直してみたら、「こんなふうに生きろ」という押しつけがましさを感じてしまって。いいとされる生き方があっても、みんながそう生きられるわけではないのに……。説教じみた作品のよさもあるとは思いますが、最近は少し変わりました。楽しい物語を作りたいし、多くの人に観て、読んでもらえたらうれしいなと。人の心が動くことを感動といいますよね。そんな感動を与えられる作品が面白い物語なのだと思います。

——後輩の漫画家・脚本家志望生にアドバイスをするとしたら、どんな話をしますか?

　作品の企画をしているとわかるんですが、やはり目標を明確にすることが大切ですよね。誰でも最初は自分の作った物語が面白いと思うから、漫画家や脚本家を目指すんでしょう。でも、漫画を連載したいだけなのか、それともお金を稼ぎたいのかなど、目標によって進むべき経路が違うんです。だから目標が明確になれば、それだけ達成率も高くなる。それと、ウェブ漫画サイトなどのプラットフォームで、どんな作品が求められているかも調べるべきですね。すでにそのプラットフォームに恋愛ものがあふれているなら、よっぽどじゃないと恋愛ものは求められないでしょうしね。

　チョさんの主な作業時間は深夜だ。それも明け方がいちばん集中できる。スタッフが全員退勤してスタジオ内が静かになったら、本格的に仕事開始だ。歩いて5分のところに自宅があるが、仕事をしていて眠くなるとスタジオのベッドルームで寝る。家に帰るのは週2回程度。あまりに帰らないので、小学校低学年のチョさんの娘は、登下校時に寄り道をしてスタジオに遊びにくる。そんな生活に慣れてしまって、最近では家に3時間以上いると「仕事しなさい」と妻に追い出されるそうだが、まわりの既婚者たちからはかえって羨ましがられている、と冗談交じりに話してくれた。

　インタビュー中、スタジオの本棚にドラマ「ストーブリーグ」※4の脚本集を見つけた。「ストーブリーグ」の脚本家イ・シンファさんにもインタビューを申し込んだが不発に終わったことを話すと、チョさんは、準備中のドラマの潜在的ライバルは「ストーブリーグ」だと明かしてくれた。準備中の脚本をスタジオのスタッフと回し読みしながら「ストーブリーグ」と比較した感想を聞くそうだ。

　「梨泰院クラス」と異なり、ドラマ脚本を一から書き下ろす。チョさんにとっては新しい挑戦だ。目下の目標は「ストーブリーグ」の面白さを超えること。「目標は必ず具体的にする」「成功はいい戦術があってこそ」というのが、チョさんの一貫した信念だ。ウェブ漫画家として仕事を始め、ドラマ、映画と縦横無尽に行き来するチョさんの生き方に、パク・セロイの姿が重なった──。

※4　万年最下位のプロ野球チームを舞台に、野球経験ゼロのゼネラルマネジャーが型破りな方法で球団の立て直しを図るヒューマンドラマ。ナムグン・ミンが主演をつとめた。2019年作品

私たちの心が
シナリオになったら

TEXT：イ・ジュヒョン〈シネ21〉編集長　PHOTO：オ・ゲオク〈シネ21〉記者

私たちがどんなに美しいドラマを作ろうとしても、
今、生きている世界ほど美しいドラマは作れないのよ。

——「彼らが生きる世界」

大雪で通行止めだってさ。　だから白鹿潭には行けなかった。
あの先が白鹿潭だ。　あそこにはノロジカが来て水を飲んだり
するんだ。　見える？　雪が溶けて花が咲いたら、あそこに行
こう。　母さんとおれと2人で。　おれが連れていくから。　必ず。

——「私たちのブルース」

　私たちが生きる世界は、素敵な人や美しい出来事ばかりで満たされては
いない。　むしろ、その逆に近いのではないか。　人生は、楽しいことよりつ
らいこと、甘美な出来事よりほろ苦い出来事のほうが多い。　家族、友達、恋
人のことを思い煩い、恨み、後悔し、恋しがりながら生きていく。　笑って、
泣いて、歌って、わめきながら——。　ノ・ヒギョンさんのドラマには、そん
な人々の人生が描かれている。
　1995年にドラマシナリオコンクールに入選し、脚本家としてデビューし
たノさん。「嘘～偽りの愛～」「花よりも美しく」「グッバイ・ソロ」「彼らが生
きる世界」「ディア・マイ・フレンズ」「私たちのブルース」などの作品を通し、
苦しい人生のなかでもキラリと輝き、胸が熱くなる瞬間を描いてきた。ひと頃、
やけどしそうなくらい熱く、触れると切れそうなほどに鋭かった彼女の書
く台詞は、最近では肩の力の抜けた気取らない語り口で人々のぬくもりや
活気を伝えている。　四半世紀を超えてなお、情熱的な現在進行形の脚本家
として人々と心の交流を続けているノ・ヒギョンさんに、ソウル市延南洞の

カフェでお話をうかがった。

──１〜２年に１作品ずつのスパンで発表されてきましたが、「ライブ〜君こそが生きる理由〜」から次の「私たちのブルース」までの間に４年の開きがあります。

　実はその間に、非営利民間団体（NGO）を扱ったドラマ「ヒア（here）」を書いているんです。「ヒア」が無事放送されていたら、２年に１作品ずつ発表し続ける脚本家になっていたでしょう。しかし、コロナ禍に終わりが見えない状況で、海外ロケが必要な「ヒア」にこだわり続けるわけにはいきませんでした。ただ、コロナ禍のさなかにも作品の準備と勉強は並行して進めていました。NGOの物語だったので徹底的な取材が必要だったんです。何となく知っている程度で書けるテーマではありませんから。

──勉強とは、主にどんなことをされるのでしょうか？

　人の話を聞きます。いつもひとりで部屋にこもっているので私は世間のことをよく知らないんです。だから、今はどんな作品を書くときでも取材をします。「ディア・マイ・フレンズ」※1のときも、地域のフィットネスクラブに通う中高年の女性たちに、食事やお茶をごちそうしながら話を聞きました。取材をするようになったのは「彼らが生きる世界」からです。ほかの脚本家の作品もたくさん見て勉強しますが、やはりナマの声を聞かないとダメだと思い、話を聞いてまわるようになりました。それが私にとっての勉強ですね。「私たちのブルース」を書いたときも済州島に数カ月滞在し、市場で働く人々や海女、漁師のみなさんにとことん話を聞きました。だから物語には無理がないと思います。そこに暮らして働く人々の24時間が頭の中に刻み込まれ、話し方まで体に染みついてくれば、脚本を書くのにたいして時間はかかりません。取材にかけるのが１年だとしたら、執筆作業も１年くらい。同じくらいの時間はかかりますね。

※1　シニア世代の愛と友情を描いたヒューマンドラマ。キム・ヘジャ、コ・ドゥシム、ユン・ヨジョンら韓国を代表するベテラン俳優が共演した

「私たちのブルース」　写真提供:tvN

気楽に生きようと決めたら、作品も軽やかに

——「私たちのブルース」※2は、オムニバス風の群像劇で全20話、メインキャストが14名、舞台は済州島でした。脚本家としては、たくさんの新しい試みをされた作品でしたよね。

　ほかの人がやらないこと、自分が今までやったことがないことにチャレンジするのが楽しいんです。ただ、作風を変えようとどんなにもがいても、私らしさはどうしても出てしまうもの。ならば、いっそ形式を新しくしようと考えたんです。思考パターンは一新できないので。適切な表現かわか

※2　済州島の小さな漁村を舞台に、そこで暮らす人々の悩みや葛藤を丁寧に描いたヒューマンドラマ。超豪華なキャスティングも話題を集めた

りませんが、急に私にドロドロの愛憎劇が書けるようになるとは思えませ
んし……。 さまざまなスタイルを検討してオムニバスのような形式にたど
り着きました。 いつも長距離走ばかりしてきたので、ひとつの物語が短く
完結するスタイルは楽しかったです。

──ストーリーやキャラクターの面での新しい試みはありましたか?

　懐かしい情緒、消えゆく情緒といいますか。 刺激的ではない平凡な日常
の出来事。 友達と仲よく遊んだ頃の感情、仲間との友情や信頼関係、両親
に言えなかった話など……。 どれもいつか私が書きたいと思っていたテー
マだったんですが、そんな物語なら視聴者に伝えられるものが書けるんじゃ
ないかと思いました。

──人とのつながりが恋しい、寂しいと思う時期だったのでしょうか?

　寂しくはありませんでしたが、ただ、人とのつながりが希薄になっている
実感はあって、大切な人々との関係を見直すべきだと思っていました。 昔
は仕事しか見えていなかったんですよ。 ワーカホリックであることを誇り
に思っていた時期もありました。 でも、40代半ばくらいから、それが問題だ
と自覚しはじめたんです。 私は仕事しかしてこなかったな。 仕事漬けがそ
んなに誇らしい? 生きていくために始めた仕事なのに……って、こんなこ
とを考えはじめたら途端に心細くなって。 私は今まで友達を大切にしてき
た? うっかり壊してしまった関係はない? 同僚はたくさんいるけど友達
と呼べる人はわずかで、その友達に会うときもいつも私の予定に合わせても
らって。 こんな生き方は間違っているんじゃないか、と。 仕事一筋だった
大人たちが引退後にどれだけ寂しい思いをしているのかは、身近でもよく見
て知っていたので。 ただ、そこでひとつ確実なことは、友達との関係を大
切にしようと努力しはじめたら、人生が前よりも少しだけ楽しくなりました。

──「私たちのブルース」の登場人物で、ストーリー作りの足掛かりとなっ
たキャラクターは誰でしたか?

ウニ（イ・ジョンウン）とドンソク（イ・ビョンホン）です。済州島での取材中は、市場で働くドンソクと同世代の男性たちを注意深く観察し、生活力みなぎる女性たちを見ながら想像力をふくらませました。そうやって人々の生活に飛び込んでみるんです。すると胸が踊りだします。人間の底力の強さに！　物語を作るには、まず自分で自覚している悩みが重要です。次に、人間関係を設定してキャラクターの心のうちに入ってみると、そこにはもう物語があるんです。私はキャラクター同士の関係性を重視し、そこで感じられるものを大切にします。どこに違和感があり、何が幸せなのか。「私たちのブルース」でも、輝かしかった瞬間、打ちのめされた瞬間にフォーカスしたいと思いました。それらが記憶に残すべき価値あるものであるならば、登場人物を通じ、美しく強烈に表現したかったんです。

――クランクイン前に、撮影方式や全体的なトーン、間合い、演技方針などを演出家と細かく打ち合わせするタイプですか？

　はい。「私たちのブルース」のキム・ギュテ監督と組んでもう10年以上経ちますが、それでもクランクイン前にはたくさん話し合います。撮影現場で演出家と脚本家があぁだこぅだ言い合っていても俳優たちが混乱するだけでしょう、夫婦げんかを見る子どもみたいに。演出家と方針を完全に一致させるのには、少なくとも2〜3カ月はかかります。ただ、キム監督はとても寛大な人です。「裁量権は演出家にある」と脚本家の意見を突っぱねる人もいますが、キム監督はそうはしません。私たちは一緒に成長してきたんです。当然、演出家が私に台本の修正を求めることもありますし、私がアングルの変更を依頼することもあります。お互いが敵ではなく同志だということをしっかり認め合っていますから。いいものを作り上げることが最優先ですからね。私たちはまわりが驚くくらいけんかしないんです。

――「ディア・マイ・フレンズ」「ライブ」「私たちのブルース」と続く近年の作品を見ていると、以前と比べてストーリーが温かく明るくなった印象があり

ます。

　私自身が、少し明るく軽やかに生きられるようになったんです。　それが
作品に溶け込んでいるのだと思います。　執筆作業も前より楽しくなりまし
た。　以前は、真摯さと重さ、真摯さと暗さ、軽さと浅はかさの区別もよくわ
かっていませんでしたが、そうした混沌としていた時期は脱したようです。
重いことが真摯なわけではないんだな。　軽いの反対は重い。　真摯さの対義
語は浅はかでもあるんだな、と。　こんな考えが確立したのは「ディア・マイ・
フレンズ」の頃からだと思います。　心の勉強をしながら気づいたんです。
私の生き方が重いのではなく、自分でそう思い込んでいただけなんだなと。
物事を軽やかに考えられるようになって、生き方も変わりました。　気楽に
生きるようになったら、作品も軽やかになったんです。

「ディア・マイ・フレンズ」は、私の作品のなかでもとりわけ不幸な人たちの
物語です。　それにもかかわらずいちばん明るい作品になりえたのは、登場
人物のそれぞれの瞬間にフォーカスしたからでしょう。　自殺願望を抱えて
いても友達といると楽しくて、悪態をつくときは全力で罵倒し、けんかする
ときは手加減せずに挑む。　これまでの私の作品の登場人物たちは、まるで
重い十字架を背負っているかのように生きる人々でした。　しかし、「ディア・
マイ・フレンズ」の同窓会の場面を見ると、「あの子はどこ？」「死んだわよ」「何
を聞いても死んだって言うわね」と、死すらコメディになっています。　とん
でもないジョークも言えて、ものすごく自由なんです。「ディア・マイ・フレ
ンズ」以降は、すべてのキャラクターの"今この瞬間"にフォーカスするよ
うになりました。

――ノさんの描く人々には、いい意味での粘り強さがあると思います。　ご
自身はどのような人物に魅力を感じますか？

　激しさをもった人が好きですね。　逆にいちばん嫌いなのはシニカルな人
です。　何かにつけて皮肉を言う人、冷笑的な人が得意ではありません。　だ

から私が描くキャラクターにも、自分だけが大変なふりはさせません。 つらいことがあっても、ただつらいだけであって、悲劇の主人公のような振る舞いはしない。 私も若い頃は自分の痛みばかりを見つめていました。 自分も経験したことなので、30代の脚本家がそういう物語を書くなら理解できます。 若いときは自らの内面を見つめる時間が必要ですからね。 しかし、40代、50代になっても変わることなく自分の痛みだけに溺れていてはダメでしょう？ 他人の痛みに目を向けようと思った瞬間から、私たちはようやく大人になれるんです。 だから、私の作品の登場人物も周囲の人々に目を向けはじめたのです。「私たちのブルース」でもそれぞれの家庭に、つらく悲しい出来事がありましたよね。

——「ライブ」※3は、個人の痛みにとどまらず、社会の抱える痛みや社会構造の問題に目を向けさせる作品のように思えました。

「ライブ」は、学んでみようと思ってとりかかった作品です。 ジャンルもののドラマを書いてみようかな、未知の世界だけど、挑戦してみたい。 そんな思いから警察官の取材を始めて、業界について知らなかったことをたくさん学びました。 例えば、初動捜査は通報を受けた交番勤務の警察官が担うのに、事件はその後、刑事に引き継がれるんですね。 それを知ったときは、交番勤務の警察官の地位が軽んじられていると感じました。 光化門広場のろうそく集会※4のときも、本当に悲しくてずいぶんと涙を流しました。 集会の警備に駆り出された警察官たちに罪はありません。 市民と警察官は敵対関係ではないはずなのに。 問題を起こしたのは上の偉い人たちで、戦っているのは国民ですよね。「民衆の杖」と呼ばれる警察官は、実際に杖のように私たちの支えになりうる存在だということをいいたかったんです。 今でも警察官の方々を見ると胸が痛みます。 人と人として話をするべきなのに、警察官という職業への先入観がそれを邪魔しています。 私たちには知らないことがたくさんあります。 社会が抱える痛みはふたをしてもなくなりま

※3　警察学校を卒業したジョンオ（チョン・ユミ）とサンス（イ・グァンス）を中心に、韓国でもっとも忙しいといわれるホンイル交番で働く警察官たちの日々の葛藤を綴ったヒューマンドラマ
※4　2016年、朴槿恵大統領の退陣・弾劾を訴える市民がろうそくを手に集まったデモ

ノ・ヒギョンのルーティーン

　ノさんの1日は108拝と瞑想から始まる。 その後の時間は、軽い運動や食事、読書、動画視聴、感覚を呼び起こす「感じる」活動などをして過ごす。

「寝る直前まで何度も運動をします。 そうしないと痛みが出てきてしまって体がもちません。 寝転がっていないで、とにかく動くように心掛けています」

　本格的な執筆期間に入ると生活も一変する。 朝の瞑想まではふだんと同じだ。 それ以降の時間は、散歩と執筆の繰り返しになる。

「通常、仕事は午後5時くらいまでに終えます。 そうしないと、夜になっても興奮が収まりません。 心を落ち着かせるのに時間が必要なんです。 落ち着くまでに最低でも4時間、長いときは6時間かかります」

　若い頃はよく徹夜をしたが、今はもうしない。 このルーティーンを崩すこともないそうだ。

「仕事をしている期間は、徹底的に生活を管理します。 体調を崩して執筆できなくなると多くの人に迷惑をかけますからね。 執筆中に、具合が悪いとか体がきついとかいう話はしたくないんです。 そうならずに済んでいるのは、このルーティーンを守っているからでしょう。 よいルーティーンがもたらす効果は絶大です。 目の前のことに集中できるようコンディションを整えておけば、仕事はスムーズに進んでいきます」

せん。 それなら、いっそ直視すべきです。 だから、私が見て感じて考えたことをドラマの場面として残せば、それがまた誰かの心に響くかもしれないと思ったんです。 道端で出会ったある警察官から、こんな話を聞きました。 警察官の間で私は英雄だ、と。 職場では今でも「ライブ」を流しているそうです。 最近は消防士や看護師の方からも、わが業界の話をドラマで描いてほしいと連絡が来ますよ (笑)。

物語の作り手ではなく、心の探求者として

——すでに有名でイメージも定着している俳優が、ノさんのドラマで新たな一面を見せることがよくあります。「私たちのブルース」のイ・ビョンホンさんもそうでした。 何かにつけて母親にカッとなり怒鳴ってしまう、くたびれた身なりのトラック行商人。 そんな役を彼に提案できる脚本家や演出家はなかなかいないと思います。

　私は俳優運に恵まれているようです。 世代さえ合えばほぼすべての脚本がイ・ビョンホンさんの元に持ち込まれていることは知っていました。 ただ、こんな役はきっと初めてだろうと思って脚本を渡してみたんです。 彼が私の作品に出演したところで今まで以上の富も名声も得られません。 しかし、未経験の役柄に挑戦するということは、何より俳優魂をくすぐるのではないでしょうか。 そんなこともあって、大物俳優に依頼するときは今までとはまったく毛色の違った役柄でオファーするようにしています。 また、チャ・スンウォンさんは、これまで役を作り込むタイプでしたよね。「私たちのブルース」のときも、役作りのポイントがうまくつかめないと悩んでいました。 そこで私が、「どうして役を作り込まないといけないんですか？　ただ素直に台詞を言ってみては？」と提案したら、3秒ほど黙り込んだあと、「そうだな。

今まで役を作り込みすぎていたな。 普通にやればいいのに。 今までがやりすぎだった」とおっしゃったんです。 キャスティングをするときは、こんな役をやったことがない人は誰だろうというところから出発します。 この役に合う人ではなく、演技は上手だけど、今までにこんな役柄をやったことがない人を頭に浮かべるんです。

——キム・ヘジャさん、コ・ドゥシムさん、ナ・ムニさん、ユン・ヨジョンさんのような大御所の場合はどうですか？ 芸歴の長い方々なので、新しい役柄を提案するのは容易ではないと思います。

　近年の作品で演じていない役柄を探しますね。 キム・ヘジャさんの場合、愛らしい役が続いていましたよね。 だから「私たちのブルース」ではその路線じゃダメなんです。 コ・ドゥシムさんの場合も、済州方言で荒々しくまくしたてる薄幸の役どころでしたが、そんな役を最近は演じていませんでしたから。

——10代の頃から、文筆家になるのが夢でしたか？

　はい。 小学生の頃からの夢でした。 作文で賞をもらったんです。 ほかの分野で賞をもらうことなんてなかったのに。 それで文才があるのかなと思い、漠然と文筆家を夢見るようになりました。 本気で文筆家を考えたのは母が他界した頃で、最後の挑戦として「1年間だけ脚本の勉強をして、ダメなら文章を書く仕事はあきらめよう」と決めました。 なぜ今までずっと芽が出なかったのか。 なぜ詩も小説もダメだったのか。 それなら脚本だってダメかもしれない。 そんな思いに至ったとき、自らに問い掛けました。 私がうまくいかない理由は何だろうかと。 その当時は、若くしてデビューする詩人がたくさんいたんです。 イ・ビョンリュルさん[※5]は同期（ソウル芸術大学文芸創作科卒業）ですし、ハム・ミンボクさん[※6]も同世代ですが、彼らは本当に若いうちに詩人としてデビューしたんです。 では、なぜ私はダメなのかと振り返ってみたところ、自分が先生の指導に素直に従わない学

※5　1967年生まれの詩人。「韓国日報」新春文芸に当選し、1995年にデビュー
※6　1962年生まれの詩人。ソウル芸術大学在学中の1988年に『世界の文学』誌に詩を発表してデビュー

数々の名作がこの執筆スペース
から生まれた
写真提供：ノ・ヒギョン

生だったことに気づきました。人の助言を聞き入れてこなかったんだなと。だから、ドラマ脚本の勉強をするにあたり、一度、先生の言うとおりにやってみようと思いました。そうしたところ、1年後、ウソみたいにドラマ脚本家としてデビューすることができたんです。今でも私は人を評価するときに、その人のなかに尊敬する師匠がいるかどうかを見ます。師匠がいるということは謙虚な心をもっているということです。そういう人は、対話をする際にも相手の話に耳を傾けられるだろうから信頼できるんです。

——詩や小説に未練はありませんか？

ありません。正直、私は文学よりドラマのほうが好きなんです。

——ドラマの脚本を書くこと、物語を作ることは、ノさんにとってどんな意味がありますか?

私は自分が物語を作っているとは考えていません。しかし、人と人との関係や心のうちが知りたいという探究心があります。私たちは、なぜ傷つき、それをどう克服するのか。どんな瞬間に幸せで、どんな瞬間に絶望するのか。そうやって探求していくうちに、ぴったりの物語が現れるんです。「私たちのブルース」のドンソクとオクドン(キム・ヘジャ)のような、息子と母の物語なんてありふれたものです。ただ、私の場合はドンソクが母親と向き合った瞬間に感じた気持ちや、母親の心を少しずつ見つめていく過程を描きます。例えば、貯水池の底に沈んだ母の故郷の家を捜しにいく道中で、ドンソクが母の過去の話を聞く場面。あのシーンを書いていたときは本当に楽しかったです。物語というほどの大きな展開はありません。ただ、そこには人の気持ちが移ろいゆく過程があります。冗長な物語を作るのではなく、そこにはっきりと存在する人々の心の動きをのぞき込んでみるんです。探求すればするほど美しいものですよ、人の心は。そう考えると、私は物語の作り手でもないのかもしれません。たまに、財閥のドラマで人が死んだり生き返ったりするのを見ていると感心するんです。作り手はすごい創作力をもった人たちだなぁと(笑)。私は消えゆくものや光を失っていくものを顕微鏡でのぞき込み、その瞬間を見逃すまいとする人間なのです。

《 Epilogue 》

ノさんの大ファンである後輩記者もインタビューに同席した。隣のテーブルの席に座っていた後輩を見て、彼女は「こちらにどうぞ。そこだとよく聞こえないでしょう。今日は力が出なくて声が張れないし」。こう言っ

て真っ先に後輩を気遣ってくれた。 最近、体調が本調子ではないらしいと聞いていたので、心配と期待の入り混じった気持ちで臨んだインタビューだったが、「スター脚本家」の思いやりに不安も緊張も和らいだ。

　彼女は毎日、その日のよかった瞬間の数を記録しているそうだ。例えば「昨日はいい感情が7回あって、悪い感情は3回だった」というふうに。「数字で記録すれば明確になるし、その瞬間の感覚を思い返せるから」と始めたことだそうだが、「面白いことに、ほとんどの日はいいことのほうが多いんです」ともおっしゃっていた。 ふと、インタビューをした当日が、どんな感情の日として記録されたのかが気になった。 何度も温かい笑みを見せてくださったので、その表情どおりにいい一日だったと記録されていてほしい。

　インタビューの締めくくりは、さながらファンミーティングのようだった。すべての質問を終えたあと、ファンとして私も熱い気持ちを伝えることができた。 遠慮がちではありつつも、写真撮影のお願いとともに。

03

パク・ヘヨン

「マイ・ディア・ミスター〜私のおじさん〜」「私の解放日誌」

この気持ちは
なぜ、どこから来るのか
感情の起点を
ひとつひとつ見つめて——

Drama

1998年「LAアリラン」
1999年「青春シットコム・行進」
2000年「コルベンイ」
2003年「走れ、うちのママ」
2004年「オールドミスダイアリー」
2006年「90日、愛する時間」
2011年「清潭洞に住んでいます the drama」
2016年「また!? オ・ヘヨン〜僕が愛した未来（ジカン）〜」
2018年「マイ・ディア・ミスター〜私のおじさん〜」
2022年「私の解放日誌」

TEXT：キム・スヨン〈シネ21〉記者　PHOTO：オ・ゲオク〈シネ21〉記者

「マイ・ディア・ミスター ～私のおじさん～」※1と「私の解放日誌」※2のワン
シーンが、まるで自分の記憶のように鮮明によみがえる瞬間がある。 冬な
ら後渓洞の飲み屋「ジョンヒの店」、夏なら三きょうだいが仕事帰りに歩い
た京畿道サンポ市の田んぼ道——という具合に。それぞれどんなドラマだっ
たのかと尋ねられれば、前者は「後渓洞に暮らす人々の話」、後者は「サン
ポ市に住む三きょうだいの話」というほかないのだが、誰かに「ドンフン（イ・
ソンギュン）ってどんな性格なの？」とか、「ミジョン（キム・ジウォン）って
どんな人？」と尋ねられたなら、まるで知人を紹介するようにすらすらと
説明できるだろう。

　パク・ヘヨンさんは、そんなドラマを描く脚本家だ。「解放」「あがめる」といっ
た言葉を登場させ、歯を食いしばり懸命に生きる私たちの心の奥を揺さぶり、
内向的で無気力といった、本来なら秘密にしておきたいような一面をも堂々
とさらけ出すキャラクターを世に送り出す。

　以前、パクさんにインタビューしたとき、彼女はこんなことを言っていた。
「（講師をつとめている講座の）脚本家志望生たちから『どうやって書いた
らよいでしょうか』と尋ねられることがあるんです。 私は『講義は面白かっ
た？』と聞き返します。 面白いと思えたのなら、その要素が自分の中にも
あるということ。つまり自分の中にあるものを取り出せばいいのです。けっ
して特別なことではありません」

　この言葉には共感こそしたものの、どこか腑に落ちなかった。 あれほど
記憶に残る登場人物や名台詞の数々は、いったいどのようにして生み出さ
れるのだろう——。 その答えをどうしても聞きたくて、ソウル市上岩洞の
JTBC社屋にて、もう一度、パクさんにお話をうかがった。

※1　不遇な生活で心を閉ざした女性と、大企業に勤めながらも虚しい日々を送る中年男性。互いの優しさ
　　に触れ、次第に癒やされていく２人の心の交流を描いたヒューマンドラマ
※2　ソウル郊外に暮らす３きょうだいが、代わり映えのしない毎日からの"解放"を求めて自分自身を見
　　つめ直すヒューマンドラマ。穏やかな"普通の人々"を描いた物語が共感を集め、高い評価を得た

「これは本物だ」と思わせる表情で話す人物、リアリティのある人物

──「私の解放日誌」執筆のきっかけが気になります。

「マイ・ディア・ミスター」を終えてから数カ月ほど、次は何を書こうか思案していました。次回作はコンセプトやプロットを作り込まず、ライトタッチで、晴れやかで、ケラケラ笑える話がいいな……。それくらいのぼんやりとしたスタートで。それがなぜかふと、京畿道に住む人たちの話をしなければと思ったんです。郊外の田舎町で畑仕事をし、額に汗する人々の姿を描きたい。そんな具体的なイメージが浮かんできました。

　思えば、若者を描くドラマって都会が舞台のものが目立ちますよね。私たちは20代の頃に「セックス・アンド・ザ・シティ」(98／米) に熱を上げた世代なのですが、当時の誰もが、自分も30代になったら当然「セックス・アンド・ザ・シティ」のような生活を送るものだと思っていたのに、現実は家もなければシティに住んでもいないし、通勤は地獄だしで、ドラマとまったく違った。ですが、それでも自分の人生がまるで失敗だなんて思えなかったんですね。通常、ドラマのストーリーを動かすためには基本的な設定が欠かせません。登場人物の置かれた境遇や直面する問題、対処法、陰謀や裏切りなどのことですが、「私の解放日誌」はそうした細かな設定よりも、まずは自由に書き進めてみようと考えました。そもそも、私自身、それほど問題がないにしても、すごく幸せというわけでもないんです。誰かに裏切られたわけでもなければ借金まみれでもない。それなのに、自分が最高に幸せだとはいいきれない。きっと視聴者もこんな気持ちを抱えているはずだ。そんな思いから「私の解放日誌」は始まりました。

──これといった大きな事件もなければ胸を焦がす色恋沙汰もない。たいていの人生はこんなものですよね。そんなリアルすぎる人物を主人公にし

「私の解放日誌」 写真提供:JTBC

て全16話の作品を描ききるためには、どんな目算があったのでしょうか?

　私は、劇中の出来事やストーリー展開より、人に引きつけられてドラマを見るタイプです。物語がどこに向かって登場人物がどうなるかより、人物そのものを見守る楽しさが好きなんです。きっと視聴者のなかにも「そうそう。こういうときってこんな顔するよね」と共感しながら人物自体を見ることに楽しさを見出している人たちがいるはず。そんな自信があったので、派手な出来事よりも、人物をリアルに描くことにウェイトを置こうと考えたように思います。

——リアルな人物を描くために、「私の解放日誌」ではどのような取材が必要でしたか?

私自身、49年間、京畿道に住んできたリアルな京畿道民として、都心郊外での暮らしぶりはよく知っていました。小学生の頃に住んでいた家の雰囲気などはまさにドラマに登場した構図そのままです。わが家のすぐ目の前に父の工場があり、父は三食を家で食べていましたから。主要人物のミジョン、ギジョン（イエル）、チャンヒ（イ・ミンギ）の三きょうだいとク氏（ソン・ソック）の基本的な性質は、すべて私の中にあるものを少しずつ取り出して、各キャラクターに肉付けしています。そこにおのおの違う職業をプラスし、私とは異なる人物になるように作り上げました。ですから資料調査はほとんどしていないようなものです。ただチャンヒの仕事先であるコンビニ業界は取材しました。そこで意外だったのが、本社スタッフとフランチャイズオーナーとの間に堅い絆があったことです。「おまえが結婚したらご祝儀に50万ウォン※3くれてやる」というコンビニ店長の台詞も、実際に取材先で聞いた話を取り入れたものです。チャンヒは仕事に関するストーリーがあったので仕事面の話を十分にできたのですが、ギジョンの場合は人間関係がメインとなる人物だったため、（ギジョンの職場である）リサーチ会社の面白い部分を厚めに書けなかったことが少し心残りです。

俳優が花を咲かせる、その花の肥料となる台本を書こう

「私の解放日誌」の執筆が終わった今、パクさんは模索しながら次回作を練っているところだ。「人目がないと仕事できないタイプ」のため、近くのカフェを何軒もはしごしながら書いているという。
「朝9時前には家を出て夜の10時まで、カフェで仕事をしてから家に帰るようにしています。いよいよ仕事に集中すべき時が来たら、スタディカフェ※4にこもります。やっぱり、人の目がないと仕事できないんですよね」

※3　相場の5～10倍
※4　勉強や仕事をすることを目的としたカフェ。ワーキングカフェ

この話を聞いて、「私の解放日誌」でミジョンが会社帰りに夜のカフェで仕事をするシーンが思い出された。《ここに座ってあなたと一緒に仕事していると思えば、つまらないことも美しいことになります。耐えうることになります。演じているんです。愛されてる女のふり。完璧な女のふり》。今のこのつらい境遇を支えてくれる想像。思わず真似してみたくなる想像だ。ひょっとしてこの台詞、パクさん自身がカフェで執筆中に思い浮かんだものではないのかと尋ねると、彼女は笑いながらこう答えた。

「きっと、そのときの私がミジョンだったんだと思います」

──「私の解放日誌」の台詞のなかでも、特に末っ子ミジョンの言葉は、心の奥にある感情と向き合わせてくれるようでした。パクさんご自身も、感情に向き合うタイプですか？

　自分の感情にしっかり向き合ってみると、一日の間にも感情がコロコロ入れ替わっているんです。そんな感情のなかから特に気になるものをキャッチします。特にネガティブな感情がこみ上げてきたときは、それがどの瞬間から生まれたものなのかを考えますね。例えば、朝は機嫌よく家を出たのに、仕事場に向かう道のりの途中から自分の感情が変わっていることに気づいたときがありました。なぜ不機嫌になったのかをよくよく考えてみると、一本の電話を受けたことがきっかけでした。電話先の相手が何かに喜んでいたのですが、その話が気にさわったのです。ああ、私は今、あの人のことを妬んでいるんだって（笑）。逆に、急にうれしい気持ちになったときにも、どの時点からうれしくなったのかを探ってみます。こうやってその時々の心を見つめ、感情の起点をたどる作業をやり続けます。

──そうした心を見つめる作業が台詞やストーリーにどのように発展していくのですか？

　たとえば通常の口げんかの場合、「おまえが悪い」「いいや、おまえのほうが悪い」と揚げ足を取り合うばかりで話が進みませんが、台本を書く場合には、

この人がなぜこの台詞を言うのか、感情のベースは何なのかを把握するように心掛けています。 だから1行書いては、なぜこの言葉が出たのかを考えてみる。 なるほど、自分の言い分をわかってほしいという感情があるのか。 それなら相手側は、その気持ちを察してすぐ言い返すのか、もしくはもう2ターンほど会話を交わしてから言い返すのか。 こうして1行1行「なぜこう言ったのか」をずっと見ています。 ただ、ひたすら本能的に考えている感じです。
――チャンヒが恋人と別れたときの言い訳で、《おれが約束を破ってひとりで映画を見たとか、あいつが深夜にほかのやつと連絡を取り合ってたからとか、そういう理由で別れたことにしたかったんだよ。 おれがダサくて三流なのがバレて別れたことには、絶対にしたくない！》というのがあります。 この台詞には、チャンヒが自分を客観視していることが巧みに反映されています。 こんな台詞も感情を見つめる作業から生まれたのですね。

　もちろん、この台詞の筋も意図も明確です。 この台詞みたいに、同じよう

なことをくどくど繰り返し言っているように聞こえるものも、やろうと思えば簡潔にスパッと言いきることもできるんです。ただ、私は登場人物たちにはできるだけ核心部分以外の台詞も言わせたい主義なんです。そこにドラマ視聴の楽しさがあると考えていますし、視聴者もよりドラマに集中できる。口数の少ないミジョンとク氏は話の核心にあたる部分だけを語りますが、それに対してチャンヒのように台詞の掛け合いが光る人もいる。そういう人物たちには、おしゃべりさせています。

> 私はあんたが言葉で人を惑わせようとする魂胆がないのが好き。
> だからこそ、あんたの言葉はひとつひとつが尊いの。
> ──「私の解放日誌」

──キャラクターの個性が際立つようなエピソードは、どのように組み立てていくのですか?

とある脚本家の方と話しながらわかったことなのですが、その方は各話を重要な事件で引っ張って終えるようにしているそうです。例えば、1話のラストで主人公が(どこかから)抜け出す、2話のラストでは刑務所に行く、というように。一方、私は各話を感情で切っています。つまり、心惹かれる、荒れ狂う、ぐっとこらえる、のように気持ちが優先で、次にその感情に当てはまるエピソードを整える。「私の解放日誌」に登場する「あがめる」の場合、正確には覚えていないんですが、おそらくこのあたりで視聴者をドキドキさせるべきだな、2話のラストでは登場人物みんなの気持ちを揺さぶりたいなと考えていて、「あがめる」という言葉が浮かんだときに、「よし、これは2話に入れよう」というふうに組み立てたように思います。エピソー

ドを構成するときも、出来事よりもどんな感情を抱かせるか、それを第一に
考えています。

　気にかかるところがなければ何を殺したって問題ないさ。
　だけど心にひっかかれば、虫を殺すことさえも問題なんだ。
　　　　　　　　　　　　──「マイ・ディア・ミスター〜私のおじさん〜」

　パクさんは身振り手振りを交えながら揺れ動く心の機微を説明してくれた。
ドラマのストーリーは各話、感情を端緒にして作り上げていく。「マイ・ディア・
ミスター」の演出家キム・ウォンソクが彼女の台本を見て「まるで楽譜みた
いだ」と表現したのもうなずける話だ。

──私も感情を揺さぶられたからでしょうか。放送終了後もなお、ドラマ
の登場人物たちが心の中に生きています。「マイ・ディア・ミスター」の主人
公、ドンフンは、「これくらいでいい」と安全第一主義で生きてきた平凡な
サラリーマンでしたが、善良な大人として記憶されています。ドンフンのキャ
ラクターはどのようにして構想されましたか?
　ずいぶん前のことなので……。(少し考えたあと)ドンフンは "物静かで、
だけど何かを悟っている、そして寂しげだ" くらいから始めました。難し
いキャラクターでした。基本的にドラマは台詞のやりとりで物語を展開し
ていきますよね。でもドンフンは口数が少ないので、物語を押し進めてい
ける人物じゃない。だけど主人公だし、魅力的じゃないといけないし、いっ
たいどうしたらいいかなと(笑)。彼はディフェンスの人であってオフェン
ス側ではないんですね。静かに、倒れそうなものをさりげなく未然に阻止

する。 あくまでも守りに徹する人物だということに重点を置いて作り上げ
ていきました。初めから意図や目標を決めすぎるとドラマがわざとらしくなっ
てしまうんです。 だからまずは人物に集中して、あっちに向かおうくらい
の感覚で進めてみる。 すると「あ、こんな人物になったんだ。 こういう人
を書きたかったんだな」というのが自然とはっきりしてきます。 それを最
後まで貫いていきますね。

執筆過程において、彼女なりの創作の喜びはどこにあるのだろう？「これといってないですね。書き終
えたときに『やり遂げた』と安心する程度でしょうか」と、首をかしげながら話していたパクさんが、思
い出したように言った。「以前、一緒に働いていた後輩に『パクさんは本当に文章を書くのが好きです
よね』と言われたんです。なぜそう思うのかと尋ねたら、私が夜中の1時に鼻歌を歌っていたと。10時
間うんうん唸りながら悩んだ末に、何かがひらめいて喜んでいたんでしょうね。これも"創作の喜び"
といえるでしょうか（笑）」。

──派手な出来事が起こらないストーリーに、口数の少ない主人公。あえて険しい道を選ぶ理由は？

　私自身が、人に惹かれるタイプだからだと思います。だからこそ、リアリティのある人物、「これは本物だ」と思わせる表情や話し方をする人物を描きたいんです。時にはドラマなどでいまひとつ魅力が感じられないキャラクターに出くわすことがあります。それはきっと台本の流れが機械的だからであり、つられて演技も台詞もそうなってしまったのでしょう。その原因をさらに突き詰めてみると、きっとプロットと設定ありきで先行し、その枠に人物をはめ込んで動かそうとしたからです。設定ではなく、まずは人物像をしっかり把握して書き進めれば、登場人物たちがおのずと進むべき方へと導いてくれるし、ストーリーも機械的には流れないはずです。映画『ザ・ホエール』(23／米)を見た際にも感じたのですが、映画やドラマは俳優の芸術なんです。結局、演者が役にどれくらい入り込めるのかが重要になるのですが、脚本家はそのベースとしての役割を全うすべきなんですね。俳優が花を咲かせる。その花が綺麗に咲くよう、花に適した肥料となる台本を書く。私が書くときは、この思いがいちばん強く作用しているのだと思います。

　　抜け出すの。ここから、あっちへ。

──「私の解放日誌」

　1990年代、パクさんは「LAアリラン」のアシスタント作家としてキャリアをスタート。「青春シットコム・行進」をはじめ、「オールドミスダイアリー」「清潭洞に住んでいます the drama」など、長きにわたってシットコムを執筆してきた。駆け出しの頃は苦労の連続だったという。人を笑わせるこ

とを狙って書かなくてはいけないのに、自身はそのことに面白さを見出せなかった。

　メイン脚本家の方に会いに行き、『ほかの人が笑ったとしても、私はつまらないんです』と正直にお話ししました。 すると、その方が『台本は無理には書けないものだ。 君が面白いと思うものをとことん掘り下げなさい。そうすれば君のことを面白がってくれる演出家が現れる。 そんな演出家に出会えたら、そこから脚本家人生がうまくいくはずだ』とおっしゃって。そうやって私が書き続けられる場を作ってくださいました。 もしもあのとき『ドラマはこういうものだ、こうやって書け、こうすれば面白いぞ』と言われていたら、今の私はいなかったと思います。

──そうして10年間、しっかりと掘り下げてこられましたね。 シットコムを担当した10年間は何が鍛えられた時間だったのでしょうか?

　やってよかったと思っています。 もしシットコムに携わったあの時間がなかったら、今ほど文章が柔らかくなかったと思うんです。「人間ってこういうときに笑うんだ」ということを学ぶ機会であり、どう書くべきかという感覚が鍛えられました。10年間、毎日、私が書いたものを誰かが演じてくれてそれを見るという経験は、自分の文章をただひたすら書き続けるだけとは比べものにならないほど、別次元の経験ができたと思っています。

──「絶対に幸せになる」と誓う「また!?オ・ヘヨン」から、「どこに閉じ込められているのかわからないけど抜け出したい。 心から幸せを感じて本当に喜びたい」と願う「私の解放日誌」まで。 どの作品も、ある種の幸せに関する探究のようにも感じられます。 幸せはパクさん個人のテーマでもあるのでしょうか?

　幸せとまでいかずとも、平穏、平和、安らぎは私のテーマといえるかもしれません。 執筆って、一種の悟りを求めるための修行のようなところがあ

るんですよね。「また!?オ・ヘヨン」を書いていた当時は40代半ばだったんですが、人生の楽しみを見いだせずにどうしようかと悩んでいた時期でした。そんなとき、ためらわずに人に施すことができ、何にでも挑戦し、今日という日を思いきり愛せる軽やかな女性に生まれ変わりたいという思いに至りました。その思いに憑依して書いたのが「また!?オ・ヘヨン」だったんです。「マイ・ディア・ミスター」のジアン（イ・ジウン＝IU）とドンフンは、私自身とかけ離れた境遇だったので、ある程度、俯瞰して見られたのですが、「私の解放日誌」を書きはじめてみたら、「あら、私、あいかわらず幸せじゃないのね？」って思いました（笑）。 ときどきハッとするのが、昔書いたものと同じ台詞が執筆中の別の人物の口から飛び出してくるときです。それはつまり、私が現実でまだ満たされていない証拠ですよね。 潤うことも、爆発することもできずにいるから繰り返し思い浮かぶ。 私のロマンなんだと思います。
──物語を作ることはパクさんにとってどんな意味をもちますか？

　ずっと前のことになりますが、「清潭洞に住んでいます the drama」の打ち上げパーティーの席で、後輩の脚本家から「執筆する原動力は何ですか？」と、同じような質問をされたことを思い出しました。 物語を書いていると、自分でも気づいていなかったことが、実は自分の人生の課題であることに気づかされる瞬間があります。「これってなぜこうなんだろう？」と気になったトピックを突き詰めて解いていくと、「なるほど。 そういうことだったのか」とストンと腑に落ちる瞬間が訪れるんです。その頃は毎週締め切りがあったので、書きながら都度、考えがまとまっていく感じがありました。 執筆活動は生活のためでもありますが、私の人生において「私はいつになったら潤うんだろう。 いつ愛で爆発できるんだろう」といった人生の課題を解き明かしていくことでもあります。 物語を作ることには、こういう意義があるのかなと思っています。

《 Epilogue 》‥‥‥‥‥‥‥‥‥‥‥‥‥‥‥‥‥‥‥‥‥‥‥‥‥‥‥‥‥‥‥‥‥‥‥‥‥‥‥

　毎日欠かさない日課はあるのかパクさんに尋ねると、意外な答えが返ってきた。「パソコンにバンドルされているトランプゲームをすることです。文章を書くのがつらくてゲームに逃げているのかと思っていたのですが、そうじゃないときでも夢中でやっているときがあるんですよね。なぜでしょうね。一度考えてみます」。

　心揺さぶられたあのシーンはどのように思い浮かんだのか、あの台詞はどうやって生み出されたのか。これといった答えのない野暮な問いだと知りつつも、質問するたびにパクさんは「なぜなのか一度考えてみますね」「それも一度考えてみます」と答えた。彼女が描いてきた数々の感情と台詞は、こうした丁寧に向き合う姿勢から生み出されたのかもしれない。心に触れたことや、心をとらえて放さないことを見過ごさず、もう一度、そしてもう一度と、じっくり振り返って考えてみる。そんなパクさんだからこそ、口では「疲れた」「もうウンザリ」とぼやく登場人物の心の奥に、実は「みんなが幸せになればいい。真夏のかんかん照りのように。一点の曇りもなく」といった願いがあるのを見抜けるのだろう[5]。「執筆することは一種の悟りを求めるための修行だ」と語り、「どこへ行き、どんな景色を見たいか」というところから物語を始めるというパクさんが、次の作品ではどこに向かうのかが今から気になって仕方ない。「いまだに潤っていない」彼女と同じく、私たちもあいかわらず、もう少し幸せになりたいのだ。

※5　「私の解放日誌」第2話のエピソードより

04

キム・ボトン

「D.P.─脱走兵追跡官─」

物語は日常で芽生えて育つ

（イヤギ）

TEXT：リュ・ソクウ〈ハンギョレ21〉記者　PHOTO：リュ・ウジョン〈ハンギョレ21〉記者

記事には「リード文」がある。 いわゆる「逆ピラミッド型」の文章構造で、冒頭に配置され、記事のテーマを簡潔に示す。 一方、ドラマや映画では、物語のテーマが冒頭で要約されることはまずない。 だからこそ冒頭が重要なのだ。 開始5分で視聴者にチャンネルを変えられたり見切りをつけられたりしないような工夫が求められる。

　キム・ボトンさんの履歴を逆ピラミッド型の記事にするなら、リード文はこのようになるだろうか。

《Netflixシリーズ「D.P.―脱走兵追跡官―」で世界にその名を知らしめたキム・ボトン。彼にとって、物語は「遊び」であると同時に「娯楽」、そして「趣味」でもある。 世界各国で人気コンテンツ1位になったドラマの原作者であり、脚本の執筆にも携わった彼は――》

「ストップ！」。 キムさんの声が聞こえてくるような気がする。「そんな話、読者が読んで面白いですか？」。 彼はこんな書き出しの記事など読み飛ばして、次のページに進んでしまうだろう。 やり直しだ。

《「もう少しここで働いてもいいかもしれない」。 そう思ったのは、ひとつ昇進してアップした年俸額を見たときだった。 大手企業の営業担当として働き、昼も夜も会食にカラオケ。 接待は日常になっていた。 体も心も疲弊していたはずなのに、大幅に上がった年俸額を前にして気持ちが揺らいだ。 そして我に返った。「このへんが潮時だな」。 そして2013年、彼は会社を飛び出す。》

　キムさんの著書『まだ、不幸ではありません』に登場する台詞、「宇宙船の外に飛び出した宇宙飛行士みたいな気分」で会社を辞めてから10年――。 社員10人のコンテンツ制作会社「スタジオタイガー」の代表となったキム・ボトンさんに、ソウル市麻浦区のアトリエでインタビューを試みた。 当時、彼は「D.P.―脱走兵追跡官―」シーズン2の脚本執筆を終え、ウェブ漫画『D.P. 犬の日』の続編の準備と、新作ドラマ3本の脚本に追われていた。

約80分間のインタビュー中、彼の口から《이야기》(物語、話、ストーリーの意)という単語が飛び出した回数は155回。1分あたり2回のペースだ。キムさんにとって、《イヤギ》とは何だろうか？　彼が紡ぐ物語は、ほかと何が違うのだろうか？　そして、それはどのように生み出されているのだろうか？　まずは、キムさん自身の話を聞くことから始めていこう。

大手企業を退職後、ロースクールの受験生から
ウェブ漫画家に転身

　キムさんが2013年に会社を辞めたとき、先のことはまだ何も決まっていない状態だった。 気候がよさそうというだけの理由で旅先に選んだのは沖縄。 その2週間の旅で彼が悟ったのは「自分は世界の主人公でも何でもなかった」ということだけ。当てもなくぶらぶらしながら過ごしていたが、今後の人生を指し示してくれるようなインスピレーションは得られなかった。 沖縄の北谷町美浜のアメリカンビレッジで観覧車に乗りながら、彼はこんなことを考えていた。

《結局、何も見つからなかったな。 僕が見たのは、もやの向こうに太陽か何かがぼんやり消えていく光景だった。それはまるで、僕の未来みたいだった》──『まだ、不幸ではありません』

　韓国に戻ってからのこともノープランだったが、やがて何かに導かれるかのように小さな私設図書館を開く準備を始める。 退職金で2千冊以上の本をそろえるが、自治体からの支援を得ることに失敗。 大学時代の恩師にも「なぜわざわざ道なき道を行こうとするのか」とたしなめられ、結局、図書館事業は断念する。 会社を辞めて4カ月、すでに半分になった退職金の残りをつぎ込んで、追い立てられるかのようにロースクール（法科大学院）

入学のための試験勉強を始める。その頃に始めたのが絵だ。料理の合間に、自分で作ったブラウニーのスケッチからはじめて、やがてSNSを通してさまざまな人の顔を描くようになった。流されるまま、1人、2人と描いていくうちに、いつの間にか描いた人数は数百人にのぼっていた。そんなある日、キムさんにあることを提案してきた人がいた。ウェブ漫画『錐(きり)』の作者、チェ・ギュソクさんである。

「漫画にチャレンジしてみたらどうですか?」

ロースクールの入試を終えて、間もなく合格発表というタイミングだった。授業料の足しにでもなればと思って描いたのがウェブ漫画『ガンカンジャ』※1だ。キム・ボトンが世に送り出した最初の物語である。いざ描きはじめてみると、これまで温めてきた《イヤギ》があふれてきた。2014年からはハンギョレ新聞紙上で2作目となる『D.P. 犬の日』を連載し、その翌年からは同作をウェブ漫画として連載した。これが人気を博し、数々の映画製作会社から引き合いを受けるまでになる。

ところが、映像化の話が頓挫する。彼はさまざまな媒体にコラムやエッセイを寄稿しながら食いつなぐが、1本あたり5万~10万ウォンの原稿料ではまともに生活することすらできない。

「『D.P.』をNetflixでドラマ化したい」という話が舞い込んできたのは、そんな五里霧中のさなかだった。ドラマの脚本家になりたいと思っていたわけではない。たんなる偶然だった。報酬につられて首を縦に振った。そんな経緯でキムさんは初めてドラマの脚本執筆に携わることになる。そして2021年、「D.P.―脱走兵追跡官―」が誕生する。

※1　文化体育観光部長官賞(2014年)、富川漫画大賞市民漫画賞(2015年)を受賞。日本では「フツー」名義でレジンコミックスに連載、1~4巻がKADOKAWA/アスキー・メディアワークスから刊行されている

キム・ボトンさんが漫画を描いている様子

父親のがん闘病、自身の軍隊での経験

　ウェブ漫画、エッセイ、ドラマ。表現手段は異なるが、彼の作品の軸は
そのストーリー性にある。それが、本誌がキムさんにインタビューをオファー
した理由だ。
「手段にこだわりすぎないようにしたくて。『D.P.』は漫画で発表しました
が、エッセイでも書けると思います。エッセイは短い歌のような感覚ですね。
漫画は3分から5分で読めるものを1年以上連載するという長期プランの
下に展開していきます。一方、ドラマは、開始5分でチャンネルを変えら
れてしまうことなく、視聴者の目を50分間引きつけるものです。それぞれ

目的が違うので、どこにポイントをおくのかが変わるだけのことですね」

　キムさんの作品世界は多様だが、彼自身の問題意識や経験が溶け込んでいるという点は共通している。ウェブ漫画のデビュー作『ガンカンジャ』には、8年にわたり、がんの闘病生活を送った父親のエピソードや、がん患者をサポートする市民団体でのボランティア経験が反映されている。ウェブ漫画とドラマで展開した「D.P.」には、キムさん自身が兵役期間中に "D.P." として脱走兵の追跡任務に就いていた頃に感じた矛盾や不条理が描かれ、エッセイ『まだ、不幸ではありません』には、大企業退職後の迷走期を経て作家になるに至ったエピソードが綴られている。

「D.P.―脱走兵追跡官―」

「現実社会での経験や、その時々で感じた問題意識や不満が、僕の《イヤギ》の原点になっています。日常で何かに違和感をおぼえたときに、《イヤギ》の種から芽が出るのかなって。『D.P.』は、僕自身が軍隊脱走兵を追跡するなかで感じたアイロニーや問題意識が、そのまま作品のテーマになっています。物語が生まれるきっかけは、ほかの作品でも似たようなものです」

　実体験に基づいた描写は、作品をいっそうリアルなものにする。放送当時は、あまりのリアルさにつらい記憶がフラッシュバックすると、ドラマを見た軍隊経験者たちによる「PTSD(心的外傷後ストレス障害)がやってきた」という言葉が流行語のように広がったほどだ。加えて、軍隊経験者にもなじみの薄いD.P.という任務に就く人物を主人公にしたことで、視聴者の好奇心を刺激し、既存の軍隊ものとは一味違うドラマになった。

パク中佐：何してるんだ、こんな夜中に。
イルソク：木を植えるんです。
パク中佐：植樹デーでもないのに？
ヒョサン：憲兵大将の指示です。兵舎の脇が殺風景だからって。
　　　　　　　　　　　　　　　──「D.P. ―脱走兵追跡官―」第2話

パク中佐：何してるんだ、こんな夜中に。
イルソク：木を植え替えています。
パク中佐：大将の命令で植えてただろ？
　　　　　兵舎の脇が殺風景だからって。
ヒョサン：師団長のご指示です。目障りだから木を抜くようにと。
　　　　　　　　　　　　　　　──「D.P. ―脱走兵追跡官―」第4話

キムさんが初めて描いたウェブ漫画『ガンカンジャ』にも具体的な表現が随所に登場する。《僕はもう終わったみたいだ。とっくに試合は終わっているのに、僕だけが認めていないような感じ》（『ガンカンジャ』第8話）、《体をミキサーで砕かれているかのような痛み》（同・第7話）など。このような台詞は、実体験がなければそうそう書けないものだ。キムさんは父親ががん闘病中に実際に口にした言葉を作品で使ったという。

漫画もエッセイもドラマも《イヤギ》

　キムさんは漫画家や作家を目指したことはない。友達が外で遊んでいるときも彼はいつも家の中で過ごしていた。いちばんの遊びは「空想」。本を買うようなお金もないので、もっぱら頭の中で物語を想像するだけ。しかし高校時代に勤労奨学生[2]として図書館の手伝いをしたときに初めて、思う存分、本を読むという経験をした。本の世界に浸りながら「自分もこういう面白い物語を作ってみたい」という気持ちが芽生え、ノートに短い物語を書くようになった。

「暇さえあれば物語を考えていました。いいアイディアが思い浮かんだら、あらすじを考えて主人公のキャラクターを作って、空想の一人旅に出るんです」

　漫画家や演出家、小説家になりたいといった大きな夢を抱いていたわけではない。ただ、頭の中で物語を作っていただけだった。

　こだわりがないからこそエッセイも書いた。『まだ、不幸ではありません』以外にも、自身の子ども時代について書いた『大人になるというさみしいこと』やデザートの記録と思い出を綴った『全身全霊でデザート』などがある。「D.P.」で初めてドラマの脚本に挑戦すると、ウェブ漫画『愉快なイジメ』[3]

※2　学校内外で一般のアルバイトより負担の軽い労働に従事し、奨学金を得られる制度。政府や企業、学校単位で実施
※3　キム・スンニョン作。この作品の第2部は映画『コンクリート・ユートピア』(23)の原案となった。キム・ボトンが脚本を手掛けた実写版は2024年のカンヌ国際シリーズフェスティバルに出品された

の実写ドラマ版の脚本も手掛け、さらにウェブドラマ「砂漠の王」では全6話のうち1話のみではあるが、演出も経験した。 大きな夢もないままに、同時にいくつものプラットフォームで仕事をすることになったのだ。

「どれも大差ありません、結局は《イヤギ》ですから。 雑談をするのも、日記を書くのも、記事を書くことも《イヤギ》であるといえます。 違うのは、その向こうに誰がいるのかというところ。 誰のどんな感情を揺さぶりたいのかはそれぞれ違っても、つまるところは《イヤギ》だという点は同じですよね」

　誰に向けてどういう形で伝えるか。 これがキムさんの悩みだった。 例えばウェブ漫画『ガンカンジャ』の場合、がん患者であろうがなかろうが、がん患者をテーマにした漫画などすすんで読みたいとは思わないだろうと考えた。 そこで選んだのが、暗い物語とは思わせないようなスタイルにすることだった。 絵はパステル調のトーンで描き、台詞も短くて余韻が残るようなものにした。

「読んでもらうための最適解を僕なりに考えながら判断していったんです」

期待も比較もせず、コツコツと

　子ども時代のひとり遊びからスタートした彼が、漫画やエッセイ、コラム、ドラマ、演出まで活躍の場を広げた背景には「落ち込んだりせずコツコツ書き続ける習慣」がある。 気負わず、気楽に書くということだ。

「講演会などで毎回話すことなんですが、オー・ヘンリーの『最後の一葉』を読んで、自分もこんな小説を書かなくちゃなんて思ってはいけません。 そんな気持ちで書いたところで、がっかりするだけなんですから。 僕が初めて脚本を書いたときも、『Netflixで韓国1位を取るぞ』なんて意気込んでいたなら、プレッシャーで一文字も書けなかったはず」

こうした考えの持ち主だからこそ、キムさんは、インタビュー中に何度も「素質と夢の有無を、作家の成功条件と見なすべきではない」と強調した。作家になるための道は無限にある。にもかかわらず、生まれながらの才能があって、子どもの頃から夢を抱いてきた人でなければ一人前の作家にはなれない、という印象を与えかねないと危惧してのことだ。

「(初めて絵を描いたときも)これで食っていくぞ、という大きな夢をもって始めたわけではありません。絵を専攻していたわけでもなく、きちんと描き方を勉強したこともありませんでした。ただ楽しくて、まわりの反応が面白くて描いていただけなんです。文章も同じような気持ちで書いています」

ソウル市麻浦区のアトリエで「スタジオタイガー」を象徴する虎のキャラクターをかぶるキム・ボトンさん

まずは短い話からまわりの人に聞かせてみる。それを相手が喜んで聞いてくれることをうれしいと思えたなら、作家に必要な資質は十分だとキムさんは語る。あとは「落ち込んだりせず書き続ける習慣」さえあればいい。

7行×7行×7行とは

　キムさんの日課を尋ねたところ、「仕事」だという。朝5時から6時の間に起きると、すぐに仕事を開始する。もっとも頭が冴えている時間帯だ。朝食をはさんで、また仕事に戻る。昼食をとって散歩から帰るとまた仕事。夕食とジョギングの後は、軽めの仕事をこなす。夜9時から10時の間に就寝。

　一日の大半を占めるという物語を作る彼の「仕事」は具体的にどのように行われているのだろうか。

　最初のステップは、物語のアウトライン（筋書き）を決めることだ。アウトラインは7〜8行程度と短く、物語の核心を要約したものである。たとえば「D.P.」のアウトラインはこうだ。

「アン・ジュノが軍隊に入隊する。／D.P.に選ばれて脱走兵を追う。／脱走兵を追うなかで、軍隊の不条理に対して疑問を抱くようになる。／（中略）／○○があって、最終的には△△という結末に至る」。この作業が出発点になる。

「納得のいくアウトラインができなければ、すぐにボツにします。冒頭を読んで『これは面白くなりそうだ』とか『このストーリーは先が気になる』『こういう結末を迎えたら新しいんじゃないか』という感覚が得られたら、このアウトラインをさらに具体化していきます」

　次に進む前に、もうひとつの段階を経る。周囲の人々にアウトラインを話して聞かせることだ。家族、友人、知人、記者にも話をする。大事なこ

04 ― キム・ボトン ― 김보통

061

とは、未完成でも人に話すのをためらわないこと。ここでよい反応が得られれば次の段階に進む。

　反応のよかった部分はさらにふくらませ、よくない部分は削除という方法で、アウトライン1行あたり7行〜8行分の内容を加える。それがおおよそドラマ1話分になる。そこから再び「書き足し」の作業をする。

「そうすると、1話が49行になります。映画でいうところの“シーンナンバー”ですね。一般的に、ドラマのシーン数は1話あたり40シーン程度ですから、この段階でシーンナンバーまで全部決まるということです。そして、さらにこれに書き加えていきます」

「本当に作りたい作品は、この先に待っている」

　インタビューの終わりに、意外な事実が明らかになった。これまでの作品に関して、一貫したテーマはあるのかと尋ねたところ、キムさんはこう答えた。

「実は、本当に作りたい作品はまだ世に出していないんですよ。これから取り組んでいくつもりです」

　ウェブ漫画でもドラマでも、主人公を襲う劇的な事件や刺激的な場面が人目を引くこともあって、そうした場面をある程度、意識的に入れているのだとキムさんは語る。

「今は脚本家キム・ボトンを知ってもらう時期ですから、まずはたくさんの人に興味をもってもらうことが必要です。ドラマティックな物語が多いのもそのせいです。ですが、僕自身としては何も起こらない物語を書きたいんですよね。大きな事件なんかなくても、見た人の人生が変わるような物語。そんな作品を作りたいです」

　いちばん好きな小説だとキムさんに薦められたのが、夏目漱石の『吾輩は猫である』。 派手な展開もなく、猫がひたすら飼い主を観察する物語だ。彼はこういう物語を書きたいという。

　「分厚い本だから、手が伸びないかもしれませんが（笑）」

　『吾輩は猫である』は百年以上前に出版された本で、韓国語版は600ページを超える。「締め切り前に読めるだろうか」と悩みつつ書店に向かった。 土曜日の朝、わくわくしながら本を開く。「吾輩は猫である。 名前はまだない」。 書き出しが実に興味深い。 中学の英語教師一家の下で暮らすことになった猫が人間を観察するのだが、猫の目に映る教師は、書斎に引きこもっては昼寝をし、本を開いてもすぐに眠ってしまうような人物だ。100ページほど読み進めたあたりで単調な物語に眠気が押し寄せ、つい眠ってしまった。ここまで「劇的な事件」は何ひとつ起こっていない。 猫が盗み食いした餅を歯にくっつけてパニックになった場面が、まぁ緊張感があったかな、という程度だ。昼食をすませ、すっきりした頭で読書を再開したが、またもや眠ってしまった。 結局、締め切り前に『吾輩は猫である』を読了できなかった。

　「物語がどのように終わるのか、わくわくしながら読みましたが、とても満足のいく結末でした」というキムさんの話が思い出された。 いっそ最後のページだけ見てしまおうかとしばらく悩んだ。ぱらぱらとページをめくっていると、翻訳者による解説が目に入ってきた。「真面目に読まないように。肩の力を抜いて物語を楽しむといい。 これは何かの風刺ではないか、などと頭を悩ませていては、猫にもそっぽを向かれることになるだろう」。 ドラマティックな展開に慣れきった私のような人間に向けられた言葉だと感じた。結末は読まずにとっておくことにした。コツコツ読み進めて最後のページまで到達したときには、キムさんがいつか書いてみたい物語がどんなものなのか、少しは理解できるのだろう。

脚本家キム・ボトンにとっての「冒頭15分」

　ハッと見開く目のアップ。視界の先には青空を覆うように茂る竹の葉。スーツ姿で倒れている男の体には傷がある。男が走って林を抜けると美しいビーチにたどり着く。男の目に飛び込んできたのは、火の粉を散らして大破した飛行機の残骸と負傷した人々の姿——。

　ドラマ「LOST」（04〜10／米）の冒頭のシーンだ。キムさんはこのドラマのイントロがパーフェクトだと語った。「これからどんなことが起こるのかすごく気になりますよね。この衝撃を忘れたくなくて（思い出すたびに）何度も見ているんです。昨日も見ました」

　キムさんはあらゆるOTT※4のサブスクリプションに登録している。スポーツや恋愛もの、時代劇以外なら、新しい映画やドラマシリーズのほとんどを見ている。ただし冒頭15分だけ。そのまま見続けるか、それともチャンネルを変えるのかを判断するタイミングだ。彼は一視聴者の立場で見て、面白くなければ視聴をやめる。最初の15分を過ぎても見続ける割合は低く、1話すべて見るのはかなり稀なことらしい。そんな彼が最近、最終回まで見届けたという作品が「窓際のスパイ」（22〜／英）だ。スパイもののドラマシリーズで、イギリスの保安局（MI5）職員を描いた物語である。

　キムさんが物語の構成がもっとも優れていると感じた作品は何だろうか？　その質問に、彼は作品名ではなく映画監督ポン・ジュノの名前を挙げた。「映画を見ていると『こうすればよかったのに』と思う場面がよくありますよね。でも、ポン・ジュノ監督の映画にはそうした場面がひとつもないんです。『パラサイト 半地下の家族』（19）を見たときも、ただただ『やられた！』って思いました。脚本のアシスタントになりたいです。近くで学びたいですね」

※4　Over-The-Topの略。インターネット回線を通じてコンテンツを配信するストリーミングサービス

キム・スジン

「マッド・ドッグ〜失われた愛を求めて〜」「怪物」

自分の仕事で
誰かを傷つけるようなものを
書かないように

TEXT:ク・ドゥルレ〈ハンギョレ21〉記者　PHOTO:キム・スジン提供

ドラマ「怪物」は文字どおり“怪物”のような作品だった。架空の町、京畿道ムンジュ市マニャンを舞台に、20年前の猟奇殺人の容疑者で現在は警察官のドンシク（シン・ハギュン）と、若いエリート警部補ジュウォン（ヨ・ジング）が互いに疑念を抱きながら事件の核心に迫っていく――。

　『シネ21』誌は2021年の優秀ドラマ作品を選ぶ「韓国シリーズ評価」で、本作を「俳優、脚本、演出のすべてが怪物級のクオリティ」「たんなる犯人探しの物語を超え、貪欲な時代に置き去りにされた被害者たちの悲劇に、粘り強く目を凝らし続けた捜査劇」と評した。ミステリー専門雑誌『ミステリア』も「驚異的な完成度。韓国の刑事ものの伝統をしっかり継承しながらも、見慣れて思考停止に陥っていたサスペンスもの特有の短所や限界を打ち破った嚆矢的作品として、のちのちまで語られるだろう」と絶賛した。

　息つく間もなく畳みかける緊張感あふれる展開、少しずつあらわになる事件の手掛かり。第2話のラストシーンでは、事件を追う側であるはずのドンシクが殺人犯なのかと思わせる場面で終わるなど、「怪物」は、視聴者の「真実を知りたい欲求」を刺激する展開が実に巧妙だった。もちろん、すべて綿密な計算のうえに演出されたものだ。

　脚本を担当したキム・スジンさんは、2007年にMBCのシナリオコンクールで入選[1]してキャリアをスタートさせた。翌2008年にはドラマ「ビフォア＆アフター整形外科」「生保Gメン'08〜ライフ特別捜査チーム〜」に参加。2014年にSBSのシナリオコンクールでも入選[2]を果たすと、2017年には保険詐欺師を題材とした「マッド・ドッグ〜失われた愛を求めて〜」がKBSで放送され、同じ年にタイムスリップロマンス「マイ・オンリー・ラブソング」がNetflixシリーズとして配信された。

　キムさんは個人情報を公開しておらず、インタビューも2021年に『ミス

※1　「死神が生きている」という作品
※2　「シェフのレシピ」という作品

テリア』誌が行ったもののみである。今回は2023年2月末から3月初旬にかけて行ったメールでの書面インタビューからお届けする。

ファンタジー要素いっさいなし、重厚なテーマへの渇望

──「マッド・ドッグ」の保険調査員、「怪物」の刑事など、ジャンルものの印象が強いですが、初の単独脚本作は「マイ・オンリー・ラブソング」で、ファンタジーラブコメディなのですね。

　実は長いことヒューマンドラマや恋愛ものを書いてきました。シナリオコンクールで入選した2作品もそうです。わかりやすいジャンルものは見るのも読むのも好きでしたが、書いてみようとは思わなかったんです。「マッド・ドッグ」もSBSのオ・チュンファン監督が最初に提案されたアイディアで、それ以前には戦争ものなども書きました。デビュー前の新人脚本家がみな

「マッド・ドッグ〜失われた愛を求めて〜」写真提供：KBS

そうであるように、私も生活が厳しく選択の余地などなかったので、提案
があればありがたく受けて仕事をしてきました。正直なところ、いまだに
自分が本格的なジャンルものを書く脚本家と呼ばれるにふさわしいのかは
よくわかりません。

「怪物」は、かなり以前から温めてきたストーリーです。「ファンタジーをいっ
さい排除した、リアルで重厚なジャンルものを書きたい」という強い気持
ちがあり、興味深く取材を続けていたところで「成人の失踪」があることを
知り、その瞬間、絶対にこれを書きたいと思ったんです。いろいろなこと
に興味があるほうなので、その時々で自分が面白いと思えるテーマで書い
ていると思います。

——「怪物」ではドンシクが妹を捜していますが、マニャン精肉店のジェイ

「怪物」写真提供:JTBC

（チェ・ソンウン）も母親を捜していて、失踪者の遺体発見の知らせを聞くたびに全国各地に確認に赴きます。最終話のエンディングでは、成人失踪者の情報提供を呼びかける主演俳優のナレーションもありましたね。

　最後のメッセージは、もともとは実際の成人失踪者を探すビラを何枚も貼り合わせた映像を流したかったんです。少しでも帰りを待つ家族の助けになればと思って。しかし本作が海外で放送される可能性もあり、そのときに差し障るかもしれない、ということで主演のお二人の声で目撃情報の提供をお願いするものになりました。

「怪物」では、主人公のうちのひとりを過去の殺人事件の容疑者という設定にしたいと考えました。韓国は殺人事件の検挙率がかなり高く、遺体が発見されればほとんどが検挙され罰せられます。ですからドンシクを元容疑者にするためには、遺体が発見されていない状況が必要でした。また、わが国において「成人失踪者は法的にはただの家出人でしかない」という事実を知る人がどれほどいるだろうかと思い、それを世間に知らしめたいという気持ちもありました。とはいえ、テーマにこだわるあまりドラマとしての面白さが損なわれてはいけないので、主人公たちのエピソードに自然なかたちで溶け込ませようと努力しました。結局、ドラマは面白くなくてはいけないと思います。どんなに素晴らしいテーマを扱っていたとしても、面白くなければ見てもらえませんから。

ヨ・ジングが受け取った「ジュウォンの履歴書」

「怪物」のドラマシナリオ集セットには、シナリオ集よりもひとまわり大きく分厚い本が同梱されている。「シークレット作家ノート」（以下、作家ノート）と題されたその本には、登場人物の履歴書と紹介文が収載され、ジュウォ

「怪物」の執筆中、キムさんは「エクセル地獄」に陥っていた。居住スペースにも作業部屋にもエクセルの表が天井に届かんばかりの高さまで貼られている。台本が修正されると、エクセルの表も同じく修正される

ンの紹介欄では彼の生い立ちや心の傷の根源、周囲の人々に対する感情にまで触れられている。 またジェイとのロマンスをほのめかす内容もあり、ファンサービスとしてもこのうえない。 この作家ノートのことを助監督が「人生シリーズ」と命名し、ヨ・ジングが「ジュウォンの履歴書を受け取った」と言ったことからその存在が広く知られるところとなった。 作家ノートには、ほかにも鑑定嘱託書、鑑定書、参考人供述調書、解剖鑑定嘱託書、解剖鑑定書、捜査過程確認書、捜査報告書までもがまとめられている。ジョンジェ（チェ・デフン）の供述書など、いくつかは書かれた内容が劇中の台詞となったものもあるが、基本的には小道具として映るかどうかの文書だ。 しかし、そこには確かに“ひとつの世界”が存在していた。 この世界を創り上げたのがキムさんの取材である。 手堅い書籍や論文での資料調査にはじまり、一般的なものから専門的なものまで調査は多岐に及んだ。

ほぼすべての分野が細分化されていますが、私は万遍なく取材したいほうです。『怪物』は主人公が警察官なので、まずは警察庁の広報室にお願いして、その後は失踪や殺人に関連する女性青少年係や強行犯係を中心に訪ねました。 地域ごとに事件発生状況や相談者の傾向が違うので、ソウルから京畿道へと広がって、企画会議で済州島に行ったときには、女性の強行犯係刑事として有名な課長さんに会うため西帰浦まで行きました。 また登場人物の職場が派出所なので、マニャンのモデルとなった地域の派出所の方々にもお会いしました。 次から次へと知りたくなる私の性格も手伝って、漢江警察隊、観光警察隊、警察の人材開発院にも行きました。 地下鉄警察隊にも行きたかったのですが、叶わずとても残念です。 ドラマには再開発事業に関連する不正が登場するので、開発事業をされている方にもお話をうかがいました。 また、失踪成人法の発議に携わった補佐官にお会いするために国会に行くこともできました。 ただ、失踪者協会には悩んだ末に行きませんでした。 私の訪問によって彼らが傷ついたり、淡い期待を抱かせたりしてしまうかもしれないと思ったからです。 インタビューを重ねてみてわかったことですが、資料調査を十分に行ったうえで質問をすれば、みなさん最初は気乗りしない感じでも、いつの間にか熱心に答えてくださるようになるんです。 6時間以上インタビューを受けてくれた方もいらっしゃいました。 できるだけ一度でお答えいただけるように、劇中の状況をお話して、事細かに質問をするように心掛けました。

反対派の本部長も台本を読んで興奮

　ドラマにはドラマ内の時間軸が存在する。 脚本家は物語の中の時間を細かく切り出しつつ、時に順序を入れ替えるなどしながら、視聴者に見せる

ものを決めている。その点では、第2話の最後にドンシクが（20年前の殺人事件と同じように）切断された指を並べるシーンは「視聴者に何を見せるのか」を決定するうえで重要なシーンだった。

　ドンシクがスーパーの前に指を並べるシーンは、たんなるドラマの仕掛けとして書いたのではありません。20年間埋もれていた事件を現在に引き戻すきっかけとなるので、絶対に必要だと思いました。マニャンという土地を知りつくしているドンシクにとっては、よそ者のジュウォンの登場を利用して、事件に再び光を当てるための選択でした。あまりの切実さゆえに、それ以外には方法がなかったんだと思うんです。もちろん、このシーンを通して視聴者の関心を引こうとしたのも事実です。ですが、私はそれだけのために仕掛けを入れることはしません。例えば、次回への興味をもたせるためだけに真実ではないシーンをエンディングに入れる、いわゆる視聴者を"釣る"仕掛けをする手法もありますが、私は好きではありません。
――「怪物」を見ると、こんなドラマがまだ残っていたのかと拍手を送りたくなります。1話1話きちんと見進めていかないと、その先の内容を理解するのが難しいからです。周囲の支持や時流などが影響したのでしょうか？
　反対の声はありました。当初、制作会社は恋愛ものを想定して私と契約したので。ただ、「怪物」の企画を話したら面白そうだと言ってくれる人もいました。「怪物」が制作されるか否かは私の与り知るところではないので、とりあえず書きはじめました。ドラマ制作は執筆から放送までに3年ほどの期間を要し、放送される頃に視聴者が何を望んでいるのか、どんなドラマがトレンドとなっているのかもわかりません。執筆中に制作会社の本部長が訪ねてきて「やめよう」と言われたこともありました。ところが、ありがたいことに、4話分の台本が出た頃から支持者がひとりふたりと増えはじめたんです。あの本部長までも「怪物」に興味をもちはじめて、第6

話の台本を提出したときには「一気に読んだよ」と興奮した様子で私のところに駆けつけてくださいました。 制作側を説得するために私にできることといえば、とにかく書くこと、そして意見を聞いて書き直すこと、それだけです。 その過程を無限に繰り返して支持してくれる人を少しずつ増やす、その方法しか私にはわかりません。

何の特徴もないくらいなら、テーマを貫くほうがいい

——ストーリーが複雑であることはテレビ放送ではマイナス要素にもなりますが、OTT^{※3}では逆に強味になりました。 脚本家としてこの状況をどう見ていますか?

「怪物」は助けられましたね。 ところで、この先、OTTで全話一斉配信されるドラマを書くならどうすべきかを考えてみたのですが、ドラマをきちんと回を追って見てもらうためには、視聴者を十何時間とつなぎとめておかなければならないわけです。 となると、明らかに以前とは違う書き方が必要ではないだろうかという悩みが出てきました。 序盤からスピード感の

モニタに貼ったメモ。「うまく書こうとしているなら、それは零点規正(標的と実際の着弾点が一致するように照準を合わせること)を間違えているのだ」は、キムさんが好きな脚本家パク・ヘヨン(p37)の言葉だ。「死体を抱きしめてやるべきだ」は台本を執筆する際に忘れないために。「自分自身が得意なこと!」は欲張ろうとする自分を戒めるために貼ってある

※3　Over-The-Topの略。インターネット回線を通じてコンテンツを配信するストリーミングサービス

ある展開にすべきだろうか、構成も変えたほうがいいのではないか、キャラクターをもっと強烈に見せなければならないのではないか……といった悩みです。 この業界は常に変化し続けるところで、しかもそのスピードがとても速いのです。

——演技にまつわるエピソードはありますか?

「マッド・ドッグ」のチュ・ヒョンギ(チェ・ウォニョン)は登場シーンがどんどん増えていきました。 チェ・ウォニョンさんが本当に神がかった演技をしてくださったため、私がもっと見たくなって書いてしまったんです。 チェさんは台本を受け取った当初、書斎に入るとしばらく出られなくなるほどナーバスになって大変だったそうです[4]。 彼は悩み抜いた末、台本にない動線やアクションは足しても、台詞は台本に忠実に助詞ひとつ変えずに演じてくださいました。 理由をうかがうと、脚本家がどれほど苦心して書いたものなのかが感じられたし、台詞を変えなくても多くのことを表現できる、そうやって具現化することが俳優の仕事だと思うとおっしゃいました。

俳優さんごとに発声や発音に特徴があったり、提案があったりもするので、私は台本の読み合わせのあとにその方に合わせて修正を行うほうです。 例えば、「怪物」では、ヨ・ジングさんがジュウォンの台詞の大部分を丁寧語

さまざまなデザインのはさみをこよなく愛しているキムさん。プレゼントは断るタイプだが、はさみは無条件で受け取る。写真は「マッド・ドッグ」に出演した俳優のチェ・ウォニョンから贈られたもの

にしてより堅い口調で読まれたんです。私が台本に書いたジュウォンより、もう少し融通の効かない、距離感のある人物だと解釈したようで、それがとてもよかったんです。その流れで修正した結果、ジュウォンは当初のキャラクターよりも神経質で理性的な人物になりました。

　キムさんのドラマにおけるキーワードのひとつは"信念"だ。疑念がストーリーをつなぐ「怪物」においては、この"信念"は疑念の果てにたどり着く結末ではなく、物語を推し進める力となった。これが視聴者を混乱に陥れもするが、あとから見返してみると、登場人物それぞれが精いっぱいに信義を貫いていた。視聴中は"疑念"のドラマだと思っていたのに、振り返ってみると"信念"が牽引するドラマだったというわけだ。ジュウォンがドンシクに向けた疑いの目を周辺の人たちにまで広げていたとき、挑発するようにドンシクが言う。「おれがかばっているのは誰だと思う？　当ててごらん」。ドンシクもジュウォンも、疑念の真っただ中にありながらも人を信じたかったのだ。

執筆中はインスピレーションを与えてくれるものをそばに置く。「怪物」執筆時によく見ていたアメリカの廃工場の風景を収めた写真集（下）と、近頃よく見ている井上浩輝のきつねの写真集

もうひとつのキーワードは“正義の具現”だ。「マッド・ドッグ」の最終話
では、警察に踏み込まれた場面でガンウ（ユ・ジテ）は「容疑はほかにももっ
とあるはずですよ。ひとまず行きましょうか」と言いながら手錠をかけら
れる。「怪物」でも同様に、犯人検挙のために法に背いたドンシクは罰せられ、
懲役刑を言い渡される。

　「デビューするまでに私がひとつひとつ引き出しにしまっておいたものが、
この２作品に共通要素として入っているようです。昔から私が好きだった
設定やテーマなんでしょう。今後も同じように書いていくべきか否かにつ
いては悩ましいところです。違うテーマで書いてみたいという欲はありま
すが、結果が怖いのも事実です。自分好みの設定やテーマで書き続けるこ
とが、たんに自作の模造品を作っているだけのように思えて不安になって
いたとき、『マッド・ドッグ』のファン・ウィギョン監督が『何の特徴もカラー
もないものより、はるかにいいよ』とおっしゃってくださって、その言葉が
励みになりました。たった２作品だけでこんな悩みをもつのが正しいのか
はわかりません。私がドラマを書くうえで大事にしていることといえば、“自
分の稼ぎのために誰かを傷つけるようなものは書かないようにしよう”く
らいのことではないでしょうか。今まで同じ気持ちでやってきたので、こ
れからもそうしたいと思います」

小石を集めて流れを変える

──「悪人にマイクを持たせるな」と「怪物」の警察庁次長ハン・ギファン
（チェ・ジノ）が聴聞委員会の場で言います。犯罪を擁護しないまでも、事情
を知ることで犯人に対する哀れみが生じかねない──。いうなれば犯罪者

に言い訳を与えることになります。ミステリーを書く作家の悩みではないでしょうか。

　犯罪者のカン・ジンムク（イ・ギュフェ）にも設定しておいた生い立ちがあります。妻を亡くし、店を守りながら一人娘を育てるといった不運な境遇が、彼のような殺人鬼を生み出したという言い訳を与えかねないのではと、設定自体が正しかったのか悩ましいところでしたが、その不運が潜在していた悪の性分を目覚めさせたきっかけでもあるので、大事な要素だったと思います。しかしこれを免罪符ともとれるようには書きたくありませんでした。

　また、犯罪者がそれまでの人生をどう生き、犯行当時にどんな状況であったかは設定しますが、被害者に傷を与えるような直接的なシーンはドラマに登場させないこと、それが私の規準だと思います。なかなか難しいことです。どこまでならセーフなのかなんて、私が決められるものでもなく、また、そこにこだわりすぎても視聴者が犯人の行動を理解する妨げになりかねません。"私の仕事で誰かを傷つけることがないように"と何度も自分の中で反芻しながら、いつでも用心に用心を重ねながら進めていくしかありません。

――「マッド・ドッグ」のクライマックスは、視聴者たちから最高に胸のすく名場面だったと賞賛されました。息を潜めていた被害者たちが登場し、権力に向かって小石[※5]を投げます。事故機の運航、権力者に対する小さき者たちの反乱が、セウォル号沈没事故とろうそく集会を想起させました。

　過剰に表現してはいけないと思いましたが、セウォル号沈没事故とろうそく集会のことを表現したかったんです。だから小石を集めて解決するというエンディングが絶対に必要でした。社会や政治的な話題に関心の高いほうではありませんが、私の仕事でできることをしたいと思いました。そうはいってもドラマの面白みを邪魔してはいけないので、誰にも気づかれ

※5　劇中の台詞で語られる"小石"に掛けている。この"小石"とは、相手が気にも留めないような小さな証拠や証書のこと

なくてもいいと思いながら書いたんですが、気づいてくださってありがとうございます。

　誌面の都合により、キムさんが長文で送ってくださったタイムスケジュールを本文中に反映することができなかった。 以下は、何事にも几帳面で完璧そうなキムさんから発見した意外な一面だ。
　「長々とネット検索して、ショッピングもちょっとして……みなさんそうじゃないですか？　机に向かってさっと仕事にとりかかる、そんな感じではないですよね？　私も同じです。 楽しいけれど仕事の役には立たない時間をだらだらと過ごして、それから台本を書いたり……本を読んだりもして……。 私はごはんもパソコンの前で食べるんです。 机から離れずにできることは何でもします。 ときどきゲームもします。 ゲームはオ・チュンファン監督に薦められて始めました。「ゲームに親しんだ視聴者がドラマを見る時代だからやってみたらいい」と言われたのですが、本当はただプレイステーションとニンテンドースイッチを買いたかっただけなんです。ほしかったのではなくて"買いたかった"んですよ。買ったら私は興味を失ってしまいましたが、代わりに同居人がゲームの世界にハマってしまいました」

パク・バラ

「シュルプ」

捨ててもいい経験なんてない
知らない時代だからこそ
想像力をかきたてられる

Drama

2022年「シュルプ」

TEXT：シン・ダウン〈ハンギョレ21〉記者　PHOTO：パク・スンファ〈ハンギョレ21〉専任記者

王位継承者である世子（セジャ）が夭折し、残された王子たちが空いた世子の座を
めぐって競争を繰り広げる。　王の妃たちもまた、自分の息子を王位に就け
ようとあらゆる手を尽くす。　そんななか、側室のひとりであるコ貴人（ウ・
ジョンウォン）の王子、シムソ君（ムン・ソンヒョン）が王の出した課題に
取り組むために旅に出るが、道中、盗賊に金品を奪われ、腹を空かせて逃げ
帰る。《こんなざまならいっそ死ねばよかったんじゃないの？　おまえを産
んだことを後悔しているわ！》。　愛する母から罵倒され、シムソ君は生きる
希望を失う。　翌日、自害を図ったシムソ君が一命をとりとめたとの知らせ
を受け、慌てて駆けつけたコ貴人に、王妃ファリョン（キム・ヘス）が言う。《私
はこれからも、コ貴人がわが子の過ちを叱ることのできる母親でいてほしい。
シムソ君もまた、厳しく叱られてもうなだれてはいけない。（中略）あまり
自分を責めるでない。　そなたは大きな過ちを犯したが、すでに大きな罰を
受けているのだから》──。

　フュージョン歴史ドラマ「シュルプ」[※1]のワンシーンだ。「シュルプ」は、
世子を目指す王子たちの熾烈な競争と親たちの権力欲を描き出し、その生々
しさから朝鮮時代版「SKYキャッスル〜上流階級の妻たち〜」[※2]とも呼ばれ
た。　だが、ドラマの内容自体はそれほどネガティブでもない。　王宮で問題
が起これば一目散に駆けつける「朝鮮一足の速い王妃様」が、重積に耐え、
傷ついた彼らを大きな愛で包み込んでいるからだ。　ファリョン自身も自分
が産んだ息子を王位に就けるためにやきもきする厳しい教育ママだが、競
争に敗れた側室の王子たちのことも放っておかない。　こうした登場人物の
魅力もあって「シュルプ」は新人脚本家のデビュー作ながら、2022年のtvN
ドラマ視聴率ナンバーワンを獲得した。　ソウル市麻浦（マポ）区のスタジオドラゴ
ンで「シュルプ」の脚本家、パク・バラさんに会った。

※1　朝鮮時代を背景にした宮廷時代劇。カリスマ性あふれる王妃が、個性豊かな王子たちを叱咤激励しな
　　　がら王宮の権力争いに奮闘する。キム・ヘスとキム・ヘスクの名優対決がドラマに緊張感を与える
※2　限られたエリートのみが暮らす高級住宅街を舞台に、子どもたちを名門大学に入学させようと熾烈な争
　　　いを繰り広げる親たちの人間模様を描き、社会現象を巻き起こしたドラマ。2018〜19年放送

子育てで感じた悩みをファリョンに投影

　前述のシーンは、パクさんが自身の子育てで感じた悩みを脚本に投影したものだという。シムソ君を励ますファリョンの台詞も育児の経験から来ている。「（親としては）自分の子を自分で叱るのはかまわないのに、他人には叱らせたくないという複雑な感情が少なからずあります。ですがもし、わが子が誰かに叱られたとしても落ち込む必要はないんだって思って」

　パクさんは「シュルプ」でデビューした。放送当時43歳だったので、けっして早いほうではない。ソウル芸術大学劇作科を卒業後、2014年までは韓国放送作家協会の教育院に通い、シナリオコンクールにも挑戦したが、毎回落選。女の子を出産後は海外で暮らしていたので5年ほどのブランクもある。ところが、2019年に知人の勧めで応募した脚本[3]がCJ ENMの新人クリエイター発掘・支援プロジェクト「O'PEN」に選ばれて、パクさんは再び脚本を書きはじめる。

　　つらければつらいと言いなさい。
　　そうすれば、みなが気づくわ。おまえがつらいということを。
　　　　── 側室の息子ボゴム君（キム・ミンギ）が王位継承争いを諦めたとき

　「ひとりの大人として、子どもにどんな接し方をするべきか。育児をしながらいつも悩んでいました。ファリョンのようないい母親ではないけれど、そうなりたいと思っていたんです」

　そんな気持ちを代弁するように、ファリョンの台詞は、そのどれもが「なりたい大人」の見本のようだ。

※3　ある少女と屋根裏に暮らす少年が1冊のノートを通じて心を通わせる「ノーテ、氷の屋根裏」

あの子の気持ちを想像してみたわ。
それが自分の運命だと悟ったとき、どれほど怖かっただろうと。
私は目を背けることができなかった。
*母親*だから。
　　　── ケソン大君（ユ・ソノ）が性的少数者だとファリョンが知ったとき

「シュルプ」 写真提供：スタジオドラゴン

　　母親としてのパクさんは、子どもに対して常にうしろめたさを感じていたという。朝起きて８時に子どもを学校に送り出すと脚本執筆のための仕事場に移動し、暗くなってから帰宅する生活。「ことあるごとにメモをとる私を見て、最初は『ママは一生懸命お勉強しているんだね』と無邪気だった娘も、やがて、自分がかまってもらえていないと感じたのか、『ママ、お勉

強やめてくれたらいいのに』と言うようになりました。少し大きくなった
今は、ママが脚本家だと友達が気づいてくれたと喜んでいます」
　頭に浮かんだアイディアをすべてメモするのは、パクさんの長年の習慣だ。
パクさんがドラマの脚本家を夢見たのは小学4年生の頃。「夏休みに親戚が
集まったとき、ビデオを借りて『チャイニーズ・ゴースト・ストーリー 2』(90
／香)を見たんです。続編から見たので、前編の内容が気になってたまら
なくなって。いったいどんな話だったのか、自分なりに想像して書いてみ
ました。そこからすっかりドラマのとりこになって、台本を書きはじめました」
　はじめはノートや教科書、紙切れの片隅に書き留める程度だったが、や
がて「素材」「人物」「資料」ごとにノートを作り、気になった新聞記事があ
ればスクラップするように。

「思い浮かんだイメージをまず絵に描き、その絵にストーリーを付けるんです。
ここに誰がいて、どんな出来事が、なぜ起こったのか。5W1Hを意識して
大まかに書いてみて、面白そうならさらにストーリーを肉付けし、枝葉にな
るエピソードまで書けるようなら続けていきます。そうやって、次のシーン、
次のシーン……と、粘り強く書き進めるんです」
　デビュー作「シュルプ」もこのように誕生した。はじめは、王宮に女官
のスパイがいたら面白いかもしれないと着手したものの、思うほどストー
リーに奥行きが出なかった。「王宮という器のわりにストーリーが小さすぎ
たんです」。不必要なエピソードを整理すると、「30cmのかんざしを挿した
王妃」だけが残った。巨大な権力を得た女性は王宮で何ができるのだろう。
彼女を脅かすのは誰だろう。もしかしてそれは子どもではないか？　想像
をふくらませるうちにバラバラだった話のかけらがつながっていく。そこ
に、王室の教育や、王子たちをはじめとする悩める人々を加えたところ、次
第にストーリーができあがっていった。

ネタを求めてガソリンスタンドでアルバイトも

　パクさんは脚本の題材を自分の経験から集める。題材を求めて、ガソリンスタンドや看板制作の会社、終夜営業の東大門卸売市場などでも働いた。撮影現場で台本がどう扱われるのかを知りたくて、エキストラのアルバイトにも何度も参加した。「脚本家にとって捨てていい経験はないといいますが、どんな経験でもいつかは実を結びます。ガソリンスタンドにまつわるエピソードなら資料調査なしでもすぐに書けますよ」

　脚本のネタが増えていく一方で、ドラマとして世に出るまでには至らなかった。2014年、KBSの「新人脚本家グループ」に選ばれて半年間インターンとして活動したが、制作の機会には恵まれずに終わった。

「やりたくてたまらないときはかえってダメですね。シナリオコンクールでも最終審査で落ちてばかりだったので、私の作品は決定打に欠けるのかもしれないなと落ち込みました。長年取り組んできた道なので引き返すこともできないし……」

脚本家にも「書く」ためのトレーニングが必要

　育児に追われた5年間は"書く"人ではなく"見る"人だったという。

「そんななか、シナリオコンクールがあったんです。知人から応募を強く勧められたこともあり、書きっぱなしにしていた『ノーテ、氷の屋根裏』を慌てて出したところ、受賞したんです」

　受賞に後押しされて脚本執筆を再開したが、書き方を思い出すまでに時間がかかった。幸い、O'PENのプロジェクトでは1話完結ドラマから始まり、それぞれの段階ごとにきめ細かなサポートが用意されていた。パクさんは

忘れていた執筆の勘を次第に取り戻す。「シュルプ」もO'PENでの教育課程を経て企画が実現した作品だ。

　書くための訓練も再開した。劇作家志望の姉と共同で、非公開のウェブサイトを作って毎日課題をアップした。ボリュームやテーマは自由、ひとりＡ４用紙２枚以上は必ず書くこと。ひと月で40枚を超えること。
「脚本家も技術を維持するためには、フィギュアスケートの選手のように絶えず訓練が必要です。課題をクリアするために無理にでもあれこれ素材を探せば、新たなアイディアが生まれるものなんです」

　彼女は今でもドラマのネタ探しにバスや電車に乗って出かけている。
「電車の車両を移動しながら乗客を観察しています。チムジルバンでは集まってドリンクを飲んでいる人たちをながめることもあります。『シュルプ』のテ昭容（キム・ガウン）のように若くて活発なキャラクターを組み立てるときは、カフェに行き、おしゃべりしている人たちの会話に耳をそば立てます。自分のまわりの人たちと想像力だけでは限界がありますから」

　いつでもすんなりと筆が進むわけではない。「順調なときはどんどん書けますが、筆が止まればまったくお手上げです」。そんなときはしばらく

パクさんが脚本家を目指していた2001年（当時22歳）に使っていたドラマ素材とネタを集めたノート

他の作品に向かう。彼女はいつも３、４作品を同時に書き進めている。

「そこで１作品しか残らなかったとしても、残りの作品から得るものがあります」

「シュルプ」で、自分の本来の姿は女性だと思うケソン大君をファリョンが受け入れるシーンは、こうした複数進行の産物だ。"息子が性的少数者だった"という設定は歴史ドラマとしては斬新なテーマだ。執筆当時、パクさんは「シュルプ」と並行して現代ものも書いていて、ケソン大君のエピソードはそちらで使おうとしていたテーマだった。

「歴史ドラマと現代ものは別物のようですが、両者が交われば、これまでにない作品が生まれます」

韓国固有の美しい言葉から生まれた「シュルプ」

パクさんの歴史ドラマへの愛情は格別だ。時を超えた舞台で繰り広げられるストーリーが想像力を刺激するのだ。

「歴史ドラマは、その時代の文脈でしか語れない物語があるからです。誰も経験したことのない、想像するしかない世界が表現できるところに魅力を感じるんです。とりわけ歴史ドラマは美しい韓服や文化財の魅力も紹介できるので、興味は尽きません」

「シュルプ」のあらすじがだいたい決まると近所の図書館に足繁く通った。ドラマに必要な小道具などを取材するためだ。「シュルプ」には戒盈杯（ケヨンベ）という杯が登場する。酒がなみなみと注がれるのを防ぐために７割以上注ぐと穴から酒がこぼれてしまうというものだ。ファリョンはシムソ君を慰めるために戒盈杯を差し出す。

《国母である私も、あちこちに穴が開いています。己が満足ならば、すべ

てが満たされなくても幸せに暮らせるものです》

　こうした小道具は本から見つけ出す。

「絵や写真中心の本が役に立ちます。 文章が多いと内容をつかむのに時間がかかりますが、絵なら直感的に理解できますよね。 戒盈杯も歴史の本で見つけたんですが、形も美しく、使い方が珍しかったので、すぐに書き留めました」

　パクさんは日頃から古い言葉を調べるのが趣味で、今回はそれもプラスになった。「シュルプ」とは「傘」を意味する韓国固有の言葉だ。 彼女は書物や辞典を紐解き、今では忘れ去られた美しい言葉を集め、それをドラマに活かす。

　とはいえ、いくら準備が完璧でもドラマ制作の現場で修正は避けられない。「シュルプ」も同様だ。

「最初の構成どおりにストーリーが進むことはまずありません。 私はまだ新人で勘がつかめていないこともあるので、『シュルプ』も全編にわたって

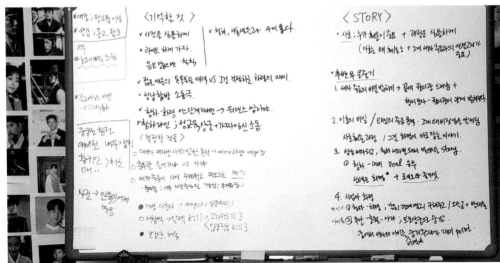

「シュルプ」の制作時、パクさんがホワイトボードに書き記した留意点など

代案を用意して臨みました。最終版の脚本に採用されなかった原稿は２千ページ以上になります」

ドラマは誰でも訪れることができる近所の公園

パクさんは「シュルプ」の執筆に２年を費やした。脱稿したあと、俳優たちの台本の読み合わせを聞いていて、５話までと、６話から10話の台詞のトーンが違っているのに気がついた。そこでスケジュールが差し迫るなか、６話から10話を急いで書き直した。主なエピソードはそのままに、台詞や場面をすべて差し替えたのだ。「ドラマには修正がつきものです。落ち込んでる時間があるならさっさと直したほうがいいですから」

台詞もその都度修正する。面白いと思って書いた台詞が耳で聞いてみるとつまらないこともあれば、俳優の言いまわしを考えて台詞を見直すこともある。台本の読み合わせに立ち会うと、それぞれの俳優のクセや独特の語感からさらに台詞に手を入れる。俳優が直接台詞を提案することもある。「ドラマがクライマックスに近づくと、俳優さんのほうが私以上に役に入り込んでいるので、自然な台詞をどんどん提案してくれます」

ストーリーを盛りつける器は多種多様だ。パクさんはそのなかでドラマ

を選んだ。「気軽に行ける近所の公園のような魅力がありますよね。 いつでも行って楽しめるところ。 ドラマは誰にでも開かれた近所の公園みたいだから好きなんです」

「シュルプ」は2022年12月に最終回を迎え、パクさんは次の作品を準備中だ。彼女は人々を夢中にしてくれるドラマがどんどん出てくることを望んでいる。

「ちょっと見はじめたら面白くて時の経つのも忘れるような、そんなドラマがたくさん生まれるといいなって。 そして私もそんなドラマを書きたいと思います」

彼女にとってドラマは「人生の特別サービス」だ。「食事に行った先で、思いがけずサービスしてもらえたらさらにおいしく感じるのと似ているかも。きっと私はコンクールで受賞できなかったとしてもドラマを書き続けていたと思います」。 パクさんは笑顔でそう語った。

《 Epilogue 》‥‥‥‥‥‥‥‥‥‥‥‥‥‥‥‥‥‥‥‥‥‥‥‥‥‥‥

パクさんと話しながら雪だるまを作る映像が思い浮かんだ。 手に取ったひとかたまりの雪をぎゅっと固めて転がすように、次第に大きなストーリーを作り出す。「シュルプ」の16話すべてのストーリーや、生涯「書くこと」を学びたいという彼女の人生も同じだ。 記事の参考になればと、パクさんがドラマのネタを書き留めた「素材ノート」を貸してくれたが、それはなんと2001年のものだった。

彼女の作業室には『朝鮮王室の次世代教育法』『丁若鏞の法と情の話 朝鮮時代殺人事件調査日誌』『朝鮮雑史』など、歴史ドラマの参考になりそうな本がびっしりと並んでいた。 視聴者の立場で「シュルプ」を見ながら「歴史ドラマの脚本家は調べものが大変だろう」と漠然と想像していたが、まさ

にそのとおりだった。 パクさんはそんな努力をひけらかすのではなく、地
道に脚本を書く道のりを示してくれた。 ドラマを書き、考えるときがいち
ばん楽しいというパクさん。 きっと次の作品も、思いきり楽しみながら創
り上げるに違いない。

07

あなたと同じくらいに
善良で、あざとい
普通の人々を描く

パク・ヨンソン

「恋のドキドキ♡シェアハウス〜青春時代〜」

Drama

2004年「波乱万丈〜Missキムの10
　　　億作り〜」
2006年「恋愛時代〜alone in love〜」
2007年「いいかげんな興信所」
2011年「ホワイトクリスマス」
2012年「乱暴〈ワイルド〉なロマンス」
2016年「恋のドキドキ♡シェアハ
　　　ウス〜青春時代〜第1章」
2017年「恋のドキドキ♡シェアハ
　　　ウス〜青春時代〜第2章」

Cinema

2003年『同い年の家庭教師』
2009年『白夜行―白い闇の中を歩
　　　く―』

Novel

2016年『夏、どこかで死体が』

TEXT：ソン・ゴウン〈ハンギョレ21〉記者　PHOTO：リュ・ウジョン〈ハンギョレ21〉記者

「恋のドキドキ♡シェアハウス〜青春時代〜第1章」(以下「青春時代」)の登場人物に、2人の対照的なキャラクターが登場する。 ひとりはアルバイトを掛け持ちしながら学費や生活費、寝たきりの弟の医療費までを捻出する苦学生ジンミョン(ハン・イェリ)。 もうひとりは美貌を武器にしたパパ活で羽振りよく暮らすイナ(リュ・ファヨン)だ。 イナにしてみれば、貧相なうえ偏屈でやたら堅実なジンミョンは目の上のたんこぶでしかない。 からかってやろうと、わざわざジンミョンのバイト先の高級レストランにボーイフレンドと乗り込んでみせたりまでする。そんなイナを無視するしかなかったジンミョンも、ある日、バイト先の上司から、目を掛ける代わりに愛人関係を結ぶことをほのめかされて考え込む。「私にはこれまで、イナみたいな誘惑がなかっただけなんだ」と。

「老若男女問わず、人って基本的に似たり寄ったりだと思うんです。 それが『青春時代』のテーマでもあったかな。 誰しも自分と同じくらいには善良で、同じくらいあざとくて、同じくらい不安を抱えている。 だから、どんなに変人に見える人でもつきあってみれば理解し合える時が来る──そんな話をしたかったんです。 他人のことを非難するとき、はたしてあなたならその誘惑を前にどれほど勇敢でいられますかって」

　執筆したパク・ヨンソンさんはファンダム※1抜きには語れない脚本家だ。ソン・イェジンとカム・ウソン主演のドラマ「恋愛時代〜alone in love〜」の名台詞は、放送から20年近く経とうとする今でも各種SNSをにぎわせている。また、大雪で孤立した名門高校の生徒たちが謎の「自殺予告の手紙」を受け取るところから始まる「ホワイトクリスマス」は、ヒューストン国際映画祭の家族・子ども番組部門にて金賞(Gold Remi Award)を受賞、シナリオ集やDVDは販売が終了してもなお中古市場を漁るファンがあとを断たない。「青春時代」は視聴率こそ振るわなかったものの、続編までが制作されている。どれも熱狂的なファンダムの存在なしではありえない話だ。

※1　熱狂的なファンの集団や、彼らによって形成される世界や文化のこと

生涯専業脚本家。「『ミセン』を見ると不思議です」

「ほぼ初めて手掛けた映画といっていい『同い年の家庭教師』や、ほぼ初の
ドラマ作品である『恋愛時代』の大ヒット以降は、鳴かず飛ばずの作品が続
きました。 これがもし逆に（駆け出しの頃に）マイナーな作品からスタート
していたなら、きっと2作目を書くチャンスにも巡り合えなかったはず。『恋
愛時代』の栄光があったおかげで、視聴率が振るわなくても執筆オファーが
続いたわけです。 最高にラッキーだったと思います」

　1972年生まれのパク・ヨンソンさんは、脚本家業ひとすじでここまでやっ
てきた。 大学4年生のときにバラエティ番組の構成作家としてデビューす
るも、すぐさま興味を失う。ハンギョレ教育文化センター^{※2}で、映画『ビート』
(97)『太陽はない』(98) の脚本で知られるシム・サンに師事し、2002年に
「MBCベスト劇場」に短編ドラマのシナリオを送ってみたところ、これが採
用される。 続いて、当時すでにスターだったクォン・サンウ、キム・ハヌルが
主演の映画『同い年の家庭教師』の脚本を担当すると、予想を上まわる大ヒッ
ト。 彼女が30歳前後のときの出来事だ。 以降、ドラマ、映画、小説と行き
来しながら四半世紀近くを脚本家業だけで生きてきた。

「ほかの仕事をした経験がほとんどありません。 だから今でも、『ミセン―
未生―』など会社員を描いたドラマを見るととても不思議です。 毎日出社
して退勤するまでの間、何をしているのかなって。 私にとっては、そうした
ことが調査対象なんです」

　取材日に訪れた京畿道城南市盆唐にあるパクさんの事務所の一角には、
美容関連の書籍が山と積まれていた。2021年に放送予定だったものの、出
演者のスキャンダルでお蔵入りとなった^{※3}ドラマ「舞い上がれ、蝶」の執筆
の際に参考にしていた資料だ。

「もともと下調べを多くするタイプではないんですが、（「舞い上がれ、蝶」

※2　ハンギョレから独立して設立されたマスコミ業界を志す人向けの養成講座
※3　日本では2023年に配信・放送された

の背景である）美容室って、誰にとってもなじみ深い場所ですよね？　みんながよく知っている場所であるだけに余計に資料調査が必要だったのです。諸事情で（ドラマの放送が）どうなるかわかりませんが、執筆中は『もう努力したくない！』って嫌気がさすほどやりきったので、今は気が向かないときは無理しないようにしようと思っています」

　2016年にクリエイター[※4]として参加した映画『華麗なるリベンジ』を除けば、「青春時代」がパクさんの最新作となる。

　インターネットで「青春時代」を検索すると、「ルックスや性格、専攻、好きな男子のタイプ、恋愛スタイルに至るまでまるで違う5人の女子大生が、シェアハウスで巻き起こす愉快痛快、青春同居ドラマ」という紹介文がヒットする。このドラマがはたしてそういいきれるかというと、そうでもない。「愉快」というには痛々しく、「痛快」というには現実的なのだ。恋愛要素があっても三角関係やシンデレラストーリーに走ることはなく、ミステリー展開があっても悪人が登場するわけではない。全体的には穏やかでユーモアあふれる作品に仕上がっているのに、ドラマを見た人には「痛みと治癒のドラマ」として記憶されるのはそのためだ。

「カルネアデスの舟板」の上で葛藤する内面

——「青春時代」の登場人物のなかでは、イナがいちばん記憶に残っています。（劇中、イナはトラウマが残る人物として描かれる。過去に川で船の事故に遭った彼女は、一緒に投げ出された少女と浮かんだスーツケースを奪いあった末に自分だけ一命をとりとめる。その後、彼女は、中年男性と体の関係を結びながら投げやりに生きるようになる）

　この問題は、ずっと温めてきたものです。古代ギリシャに「カルネアデ

※4　作品の流れやキャラクター造形、スタイルなどを制作陣にアドバイスする役割

スの舟板」という倫理の問題があります。 難破した舟から投げ出された2
人が同じ舟板につかまっていたところ、板が沈みかけたため、漂流者のひと
りがもうひとりを押しのけて自分だけが生き延びるんです。 しかし、この
人物の心の葛藤はいかばかりか。それからセウォル号の事件のこともあって、
イナのようなキャラクターが生まれたんです。 彼らがその先どうやって生
きていくのかを想像すると、日々を精いっぱい生きるのは難しいのではない
かと考えました。 自分の意図や計画などおかまいなしに、今日、道を歩い
ていて死んでしまうかもしれないとなったら、入試のために勉強したり、貯
金したり、恋愛して子どもを生んだりできるでしょうか？　それでも、そん
なふうにあてもなく生きることしかできない人が、毎日努力しながら生きて
いる人を目の前にしたら、憧れや嫉妬みたいなものはやっぱり生じるんじゃ
ないか。 イナとジンミョンは、そんな関係性を描いたんです。
―― 一見、ほのぼのとした日常を描いたかわいらしいドラマのようなのに、
大きな流れで見ると推理ものやホラーミステリーのようでもあります。 こ
れは戦略的に仕組んだのでしょうか？（登場人物それぞれにトラウマがあり、
次第に明らかになる。 一方ではシェアハウスの下駄箱に幽霊が住んでいる

「恋のドキドキ♡シェアハウス〜青春時代〜」 写真提供：JTBC

という非現実的な展開も登場する)

　私がその手のジャンルが好きだからでしょうね。読む本だって、ミステリーやホラーものばかりに手が伸びてしまいます。歴史ものをはじめとして、あらゆる物語はミステリー要素なしには成立しないと思うんです。ホームドラマだってミステリーになりますし、恋愛ものだって「この人とあの人って、この先、結婚するかしら」「どうして好きなんだろう」なんて気になったりするでしょう？　おっしゃるとおり、「青春時代」は、ほのぼのとした日常生活を扱っていますが、何かひとつでも欠けてしまったら途端にバラバラのかけらになってしまう。それをつなぎ合わせる作業をミステリーに見立てるのです。主人公が複数だから、誰が幽霊を見たことにするのか、それぞれにとっての幽霊って何なのか、というふうに。

あらゆる悩みを青春の顔と言葉で語っただけ

——20代の女性たちの悩みや現実があまりにも巧みに盛り込まれていたので、「青春時代」は、てっきり若手作家による作品だと思っていました。

　あえて、青春についてや20代女性について情報収集したわけじゃありませんが……ただ、私自身の悩みや、誰もが抱えているような悩みや思いを「彼女たちの言葉で」「彼女たちの顔で」語ったにすぎません。例えば、登場人物のなかで、イェウン（ハン・スンヨン）が中心となる回ではデートDVのエピソードが登場します。性暴力は、大学生であれ50代の主婦であれ、誰にでも起こりうることです。それだけに視聴者の反響もいつも以上にあったと思います。もちろん、世代によって反応もさまざまでしたが。

——そうしたキャラクター造形については、事前に作り終えたうえで脚本を書くのでしょうか？　または書いているうちに自然に浮かんでくるほうですか？

※5　JTBCのトークバラエティ番組。出演者が映画やドラマなどのテーマで熱く語り合う

両方ですね。昨日、「部屋の隅1列」[※5]を見ていたのですが、そこで「宮崎駿はある一場面をスケッチして、そこから話をふくらませていく」という話が登場していました。例えば、『千と千尋の神隠し』(01／日)での最初のスケッチは、千尋が父親の車の後部座席で、不機嫌そうな顔のまま花束を抱いて寝そべっているというものです。このスケッチから、「なぜこの少女は花束を抱いて不機嫌そうな顔をしているんだろう」と考えながら、ストーリーを構築していくのだそうです。私もちょっとだけその気があります。「青春時代」の取っ掛かりも、当時流行していた、酒の席で使える心理テストみたいなものから始まったんです、サイコパステストとかそういった類の。そのときに、「遊びで始めたのに、もしこのなかの誰かひとりが満点を取ってしまったら、今後、その子はまわりからサイコパス扱いされるのかしら？」とふと思ったんです。その考えを発展させて、それがもし「サイコパス」じゃなくて「幽霊を見た」ってことだったらどうなのだろうかと広げてみたんです。幽霊はトラウマが見せるものだから、それぞれの状況に合せたキャラクターを集めて、そのキャラクターたちが先ではどうなるのか、それを脚本家目線で構築していった感じですね。

──登場人物がどんなに多くても、それを書く脚本家はひとりですよね。キャラクターが似通わないような書き分けの秘訣はありますか？

多かれ少なかれ誰にでもあると思うのですが、例えば、友人といるときの自分と、ボーイフレンドといるときの自分、会社にいるときの自分とでは、どれも違いますよね。「青春時代」の登場人物でも、ウンジェ（パク・ヘス）は小心者で、「ソウル駅はどこですか」とも尋ねられなかった20代前半の上京したての頃の私に似ているような気がしますし、虫の居所が悪いときの私はイナみたいだし、お酒がたくさん入ったらジウォン（パク・ウンビン）みたいでもあるし……そうした自分の姿を大きくふくらませています。

パク・ヨンソンさんが仕事場で執筆作業に疲れたとき、気分転換に描いたスケッチ

17年経っても語られる「恋愛時代」の名台詞

　日本の小説[※6]を脚色したドラマ「恋愛時代」は、流産の痛みを経て互いに傷つけあい離婚した夫婦が、再び元のさやに収まるのかどうかを描いた「離婚から始まる愛」についての物語だ。パクさんが新人時代にオファーを受けて書いたものだが、「原作よりも素晴らしい脚色」と評価された。新進気鋭のモデルたちが大挙出演したドラマ「ホワイトクリスマス」は、名門高の生徒たちが、大雪で孤立した学校に忍び込んだ連続殺人犯との戦いのなかで変化していく様子を描いた。パクさんは、「怪物とは、生まれるものなのか、生み出されるものなのか」などの問いを投げかけながら、商業主義に走るドラマの流儀から抜け出す道を模索した。

——「ホワイトクリスマス」の執筆にあたり、『蠅の王』などの小説を読んだとおっしゃっていましたが、影響を強く受けた作品は？

　あだち充の漫画『H2』にはもっとも多くの影響を受けました。それから『SLAM DUNK』。この2作品は何度読み返したかわかりません。短い台詞でテンポよくつなぐ方法、キャラクターの作り方、どうすればそれがユーモアにつながるのかを学びましたね。小説家では朴景利や李文求。『土地』からは長い時の流れと多くの登場人物の物語をどう描くのかを、『冠村随筆』からは忠清道の麗しくも悲しい情緒を感じ取りました。

——「恋愛時代」の名台詞が今もネット上を飛び交っていますが、ウノ（ソン・イェジン）が発した《写真を見ると悲しくなる。写真のなかの私は屈託なく笑っていて、このときの私は幸せだったんだなあって勘違いさせられるから》という台詞が印象的でした。台詞のインスピレーションは、どういうところから得るのでしょうか？

　駆け出しの頃は、基本的にはすべて自分の頭の中で考えたことを台詞に

※6　野沢尚による1996年の小説『恋愛時代』

していました。幼い頃から、未来に対して楽観的になれない部分があって。それに、執筆中は常に主人公たちとリンクするように心掛けていて、彼らが考えそうなことをひたすら考えているんです。

──未来に対して楽観的になれない心境はどこから生まれたのでしょうか？

実家が忠清道瑞山のとんでもない山の中にあったんです。冬には庭先にキバノロ[※7]が現れるほどで。夜は電気を点けていないと自分の指先も見えないほどの暗闇で、何というか、自然の流れには逆らえない感覚がありました。四季を四季として感じ、昼と夜を自分が支配することなど到底できはしないという感覚。人間が死に抗おうとしたのは電球が発明されてからだそうです。夜でも昼間みたいに過ごせるようになって、人間は自然や死までも操れるという錯覚に陥ったというんです。それと真逆で、私は幼い頃、自分が到底支配できない自然という属性がとても恐ろしかった。「もし、この世のすべてである自分が死んだらどうしよう」という子どもじみた恐怖に始まって、時の流れに気づき、根本的な虚しさや憂鬱を知ったように思います。

本のない田舎で聞いた祖母の話

──幼い頃から脚本家になりたいと思っていたのですか？

よく、貧しい家の子どもは、成長過程で触れられるものが乏しいために夢を見られないなんていいますよね。まさに私も作家にはなりたかったのですが、絶対になれないだろうと思っていました。身近な大人といえば農夫か教師しかいなかったから。どれほどのド田舎だったかというと、地元で大学に進学した女子の第一号が私だったくらいなんです。父はとても貧しい農夫でしたが、やけに公正なところがある人で。6人きょうだいのうち、兄たちは大学へ進学していたので、「兄さんたちは大学に行ったのに、どうして私はダ

※7　シカの一種。朝鮮半島と中国に生息する

メなの?」と尋ねると、父はしばらく考え込んだのち、「それもそうだな。後々、不公平だと問題になるだろう」と言って私まで大学に送り出してくれたんです。

——文章の上達には幼い頃の読書がカギだといいますが、本はたくさん読まれましたか?

　当時はそんな自覚はなくて。学校の図書館は本も多くなければ貸し出しもありませんでしたから。それでも、新学期になって4人の兄たちが学校から教材を持ち帰ってきたら、国語の教科書は片っ端から読んでいたように思います。加えて、祖母の影響が外せません。彼女こそ「私の何かをすべて創り上げた人」だといえます。とにかく昔話をよくしてくれましたし、私も聞かせてとせがみました。「ムカデになった娘」などの昔話もあれば、「ばあちゃんのひいおばあちゃんはねぇ、嫁いできて3年で未亡人になってさ……」といった一族のエピソードを昔話風に仕立てたものまでありました。今思えば、(脚本家になる)素地はあったのかもしれません。例えば大学生の頃、ソウルに帰ろうと田舎の停留所でバスを待っていたら、どこかのおばあさんと孫娘らしき2人組がいたんです。おばあさんが七星サイダーの大ビンが入った風呂敷包みを渡しながら、孫娘に向かって「二度と来るな」と言っていたんです。そんな光景を見ては何かしらの物語が浮かんできて、おまけにそれが忘れられなくて。

連続殺人犯よりも、その息子の話に惹かれる

——小説、ドラマ、映画、すべて手掛けられたわけですが、場面が立体的に浮かび上がるようなストーリーはどうやって文章化されるのでしょうか?

　私がドラマ脚本家志望生たちにしょっちゅう言っていることですが、「その場面を見ながら書いていると思いなさい。さもなければまるで別の場面

になりかねない」と。 また、例えば、〈窓の外を見ると、だいたい12人いて、ひとりは会話中で、ひとりはあちらへ向かい、黄色いシャツのおじさんが……〉とダラダラ書くのではなく、〈平日の午後2時、公州市灘川面。 春の陽気〉と、こんなふうに書くと、美術チームはどう対応すべきかわかるでしょう？ 必ず会話で語るべき場面は台詞のみにしながら、伝えたいことを読み手が想像できるように書くべきです。

──指南書もたくさんお読みになったのでしょうか？ 脚本を一気に書き上げるタイプなのか、それとも熟考するタイプなのかも気になります。

ロバート・マッキーの『ストーリー ロバート・マッキーが教える物語の基本と原則』からは影響を受けました。スティーブン・キングの本も読みましたが、そうした指南書を何冊も読むよりも、これという一冊に絞ってそれを読み込むほうがいいのではないかと思います。 また、作家が書いた自叙伝とか、文章の書き方本なんかもときどき読むんですが、なぜ読むかというと、これほどまでに立派な人たちも文章を書くのに苦労しているんだなと自分をなぐさめるためなんです。 連続ドラマの執筆のとき、1～4話までに関しては締切を何回延ばしてもらったかわかりません。 連続ドラマって、なんとなく彫刻と似ている気がします。 全体的なアタリをつけて、少し削ってみて、「ちょっと違ったかな」と思うと別のところを削って、また戻ってきてこっち側を削って……みたいに、絶対に一度ではかたちにならず、絶えず削り続けてようやく完成するんです。

──パクさんが今、興味をもたれていることは？

以前は連続殺人犯などの尖った人物が登場する物語に惹かれていましたが、最近は連続殺人犯よりも「その息子」のほうに関心があります。『ストーン・ダイアリー』というアメリカの小説[8]があるんですが、この小説は、ある女性が生まれて祖父と祖母が何をして、ママとパパはどうやって出会って子どもが生まれて、しかし出産後すぐにママが亡くなりパパが苦労して……といっ

※8 キャロル・シールズによる1993年の小説。1905年にカナダで生まれた女性の一生を描き、ピュリッツァー賞を受賞した

た物語なんです。 つまり、キュリー夫人みたいな偉人の話じゃなくて、隣に
住むおばさん、おばあさんの一代記をまるで偉大な人物の自叙伝のように書
き綴った物語なのです。 いつかは私もそういった物語を書いてみたいですね。

《 Epilogue 》‥‥‥‥‥‥‥‥‥‥‥‥‥‥‥‥‥‥‥‥‥‥‥‥‥‥‥‥‥‥‥‥‥‥‥
　　パク・ヨンソンさんの仕事場には、人物がスケッチされた用紙が積まれて
いた。「文章を書くのに疲れたとき、気分転換に30分ほどで描いたもの」だ
そうだが、映画『レオン』のマチルダ、ジョギングする女性、しゃがみ込む
おばあさんなど、その絵の表情や動き、しわまでがいきいきとしていて、人
間の姿から想像の翼を広げていくことが自然にできる人によるスケッチだ
と思った 。
　　仕事場はきれいに整頓されていた。文章が細かく書かれたホワイトボード、
大きなテーブル、ノートパソコンとデスク、ノートと筆記用具。 それです
べてだった。
「一日のルーティーンを決めるんです。 ここに出勤してコーヒーを飲んで
食事をとると、だいたい午後1時。 そこから午後6時まで働きます。 週5
日くらい。 業務時間が終わると仕事のことは考えないようにしていますが、
散歩中や寝る前にふと思い出すこともありますね。 その日の仕事は終わっ
たはずなのに、頭の中では構成が勝手に動いていて。 まるで電源が切れず
にずっと通電している感じです。 さすがにキャリアが長くなってくると、
その電気がちゃんと遮断されるので助かっていますが。 それにはいい面も
あるんですが、ああ、私もとうとう『職業脚本家』になったのね、何かに染まっ
ちゃったなぁとも思います。 もう、文章を書くことが特別なことでも何で
もなくなったんだなって‥‥‥(笑)」

08

その時々の社会に向ける
鋭いメッセージ、
冷静な視線

Drama

2002年「下着モデル」
2010年「神のクイズ」シーズン1
2011年「神のクイズ」シーズン2
2012年「神のクイズ」シーズン3
2013年「グッド・ドクター」
2014年「神のクイズ」シーズン4
2015年「ディア・ブラッド～私の守
　　　　護天使」
2017年「キム課長とソ理事～Bravo!
　　　　Your Life～」
2019年「熱血司祭」
2021年「ヴィンチェンツォ」
2024年「熱血司祭2」(予定)

Cinema

2000年『シアター 殺戮劇場』
2018年『ヨコクソン』
2022年『非常宣言』(脚色)

TEXT:ソン・ギョンウォン〈シネ21〉記者　PHOTO:チェ・ソンヨル〈シネ21〉記者

ドラマ作品において「楽しさ」と「メッセージ性」はそれぞれ逆方向へ疾走する二匹のうさぎであり、その二兎を同時に得るのは困難だとされている。しかし、それはただの定説にすぎないのかもしれない。パク・ジェボムさんの作品を見ていると、そんな気持ちになる。

「ヴィンチェンツォ」は、悪逆非道なイタリアマフィアが、韓国の財閥と法曹界の不当なカルテルをぶった斬るという、視聴者に妙な背徳感と衝撃を抱かせ楽しませてくれるドラマである。悪が悪を裁くストーリー自体は目新しいものではないが、「ヴィンチェンツォ」は終始アクの強いユーモアをまとっていたという点が実に斬新だった。

「社会規範からはみ出した悪党どもを、さらに強い力で一網打尽にする」という爽快感とともにこの作品を下支えしているのが、「怒涛のように畳みかけてくるコメディやパロディ」だ。時に全身で、時に抱腹絶倒の台詞で、時には奇想天外なキャラクターたちのスラップスティックで笑いを誘う「ヴィンチェンツォ」は、まるでバラエティ番組を見るような感覚で楽しめる。そうして笑いながらドラマを楽しめば楽しむほど、そこに仕込まれた強いメッ

「ヴィンチェンツォ」　写真提供：tvN

セージによって韓国社会の闇の実体が浮き彫りになるのだ。 もはや風刺や
ユーモアの範疇を超えた、型破りな表現手法である。

　パクさんの作品からは、いつでもその時々の社会に向けられた鋭いメッ
セージと冷静な視線が感じられる。 これは彼が社会の抱える課題を伝えた
い一心でドラマを紡ぎ上げてきたからにほかならない。こうしたケースでは、
肝心のドラマとしての面白さがおいてけぼりになりがちだが、パクさんの
作品は違う。 彼は、笑いこそがメッセージに共感してもらうための最適な
手段であるということをよく理解しているのだ。

　法医学ミステリーから医療ドラマ、ファンタジー、社会派ドラマまで、パ
クさんの守備範囲は縦横無尽だ。 にもかかわらず一貫して「パク・ジェボ
ムらしさ」を保つことができているのは、中心にしっかりと据えられた時
代精神[1]というブレない柱のおかげだ。 彼は社会が抱える課題をユーモア
で包み込んだ作品を書く。 だからこそ、そのユーモアが意味を成し、その
意味が時代の苦しみと憂鬱を癒やす安らぎの場となって戻ってくる。 マイ
ノリティに向けられるパクさんの関心は、社会へのメッセージ、人への信
頼感と相まって、今も融合しながら新しい作品を紡ぎ出す。 ソウル・汝矣
島のKBS本館前にある事務所でパクさんに会った。

──東国大学の演劇映画学科を副専攻としながら、演劇活動をされてきました。
脚本家の道に入った経緯を教えてください。

　中学生の頃から映画の演出をするのが夢でした。 大学に入ってからも諦
めきれず、副専攻で演劇映画学科を選択したのですが、そのうち演劇のほ
うにのめり込んでしまったんです。 ただ、演技というのは、どれだけ好き
でも結局は才能がものをいう世界。 しばらく楽しく勉強しましたが、心の
どこかでは自分の居場所は映画の世界だと思っていたようです。

※1　その時代に生きる人々の普遍的な感情や思考傾向のこと。自分たちが生きる時代の問題点を自覚し、
　　　解決すべきと考える精神

2000年に映画『シアター 殺戮劇場』の脚本を書いたあと、映画製作の準備をしていたのですが、何度か企画が流れ、当然その間に時間も流れていくわけです。 とにかく何かしなくてはと、KBSのシナリオコンクールにも応募してみたのですが、入賞者5人のところ6番目という結果でした。 そこで本来なら落選で終わるところですが、ありがたいことに事務局から特別に連絡をもらえて、半年間限定でインターンとして働くチャンスを得たんです。 それがきっかけとなって、2002年に「ドラマシティ」で短編ドラマの脚本を書いたのが始まりです。

——「ドラマシティ」でデビュー後、2010年の「神のクイズ」を執筆するまでにかなり長いブランクがありますね。

　ドラマの脚本を書きながら映画製作の準備も続けていましたが、企画が3度も流れるうちに6〜7年があっという間に過ぎました。 ドラマ業界に復帰しようと思ったものの気持ちが乗らず、そんなときにOCNから新プロジェクトのオファーをいただいたんです。 それが「神のクイズ」です。CJ E&M(現CJ ENM)で企画した作品ということもあって映画的な要素が強く、この感じならできそうだと思いました。 そうやって始まったドラマの仕事がここまで続いてきたというわけです。 もちろん映画は今も変わらず準備中で、感覚を忘れないように脚本も書いています。最近では『非常宣言』(22)の脚色の仕事もしました。

ジャンルはゴールではなく道のり

——シナリオ執筆において、ドラマと映画とでは大きく違うのでしょうか？

　フォーマットが違うので当然違いはあるのですが、最近はその差も曖昧になってきているように思います。 そもそも私がマイナーなスタイルを好

むので、大きな違いとして感じられていなかったのかもしれませんが。 私は自分の未知のことからストーリーの着想を得るタイプです。「神のクイズ」は韓国初の法医学ミステリーという新しいジャンルにチャレンジした作品だったのですが、国内初が目標だったわけではなく、私が書きたいストーリーを探っていった結果、法医学ミステリーにたどり着いたケースです。 私はいつもテーマ先行で仕事を進めていて、ジャンルやスタイルはあとからついてくるものにすぎないと思っています。 テーマを伝えるためには、今どんなドラマを世に出すべきかをまず考えていますね。

——確かに「神のクイズ」で法医学を扱ったときも、「グッド・ドクター」で小児外科を選んだときも、さらには「ヴィンチェンツォ」でイタリアのマフィアを主人公にしたときも、結局は社会の矛盾を語るドラマになっていました。

　そのとおりです。 ジャンルはメッセージを伝えるための手段であり、目的ではないんです。 そのドラマを一皮むけば、根底には社会ドラマが流れているといえるでしょう。 重要なことは、それが道理にかなっているのか、今すべき話なのか、ということです。 少なくとも脚本家は、なぜ今このテーマを取り上げるのかについての答えをもっているべきです。 そこを明確にできないかぎり、誰も説得できませんから。

——ふだんから社会的な問題について関心をもたれているようですね。

　私にとっては当然のことです。 わざわざ調べるまでもなく、みなさんがふだんから関心をもっているレベルで十分だと思います。 ニュースを見て、人と議論して、ときどきデモや集会にも出て。 むしろ政治的な話題にのめり込みすぎないように注意しています。 韓国の普通の国民が自然に感じる距離感を保っていたいので。 でも、だからといって中道はないですよね。 そもそも政治的な中立というのは幻想だと思います。 ある程度の偏りがあって当然でしょう。 ただし、作品で描写するときは、その偏りをできるだけ出さないように描いていくことが重要です。 誰の目にも間違えていること、常

識的に見て恥ずべきことをドラマで伝えていきたいです。

——専門分野の細やかな描写が素晴らしいのですが、特別な取材や調査をされていますか?

　特別な方法などはなく、とにかく一から十まで、ひとつ残らず学ぶんですよ。畑作をするような感覚といえばよいでしょうか。 のちのち、脚本を書くときにその勉強が糧になるんです。「グッド・ドクター」はその学びに救われた作品となりました。 だからといって、ひとつのテーマにこだわって同じような脚本を書こうと思ったことはありません。 いつも未経験の分野に心が引かれるので。

——「神のクイズ」はシーズン化して長期間放送されるという、それまで韓国にはなかったモデルを作りました。最終シリーズはご自身で脚本を書かず、総合プロデュースにまわったのには理由がありますか?

　これも未経験へのチャレンジでした。 聞こえはいいですが、大変でしたよ。過ぎてみればすべて自分の財産となったいい経験ですが、何しろ、国内初のシーズン化でしたから、毎シーズン新しいものを見せるにはどうすべきか知恵を絞り出し、悪戦苦闘しながら、とにかくやる気ひとつで取り組みました。何よりも韓国のドラマ制作の環境に合わせて進めることが難しく、シーズン1が成功したからといって2から制作費が増えたりしないわけです。 その意味でも試行錯誤しながらプランナーとしての目線を養えたかなと。 演出、プランニング、脚本のすべてを指揮する総合プロデュースは、アメリカのドラマ制作においてはショーランナーと呼ばれる当たり前のシステムですが、韓国ではまだ珍しいんです。 総合プロデュースをするクリエイター[2]は脚本家でありながら、プロデューサーでもあります。 今、私たちのチームは5本程度のプロジェクトを同時進行していますが、そうなるとまるでサッカーチームの監督のように広い視野が必要です。 いつでも勉強ですよ。

※2　作品の流れやキャラクター造形、スタイルなどを制作陣にアドバイスする役割

──「キム課長とソ理事〜Bravo! Your Life〜」（以下「キム課長」）を機に、目新しくて斬新なチャレンジをすることから、共感型のスタイルへと軸足を移したように思われます。

そのとおりです。「ディア・ブラッド〜私の守護天使」までは医学、ミステリーを土台とした構成だったのですが、「キム課長」からはコメディ要素が強くなり、かなり笑いに力を入れるようになりました。きっかけは「ディア・ブラッド」が終わったあと、私がありとあらゆる病気に見舞われたことです。10年分の無理がたたったのでしょう。手術をして2週間ほど入院したのですが、特にすることもなくて韓国のバラエティというバラエティを全部見ました。今も文章を書くときには常にバラエティ番組を流しています。とにかくこれらの経験から、広く視聴者に訴求する力、つまり大衆に親しみやすいストーリーが必要だと強く感じたのです。

その頃、休みをとって全羅北道の群山に旅行に行ったのですが、そこで偶然、
２人のおじさんに出会いました。片方のおじさんは、"キム課長"と呼ばれ
ているもうひとりのおじさんに就職の口利きをしてやったにもかかわらず、
彼が誠意を見せないことが引っかかっている様子でした。「なあ、キム課長。
人としてそれはないよ。おれは善意で紹介したからかまわないけど、あち
らさん（紹介先）だって歓迎会もしなくちゃならないし、お金だってかかる
んだよ？」って。その会話を聞いた瞬間、次回作が「キム課長」に決まりま
した（笑）。[3]

──まさに運命的な出会いでしたね。

　これだ、という瞬間があるように思います。その頃、私がとても疲弊して
いる状態だったから、気持ちを明るくしてくれるコメディを作りたかったんです。
未経験の分野ではありましたが、難しいとは思いませんでした。とりあえず（大
衆が）何が好きなのかわからないので、好みそうなものを全部入れてみまし
たね（笑）。先ほど話したように、一から十まで全部手をつけないと気が済
まない人間なので。でも、コメディは幼稚に見えたらおしまいです。ナン
センスコメディからスラップスティックまで、笑いの幅を可能なかぎり広く
もたせようと考えました。コメディ番組を丸ごと１本見たかのように、いろ
いろな笑いの要素を入れたくて……なんて口で言うのは簡単ですが、実際は
全体のリズムが合うように作り上げなくてはならないので難しかったですよ。
さながらひとつのオーケストラを構成していく作業のようでした。主人公
というマエストロを中心に、さまざまな助演者たちが各パートで個性的な
音色を響かせることが重要でしたからね。必然的に出演者の数も多くなり、
助演の俳優一人ひとりが主人公になるパートも生まれました。コメディジャ
ンルとはいえ、バラエティ豊かなキャラクタードラマとなりました。

──医学もののドラマを作っていた初期の頃から、面白く見せることにこだ
わってこられましたよね。「キム課長」以降、「熱血司祭」や「ヴィンチェンツォ」

※3　ドラマのキム課長（ナムグン・ミン）も群山で働いていたという設定になる

では、コメディ路線を維持しつつも社会批判のメッセージが一段と色濃く感じられるようになりました。バランスが絶妙で見はじめると止まらなくなります。

　今の時代に求められる物語を"面白く"伝えるのが私の目標です。メッセージだけならただのプロパガンダにすぎず、面白さのみでも意味のない空っぽの娯楽にすぎません。笑いには、人々の注目を集め、振り返らせる力があります。どん底に落ちても、もう一度這い上がらせてくれるのが笑いだと思っています。だからコメディが魅力的なんですよ。本気で笑わせようと思ったら、心から共感できてしっかりとした内容が必要です。そういう意味では「キム課長」のキム課長は、完璧な聖人君子じゃないからいいんです。私見ですが、行動を利己的か利他的かの二者択一で判断しようとするとき、実は本当に大事なことを見落としているんじゃないかと悩むことがあるんです。キム課長は適度に損得勘定のできる俗人ですが、最後の一線は守りつつ自分を愛することができる人。正義一辺倒の人は見ていて疲れますからね。このやり方が正しいのかどうかはよくわかりませんが、現実世界ではふたをしているような部分を、少なくともドラマでは思いきり手をつけてみたかったんです。

——ユニークな風刺や社会批判が込められた名台詞も多いですね。「キム課長」に出てくる《おれたちの目標は、一に忍耐、二に忍耐、死んでも忍耐》という台詞は、世知辛い世の中で平凡な私たちにできることを代弁してくれると同時に、共感するしかないという自嘲もにじみ出ています。

　ありがとうございます。視聴者の心の声を私が公にしたかったんです。台詞は毎日の生活のなかで思い浮かぶたびにメモをしておきます。特定のテーマに打ち込むと、見るもの聞くものすべてがそのテーマに関連づけてアウトプットされるんです。アイディアの源があるとすれば雑念に近いものだと思います。文章を書く仕事の8割は、そういう頭の中に思い浮かんだごちゃ

ごちゃとした考えをきれいに整理する作業です。朝は少し本を読んで、午前11時から午後5時まで会議をします。午後5時からが完全な自分の時間なんですが、年齢とともに体力が落ちてきて長時間は書けません（笑）。だからこそ、日常生活のなかで集めておいたアイディアや台詞、言葉が大切なのです。

行き詰まる現実世界

──「キム課長」では《つらくても人間らしく生きながら耐えよう》、「熱血司祭」では《なぜみなさんは教会に来て許しを請うのですか？　教会より先にまずその相手に許しを請うべきでは》と、強い口調で世間を諭します。「ヴィンチェンツォ」では「悪魔が悪魔を懲らしめる」という構造で、堕落した者たちに向かって刃を突きつける。主人公の行動が痛快であるほど、一段と悲観的に感じてしまうのは気のせいでしょうか。

　結局、脚本は社会に対する私の視線を反映したものになります。世の中がだんだん悪くなってきているので、私の表現もそれにつれて激しくなったのでしょう。「キム課長」のときは、それでも一縷の望みがあったんですが、「ヴィンチェンツォ」を書いているときは懐疑的というか、悲観論から抜け出せない状況になりました。きっかけはノ・フェチャン議員※4が亡くなったことで、そのときに何かが大きく変わったように思います。マフィアという一種のファンタジーのようなジャンルを選んだのは、行き詰まった社会状況への反作用みたいなものです。「正義を貫くことが正しいと信じていたのに、失うものが多すぎる。正義の味方なんか願い下げだ！」という私なりの宣言でもありました。悩み多きハムレット型の主人公はもうこれ以上書きたくないんです、もどかしいので。「ヴィンチェンツォ」で描いた

※4　正義党の国会議員。1980年代後半の民主化運動や労働運動の組織化に尽力し、多くの市民の支持を得た。2018年7月、政治資金疑惑の捜査中に自殺した

過激なファンタジーは、脚本家として私が感じた失望が行きついた先の結果であるといえるかもしれません。悪いやつらが強すぎて、ちょっとやそっとの成長くらいでは太刀打ちできない。そういう絶望の果てに「ヴィンチェンツォ」という最後の答えが出たんです。

「ヴィンチェンツォ」を終えたあと、あれ以上強烈に悪に抗うことができるのか、そこに意味があるのか悩んでいます。ですので、準備中の次回作は（「熱血司祭2」を除いて）SFにしました。現時点ではお話できるほど何も決まっていないのですが、準備中の作品は2058年が舞台で、未来の民主主義や法治主義がどんな姿に変わっているのか、想像しているところです。ユートピアなのかディストピアなのか、どちらにしても、現実社会の陰が投影されることでしょう。現実社会の課題と伝えたいメッセージをより鮮明にしたくて選んだのがSFですから。

——文章が書けなくなったとき、打開するコツはありますか？

（きっぱりとした口調で）そういうときは書いてはいけません。まずは手を止めて、その作品と距離をおく時間が必要です。文章が書けなくなったということは、作品の構造に何らかの問題が発生しているサインだからです。何かひとつに集中しすぎると全体像が見えなくなるときがあります。重要なのは全体の設計です。手抜き工事のまま最後まで推し進めても、結局、亀裂が生じることになります。ドラマが失敗に終わる原因にはキャスティングミスや盛り上がりに欠けるなどいくつかあると思いますが、遡れば結局は最初の設計と構造に問題がある場合が多いと考えられます。

　私は2022年にデビュー20周年を迎えたのですが、20年間、毎回迫りくる締め切りを乗り越えてこられたのは、ひとえに想像力の賜物です。作品についてではなく、この仕事が終わったらどう過ごすかを想像するんですよ。書く手が止まったら、まずは締め切り日に合わせてホテルの部屋を予約します。終わらせ方が見えなくても、いつ終わるかはわかっていますから。原稿を

書き終えたあとのことを想像しながら耐えるんです。 以前、脚本家仲間と
「私たちはいつになったらストレスから解放されるのか」ということを真剣
に議論したんですが、この仕事を辞めないかぎり不可能だという結論に至
りました。どうにもならないならこのストレスと親しくなるしかないでしょ
う。 うまくなだめすかしながら歩んでいくことにしますよ。

《 Epilogue 》‥‥‥‥‥‥‥‥‥‥‥‥‥‥‥‥‥‥‥‥‥‥‥‥‥‥‥‥‥‥‥‥‥‥‥‥

　パクさんの作品はわかりやすくて面白い。 長いインタビューを終えて、
気づかされたことがある。 面白い内容をわかりやすく伝えるためには、注
視すること、熟考すること、物事を深く掘り下げることが必要だということだ。
インタビューの最後に「よいストーリーとは何だと思いますか?」と野暮な
質問を投げかけると、「多くの人が理解できる脚本です」と淀みない答えが
返ってきた。「脚本の執筆とは、いわばパンにジャムをまんべんなく塗る作
業です。 どこを食べてもそのジャムを味わえるようにきちんと伸ばすのが
商業的な芸術だとしたら、純粋な芸術は特定の部分にジャムを塗って、それ
を視聴者が見つけられるように導くことです。 どちらがいいといった優
劣の話ではなく、私はいつでもジャムが味わえるような、誰が見ても楽し
くて面白い作品を書きたいんです」。 面白さと大衆性に対するパクさんの
揺るぎない姿勢は、彼が誰よりも強くテーマにこだわっているからこそも
てる、自信の表れでもある。 あらためて、よいストーリーとは何か。 定義
するのは容易ではない。 ただ、多くの人に愛されるストーリーとは、どれ
も時代の空気を捉えている。 まさにパクさんの作品がそうだ。「時代のか
ゆいところに手が届く、孫の手みたいなストーリーを作りたいんです」と
いう彼の最後の言葉が、一段と説得力を帯びる。

09

偏見、先入観、差別と
闘う愛を描き続けて

ペク・ミギョン
「力の強い女 ト・ボンスン」「Mine」

TEXT:イ・ジャヨン〈シネ21〉記者　PHOTO:ペク・ミギョン（提供）

ペク・ミギョンさんの作り出す世界のフレームは、主に「力の割り当て」から成る。不均衡なまでの力をもつ者は委縮して自分の強さを隠してしまうが、やがてその力を開放することを選んだとき、初めて真の自由を得る（「力の強い女　ト・ボンスン」※1）。　相手のもつ力のすべてを奪い取ろうとする者と己の取り分だけを正当に要求する者とのヒリヒリした力比べは、やがて「憧れ」という違った形の愛となって少しずつ払拭され、安定した地面に着地する（「品位のある彼女」※2）。互いの力を警戒し、牽制し合いながらギリギリの綱渡りをしていた者たちが、困難を極める試行錯誤の末に絶妙なバランスを見出し、ひとつになる（「Mine」※3）——。

　大方の映像作品において、力とは上下関係や権力構造の根幹であり、人間関係を掌握するための重要なファクターである。　しかし、ペクさんの作品においてはその定義が少し異なる。　理解する力、包容する力、つなぐ力、ひとつになる力。劇中におかれた不遇の人やたったひとりで闘い続ける人々に、彼女は作品世界の創造主として力を分け与え、彼らを慰め、元気づける。だからこそ、彼女の手にかかればどんな悲しみも薄れていくのだ。　ペクさんの作品が追い求めてきた連帯のもつ価値と潜在力、そして優しく忍耐強い社会への熱望について、もっと詳しく聞いてみたい。　そんな思いでソウルにあるペクさんの仕事場を訪ね、彼女の物語が胎動する場所で尽きぬ話に耳を傾けた。

※1　女性ヒーローを描くドラマ。先祖代々続く怪力をもつ
　　　女性ボンスン（パク・ボヨン）を軸に、彼女の周囲で巻
　　　き起こる事件と恋模様を描く。ペクさんがテレビのトー
　　　ク番組に出演した際に、自身がもっとも愛着をもって
　　　いると語った作品

※2　あふれ出す欲望を前にして交錯する2人の女性の運命
　　　を描く。憧れや慰め、憐れみや連帯といったキーワー
　　　ドを基に展開する物語。キム・ヒソン＆キム・ソナ主演

※3　偏見を乗り越え、本当に自らが望むものを追い求める
　　　女性たちの物語。連帯がもつ力を描き出す。イ・ボヨン
　　　が主演をつとめた

——ドラマ脚本家としての才能に初めて気づいたのはいつでしたか？

　小学生の頃から作文の賞を取ることが多かったので、早くから「自分には物書きの素質があるのかな」と思っていました。それでも作家になりたいとまでは思いませんでした。幼い私にとって、作家は経済的に厳しいというイメージがあったので。ところが、高校生の頃にこんなことがありました。自宅から学校まで歩いて20分の道のりなんですが、途中に張られた鉄条網さえなければ5分で着くんです。そこで鉄条網の下にこっそり抜け穴を作って通学していたところ、ほかの子たちまでがシルクロードみたいにそこを通るようになったんです。だんだん穴が大きくなってきたところで先生方の大捜索の末にバレて、一年間反省文を書かされました。後半になると本当に書くことがなくて、自分の一代記を交えたりして。当時の学年主任が国語の先生だったのですが、いつからか私の反省文を心待ちにされるようになっていました。

——先生が読者になってしまったんですね！

　そうなんです（笑）。ある日、先生に呼ばれて「ペクさん、将来の夢は何？」と聞かれたので「ありません」と答えました。そしたら先生が、作家を目指してみたらとおっしゃったんです。そのときに初めて、他人の目を通じて自分の才能について考えてみました。

——そして2000年に第1回MBCプロダクション映画シナリオコンクールで優秀賞を受賞されます。間にブランクがありますが、2012年に第10回慶尚北道映像コンテンツシナリオコンクール奨励賞、2013年にSBS脚本コンクール大賞、2014年にMBC脚本コンクールのミニシリーズ部門優秀賞など受賞が続きます。3年連続でコンクール受賞というのは異例のことです。

　わかりやすくいうと、どうしても歌手になりたくて「SUPER STAR K」「K-POPスター」「PRODUCE 101」※4に毎年出ていたようなものです。ある人など、コンクールに応募することが私の趣味だと思っていたらしいの

※4　いずれも韓国で人気のオーディション番組

ですが、そんなわけありませんよね (笑)。 コンクールの受賞歴があったと
しても、脚本家になるというのはそれほど狭き門だったのです。 私には本
当に何もありませんでした。コネもないし、力を貸してくれる人もいません。
しかも地方在住で、ソウルのように多くの情報が入ってくるわけでもない。
私にはコンクールしかなかったんですよ。 破竹の勢いに見えたでしょうが、
挫折の経験も数えきれません。 だからインタビューやテレビなどの番組に
出るときは、主に自分の失敗談を話すようにしています。 歳を重ねて夢を
諦めた人が、もう一度、希望をもってくれることを願いながら。 それが、私
がインタビューの場に出る理由です。

本質と、それ以外との狭間で

——2000年に初めてコンクールで受賞して、次に2012年に受賞するまでの
12年間は、執筆活動ではなく英語の塾を経営されていたそうですね。

　2000年にシナリオコンクールで入選した私の作品が盗作されたんです。
例えようのない失意のなか、故郷である大邱に戻って塾を始めたのですが、
これが大当たりして。 自分でいうのもなんですが、教えるのがうまかった
し、子どもたちとのコミュニケーションも円滑でした。 生徒たちと仲よくな
るために「スタークラフト」や「ディアブロ」などのコンピュータゲームもや
りましたよ (笑)。「力の強い女 ト・ボンスン」のミンヒョク (パク・ヒョンシ
ク)がゲーム会社のCEOという設定は、そのときの経験が活かされています。
私は常に、本質とそれ以外を考えています。 私が塾を開いていたときの本
質は、お金儲けではなく、子どもたちと親しくなることでした。 ほかの塾の
ように勉強ができる子にだけ目を掛けるのではなく、成績の伸びない子ども
も私が自ら教えました。 そのまま塾経営を続ける道のほうが大きく成功す

「力の強い女 ト・ボンスン」 写真提供:ジェイエスピクチャーズ

る可能性もありましたが、私はそちらを選びませんでした。

> 私の大好きな人たちの笑い声を守りたい。
> 私ひとりでこの世界を救えはしないけど、
> 取り戻したこの力をいいことに使いたいの。
> ──「力の強い女 ト・ボンスン」

──その選択からプライドが感じられます。

　それが私の哲学であり価値観ですから。優秀で素敵な人よりも、誰にも

関心をもたれない弱者のほうに引かれます。絶対的な善も悪もないという考えで、人間への憐れみと理解を物語に込めていこうと。「品位のある彼女」のボクジャ（キム・ソナ）や「Mine」のジャギョン（オク・ジャヨン）が、まさにそうした要素の強いキャラクターでした。

──やはりその憐れみと理解が、ペクさんにとって、脚本の題材を探したり物語を構成したりするための大きな力になっているんでしょうね。

そうですね。「力の強い女 ト・ボンスン」も、怪力の女の子の話というよりは弱者の話をしたかったんです。ボンスン（パク・ボヨン）は背が低くて高卒で、世間では負け犬とされる側。ですが、彼女は世界を征服する高卒なんですよね。それが私にとってとても意味のあることなんです。偏見のない世界をつくるために、作家としてできることをやりたいんですよ。「品位のある彼女」でも幼い頃から貧しかった女性の粗末な暮らしを映す描写があり、「Mine」でも性的マイノリティの話が出てきます。よく「人の上に人はなく、人の下に人はない」といいますが、私が願うのはそんな世界です。

──「力の強い女 ト・ボンスン」が放送された2017年は、王道の恋愛ドラマが脚光を浴びた時期でした[5]。女性ヒーローの登場は結果的には多くの視聴者に歓迎されましたが、あのタイミングで異色の題材を打ち出せた理由は何だったのでしょうか？

先ほど、脚本家の仕事を再開する前に塾経営で成功していたとお話しましたが、この経歴がなぜ重要な意味を成したかというと、作家というのはお金がないと、やりたくもないものを書いたりおもねったりせざるをえなくなるからなんです。交渉のテーブルの前で卑屈になったりもします。その点、テレビ局からしてみれば、私はベンツに乗って打ち合わせにやってくる新人脚本家。気持ちにも余裕があったわけです。当時はまだ、テレビ局の人間が新人脚本家をバカにするような悪しき慣習がありました。一種のパワハラですよね。ですが、私はそんなものにはびくともしない。そのおか

※5 「あなたが眠っている間に」「サム・マイウェイ〜恋の一発逆転！〜」「ひと夏の奇跡〜Waiting for you」などが高視聴率を記録した

げで、自分がやりたいことや自分の得意なことに集中できました。誰かが
この悪習を絶たなければという責任感もありました。今ではかなり改善さ
れたそうですよ。

──しかし2023年の今、過去のドラマをあらためて見直すと、当時とは違っ
て見えてくる点もあります。例えば「力の強い女 ト・ボンスン」ですが、
玄関のドアも簡単にこじ開けるほどの怪力をもつボンスンが、友人の誘拐
を知って真っ先にやったのは、男性主人公のミンヒョクに助けを求めるこ
とでした。

　この行動を男性に依存していると受け止める方もいるでしょう。私はむ
しろ協力だと考えています。ミンヒョクはお金持ちで賢い人です。つまり
ブレイン役ですね。ボンスンはといえば、頭がまわらない代わりに力はも
のすごく強い。そんな2人が同じ目標をもって協力し合うことで、私の信
じる助け合いと共存の価値というものを表現したかったんです。

──ペクさんは劇中にPPL※6を違和感なく溶け込ませることで有名ですよね。
過剰なPPLで注目される作品もあるなかで、相当のご苦労が偲ばれます。

　ドラマはとても多くの利権、さまざまな利害関係が絡んでいます。多額
の制作費を苦労せず得られればなんの問題もありませんが、現実的には難
しいですからね。私としてはわりと協力的なほうだと思っています。私自
身、ビジネスを長くやってきたので、PPLの必要性もよくわかっていますし、
できることなら制作会社のためにもPPLをすべて入れたいと思っています。
資本主義のメカニズムを度外視はできませんから。ですが、PPLも規制が
あるので一定の基準以上は入れられません。そうでないと広告ドラマになっ
てしまいますからね。私が得意とするストーリーテリングと広告が求める
基本的な目的を、自然な形でマッチングさせること。それが重要ですね。
本質さえ損なわなければいいんです。

──「品位のある彼女」では、一言では定義しづらい奇妙な関係が出てきます。

※6　Product Placementの略で、「間接広告」とも呼ばれる。小道具としてスポンサーの商品などを登場させ
　　る広告手法

アジン（キム・ヒソン）はボクジャにとって憧れの人であり、自分の痛みを知ってほしいという思いを抱く相手でもあります。 しかし、この2人は家族ではなく、かといって赤の他人ともいえません。 敵ではないものの完全に味方でもありません。

　この関係を描くのは難しかったですね（笑）。韓国ドラマには"敵か味方か"という典型的な図式がありますよね。 ですから視聴者の反応も主人公を応援するか、悪役を懲らしめてほしいと願うかのどちらかになります。 そんななかで、ボクジャという複雑なキャラクターを通じて視聴者により多くのことを訴えたかったんです。 実はボクジャは誰の心にも存在するんです。 叶えられなかった夢や、手に入れられなかったものを欲する心とか。 実は、それは人が生きていくための原動力でもあるんです。 自分でもうまく書けたと思う箇所があるんですが……アジンが"心の塾"で勉強会をするなかで遺言状を書きますが、ボクジャの亡きあとに彼女の遺品からアジンの遺言状が見つかるシーンがありますよね。 その遺書状もボクジャの人生と死を暗喩するもので、そこで2人がついにつながったというわけです。 これは

「品位のある彼女」 写真提供：ドラマハウス

自分でもよく書けたなと思います (笑)。 実のところ、「品位のある彼女」は放送がなかなか決まりませんでした。 中年の女性2人が主人公のドラマなんて誰が見るんだと、業界の大半はそういう反応だったんです。 ふたを開けてみたら幸いにも視聴者の反応がよかったので、その後のドラマ市場でも女性同士の物語がたくさん出てくるようになったんですよ。

すべてを失った自分さえも愛せる自分自身。
これが答えです。

——「Mine」

誰も描いてこなかった物語を世に出す勇気

——「品位のある彼女」は、ヨンプン製紙の話※7をモデルにしていますよね。
　ヨンプン製紙の社員に直接インタビューもしましたが、あまり参考になりませんでした。 やはり内部事情を明け透けには語れませんからね。 事件については記事もかなり出ましたし、ネット上にも内容をまとめたものが多く出まわっていたのでそこから話をもってきました。 しかし、実話とドラマの内容はまるで別物だともいえます。 このドラマ自体、ボクジャという人物を多面的なキャラクターとして描きたいという思いからスタートしたからです。 ボクジャとアジンという立場の違う女性を結びつけたいというアイディアに、物語の背景としてヨンプン製紙の話を添えたんです。 キャスト陣の演技は本当に素晴らしくて、奥行きのある人物像を見事に表現してくださいました。 キム・ソナさん以外にボクジャというキャラクターをも

※7　2012〜13年頃、30代の女性が70代の製紙メーカー会長と婚姻して大株主となるが、のちに計画的な接近を疑われて告発された事件

ペク・ミギョン流 "題材探し" の極意

　社会問題や多様な価値観、マイノリティのための物語を描くペクさんは、どうやって興味深い題材にたどり着くのか？　当然、新聞を読み、たくさんのニュースに触れもするが、もっともよく行うのは想像することだという。「もし高句麗が朝鮮半島を統一していたら、韓国の文化遺産はどう変化していたのか？　もし白雪姫が七人の小人のうちイケメンの小人と恋に落ちたら？　王子様が実は暴力的な人間だったら？　古典小説『沈清伝』の沈清は自ら海に身を投げるけど、それは本意なのか、それとも他人の意思なのか？」と、想像をはたらかせるのだ。　ペクさんは世間が正しいとしている命題をそのまま信じたりはしない。　それを覆してみることで、彼女は今日も新たな仮想世界を構築していく。

のにできる人はいなかったでしょう。

——脚本を書く際は頭の中で映像を思い描きながら執筆しますよね。　想像どおりの画になったともっとも強く感じたのはどのシーンでしょうか？

　第4話（※韓国放送時）のラストで、アジンがボクジャに対して初めて感情をあらわにするシーンがあります。　ひどい嵐のなか、暴走するボクジャに向かってアジンが「いいかげんにしなさい！」と叫ぶ場面です。　一方のボクジャは、この家から絶対に出ていかないと言いきります。2人の緊張感に加え、ボクジャの表情、アジンの声色まで。　キャストの演技はもちろん、

演出まですべてが完璧でした。

——「品位のある彼女」と似たような構造をもつ作品が「Mine」ですね。

　当初は「品位のある彼女　2」を作らないかという提案から始まった作品でした。ベースも題材も同じですが、さらにスケールの大きなものを作りたかったんです。個人的には自分の限界を思い知った作品となってしまい、悔しさが残りますね。結果として不倫を扱うことになり婚外子が出てきますが、もし書き直せるとしたらそんな内容にはしません。本当は、もっと母性についてしっかりと描きたかったんです。それもステレオタイプな母親らしさを押しつけるのではなく、また違う脈絡での母性についてですが。劇中で継子への母性が出てきますよね。ヒス（イ・ボヨン）は夫の連れ子である息子のハジュンを一人前に育てあげ世に送り出すという使命感をもっています。「実の子でもないのに、なぜそこまで？」と思うでしょう。ハジュンの家庭教師[8]ジャギョンはヒスとともに息子を育てようとするし、義姉のソヒョン（キム・ソヒョン）も彼女なりの母性をもっています。

——だからでしょうか。偏見と闘う４人の女性（シングルマザー、継母、性的マイノリティ、貧困層の女性）が初めて一堂に会するのが、ヒスが血を流しながら流産するシーンです。

　ソヒョンが子どもを失ったヒスを抱きかかえ、ほかの2人がそれを見守るシーンは、「Mine」において私がいちばん力を入れて書いた場面でもあります。もっともつらいことですし、それゆえに女性同士が温かさをもって支え合うこともできるんです。ジャギョンも同じ女性としてその苦しみに共感し、ヒスに対する憐れみの情をのぞかせます。

——なかでも性的マイノリティを繊細に描いた点が好評を博しました。性的マイノリティが現実に妥協して生きることと、それによる心の葛藤が丁寧に描写されており、展開上の都合で安易にそういった要素を入れたのではないのだなと感じられました。

※8　実はハジュンの生みの親でもある

その点は本当に心掛けて、違うかたちの愛として注意深く扱おうという思いがありました。世間にはさまざまな愛のかたちがありますよね。それなのにドラマで描かれるのは20代の男女の恋愛話ばかりだなんて、おかしいでしょう？　今いるこのマンションをひっくり返すだけでも50通りは恋愛話が聞けるでしょうに。私は偏見や先入観、差別と闘う愛の物語をもっと描いていきたいと思っています。だから「力の強い女 カン・ナムスン」でも、高齢者同士の恋を大切に描いています。誰も興味をもちませんが、現実に存在する話ですから。多くの視聴者が求めるものではないとしても、あまり描かれることのない愛について語りたいんです。お年寄りの方だって、懐メロ番組ばかり見たいわけじゃありません。彼らが主人公の恋物語だって見たいかもしれないでしょう？　私はお金儲けのために脚本を書いたりはしません。誰もやらないこと、視聴率が出ないのではとためらわれるこ

とに真っ先にチャレンジして、新たな道を開拓したいんです。 ほかの脚本
家のためでもあり、この仕事に対する責任感と使命感から来る思いでもあ
ります。

──ふと気になりましたが、これまで多くの作品を手掛けてきたペクさん
にとって、筆の進む環境というのはどういったものですか？　作家は夜型
というイメージがありますが。

　夜型だとこの仕事はもたないんじゃないかしら。私は、朝起きてすぐがもっ
ともやる気の出る時間です。 普通の会社員のように朝9時から夕方6時ま
で働くルーティーンがいちばんです。 夜の11時には寝て、週末は必ず休む
こと。 太陽の巡りに合わせて働くことが健康の秘訣ですし、健康であれば
こそ筆が進みます。 神様が人間に日光を与えたのには、それだけの理由が
あるわけです。 健康には不可欠だし、しかもタダ。 使わない手はありませ
んよ。

《 Epilogue 》..

　ペクさんの作品でいちばん好きなものとして「力の強い女 ト・ボンスン」
を挙げたとき、彼女がまず尋ねてきたのは「このドラマは記者さんにとって、
恋愛ものですか？　ヒーローものですか？　それともコメディ？」という
ものだった。 ドラマのどこがよかったのかを聞かれるとばかり思っていた
ので面喰らってしまった。 しかし、考えてみれば納得のいく質問だ。「力の
強い女 ト・ボンスン」は恋愛ものであり、ヒーローものであり、コメディで
もある。 それだけではない。「Mine」も、ミステリースリラーであると同時
にブラックコメディであり、ロマンスありの推理ものでもある。 そこに少
しのクライムものの要素まで。

　ひとつの作品にさまざまなジャンルが入り混じっていることが昨今のト

レンドではあるが、ペクさんは多種多様な要素をまとめ上げる腕に特に長けており、柔軟な発想で異色のコンビネーションを実現させる。 その点で彼女は脚本家でありながら、調香師と化学工学者の間にいるような印象が強い。 ある材料を加えた際にどのような化学反応が起こるのかを具体的に予測したうえで、果敢な選択をするからだ。 そしてその選択は、現実世界に変化をもたらすための地盤となる。 ドラマを通じて彼女の提示する世界を間接的に経験した視聴者は、現実との落差を突きつけられ、よりよい世界を夢見るようになるだろう。 その小さな願いが集まって、ついには現実世界に地殻変動を引き起こすのだ。

10

誠実な下調べのうえで
大胆にひっくり返せるか

ソ・スクヒャン

「パスタ〜恋が出来るまで〜」「嫉妬の化身〜恋の嵐は接近中！〜」

TEXT：キム・ソミ〈シネ21〉記者　PHOTO：チェ・ソンヨル〈シネ21〉記者

ソ・スクヒャンさんが生み出す名台詞は、元気いっぱいの明るさと多少のぶしつけな雰囲気が魅力だ。「はい、シェフ!」(コン・ヒョジン)、「ボンゴレひとつ!」(イ・ソンギュン)のような何でもない一言が、ソさんの描く"胸ときめくラブストーリー"を介すると流行語になる。 また、「自分の人生に疑問符を投げかけるな。感嘆符だけをつけるんだ!」(チョ・ジョンソク)といった、その人のためだけにあるような台詞は、俳優の魅力を何千倍にも増大させる。

　ソさんはドラマ脚本家になる以前、放送作家として15年のキャリアを積んだ。トークバラエティ番組「チュ・ビョンジン・ショー」のメイン構成作家としてテレビ業界で活躍してきた彼女は、1990年代末に突如ドラマ脚本家に転向するというユニークな経歴の持ち主だ。2002年のKBSドラマ脚本コンクールでの受賞以降、ほぼ2年おきに新作を発表し、「パスタ〜恋が出来るまで〜」や「嫉妬の化身〜恋の嵐は接近中!〜」がとりわけ人気を博す。 いまやトップ俳優のコン・ヒョジン大躍進のきっかけとなったコンブリー※1神話もソさんの功によるところが大きい。 韓国トレンディドラマの新境地を次々と開拓してきたソさんは、そのコメディセンスまで磨きのかかった2010年代にはラブコメドラマ界の中心的存在に。現在は、数年にわたる準備期間を経て、ロマンスの舞台を遠く宇宙ステーションにまで拡張中だ。イ・ミンホ、コン・ヒョジンが主演をつとめる、制作費500億ウォン台の"テントポール"ドラマ※2「星たちに聞いてみて」がその新作である。 大作の撮影もいよいよ大詰めを迎えていた2023年3月初旬、ソさんを訪ねた。 ソウルの汝矣島公園が一望できる仕事部屋で、ソさんは題材探しから資料調査、台詞の推敲など、脚本を書くためにこれまで積んできた経験を惜しげもなく語ってくれた。「『パスタ』はこれが最後という気持ちで、『星たちに聞いてみて』は一から新しく始める気持ちで執筆しました」というソさん。 彼女にとってのドラマは、今なお、ミステリアスな生命体だった。

※1　ドラマ「パスタ」をきっかけに生まれた、コン・ヒョジンとラブリーを掛け合わせた彼女の愛称
※2　巨費を投じ、大ヒットしてテントの支柱のように会社を支えることを期待される作品

——デビューからほぼ2年周期で新作ドラマを発表し続けてきましたが、新作の「星たちに聞いてみて」はそれよりも長い期間をおいての発表となりました。

　終盤の作業も終わり、放送は2024年になる見込みです。そうなると「油っこいロマンス」から7年ぶりということになりますね。7年は長いようでいて、あまりにあっという間で戸惑うくらいです。私にとっては常に時間に追われる日々でしたから（笑）。「星たちに聞いてみて」は、執筆に5年ほど要しました。国内では宇宙ステーションに関する資料があまりに少なく、ずっと探しまわっていましたね。何かと助けてくださったのが、2006年に科学技術部[※3]の宇宙飛行士選抜事業で選ばれて、韓国で初めて宇宙に行ったイ・ソヨンさんです。今はアメリカにお住まいですが、質問するとすぐに返事をくださるうえ、現地の宇宙飛行士の集まりで聞いてきてくださることもありました。彼女のほかにも30名ほどの専門家にご協力いただいて、とにかく彼らを質問攻めにし、また私自身も悩まされながら執筆しました。重力がない場所では、ちょっとした生理現象をはじめ、人間に関わるあらゆることが変わりますから。

——宇宙にまでロマンスの舞台を広げることになったきっかけは何ですか？
　「油っこいロマンス」を書いたあと、自分のなかで大きな反省があったんです。「パスタ」とは違う角度から中華料理店の厨房を描いたつもりでしたが、わりとなじみ深い題材を扱ったせいか、過去に試したことを踏襲した部分があったのではないかと考えました。次の作品では絶対に未知の分野にチャレンジしよう、何が起こるか予測できない初心者の気持ちでアプローチするしかない作品を書こうと決心したからです。

——脚本家へのアドバイスで「自分がいちばんよく知っているものを書くべきだ」とよくいわれますが、それとはむしろ逆ですね。
　忘れられないエピソードのひとつが、その昔、プロデューサーのクォン・

※3　現在の科学技術情報通信部。韓国の国家行政機関

ソクチャンさん（「パスタ」「ミス・コリア」の演出を担当）と新しいドラマの題材を探すための会議をしていたときの話です。　数カ月かけてありとあらゆる題材を検討したのですが、私がいくつものアイディアをプレゼンする間、クォンさんはずっと煙草をふかしていたんですよ。　これも違う、それもダメ、という感じで。　あまりにもそれが続くものだから私も疲れてしまっ

「星たちに聞いてみて」 写真提供：KEYEAST

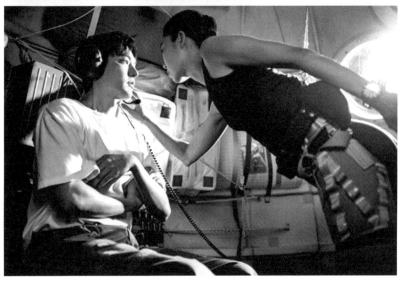

て、やけっぱちでアイディアをひとつひねり出したところ、クォンさんが急に黙り込んだかと思うと「いいね。それでいこう」っておっしゃったんです。どこがよかったのかとお聞きしたら、「先の展開がまったく読めないから」ということでした。何かアイディアがひらめいて面白そうな展開が連想できるときには、その題材はすでにほかの誰かが扱っているか、自分が気がつかないまでもどこかで見聞きしたものなんですよね。ピンとこない題材であっても、まずはそこに飛び込んでみる必要があるんだということが何となくわかった瞬間でした。

――「パスタ」や「油っこいロマンス」の厨房、「嫉妬の化身」のニューススタジオ、「ロマンスタウン」の豪邸など、ソさんの作品は場所から大きなインスピレーションを得ているように感じます。

はい、場所から生まれるエネルギーをもらって物語を形にしていきます。「パスタ」のときは、厨房が主人公だと考えていました。最初に手掛けたミニシリーズ2本の視聴率があまりふるわなかったので、「パスタ」はこれが最後だという心づもりで書きました。ろくに料理もできない私が厨房を舞台にしたドラマを書きはじめたといえば、その覚悟が伝わるでしょうか。私は、母が80歳になるまでずっと食事を作ってもらっていたんです。自分のそういうところがちょっと恥ずかしいんですけどね。「星たちに聞いてみて」も宇宙ステーションという舞台を思いつかなければ書けなかったと思います。

ドラマはリアリティあふれる想像力の空間

――料理のことをよく知らない状態でも「パスタ」で進めようと思えたのは、題材に自信があったからでしょうか?

「水と火と油、そして包丁がある厨房は戦場そのもの」というアイディア

に一気にテンションが上がって、そこから小さな戦場を舞台にしたラブコメディの構想が浮かびました。取材ではレストランを50軒ほどまわりました。取材先の厨房で料理を担当する15人くらいの方にマイクをつけてもらい、一日の間に厨房で交わされる言葉をすべて録音したり、とあるレストランでは2週間、ほぼ住み込みに近いくらい張り付いていたこともありますよ。そうやって数カ月間取材を続けていたところ、そろそろ書けそうだなという瞬間が訪れたんです。私は取材に長い時間をかけたあとで一気に書き上げるタイプです。それが不安を少なくする方法でもありますね。

——過去のことについてもお聞きしたいのですが、放送作家としてすでに結果を出しているなかで、なぜドラマ脚本家への転向を決めたのでしょうか？

「チュ・ビョンジン・ショー」や「チュ・ビョンジンのデートライン」を経験して、多いときは同時に3、4本の番組を掛け持ちしている状態でした。振り返る間もなく楽しく働いていたら、あっという間に10年が経っていました。収入にも満足していました。ですが、テレビ局で扱う題材って結局は流行に乗って繰り返されるもの。33歳のときに突然「私、停滞してない？」という危機感をおぼえたんです。テレビ業界の仕事が安定していないというのは事実ですが、裏を返せばこれほど刺激的な仕事はそうそうありません。時事やバラエティの番組は悔いなくやりきったので、その隣にあったドラマに自然と興味をもつようになりました。貯金を使いきるところまでふんばってみよう、そう思ってドラマ脚本の勉強をはじめました。

——順調だった仕事を手放してゼロから再スタートを切るなかで、焦りは感じなかったのでしょうか？

むしろ何の保証もないまま、まずは仕事部屋を借りたんですよ。家賃を毎月支払うことで緊張感が生まれるでしょう？ドラマの脚本スクールでは基礎クラス、研修クラス、専門・創作クラスと進む過程で試験に落ちることもありましたが、なんとか食らいついていきました。そしてKBSの脚本

　「嫉妬の化身〜恋の嵐は接近中！〜」では、プライドの高いニュースキャスターの男が男性乳がんと診断されて変化する姿が描かれ、人々の無意識下にある"ジェンダーに対する偏見や固定観念"をお茶の間に引きずり出した。

　2024年に彼女の作品リストに加わる予定の「星たちに聞いてみて」では、イ・ミンホが宇宙飛行士の集団に合流する男性産婦人科医として登場する。ソさんは新作においても小さな宇宙ステーションの中で繰り広げられる出来事にジェンダーにまつわる見どころが加えられるであろうと予告した。「生命」というキーワードもポイントになるとソさんは語る。

　「宇宙ステーションは人間の生老病死を研究する場所ともいわれています。無重力という環境では、細胞やDNA、タンパク質の結合条件が地上と変わるため、重力によって阻まれていた難病の原因の研究がやりやすくなるんです。実は、宇宙ステーションに滞在する宇宙飛行士は数えるほどで、実験をしている医療関係者や科学者のほうがはるかに多いそうです。宇宙の暗闇のなかで、地球人たちの平穏な暮らしのために尽力する人々のハプニングを描きました。作品の完成を待つワクワクした気持ちが今回はひときわ大きくもあり、緊張感もあります」

「嫉妬の化身〜恋の嵐は接近中！〜」
写真提供：SBS

コンクールで入賞したんです。ドラマ脚本家になるまでだいたい6年かかったでしょうか。私は自信がないわりに無鉄砲な人間だと思います。勝負師と呼ぶには勝利への執着が足りませんが、勝算が低いとしてもハイリスクな選択肢に賭けるほうが性に合っているんです。実際に私のドラマの成績を見てもそれが反映されているような気がします。地道に書いて、視聴者から熱狂的に支持されるほどの人気を得ながらも、超高視聴率をたたき出すとか、華々しく1位を飾るような作品はありません。それでも、好きだからずっと続けてきたんですよね。

——粘り強い調査力は「チュ・ビョンジン・ショー」のメイン作家を長くつとめる過程で自然に鍛えられたものでしょうか?

「チュ・ビョンジン・ショー」は15年続けました。振り返ってみると運によるところが大きかったですね。もともと放送作家になりたくてテレビ局に入ったのですが、とんとん拍子に抜擢されたんです。当時、番組の演出を担当されていたイ・ヨンドンPD（プロデューサー）は私の大学の先輩でしたし。イPDもMCのチュ・ビョンジンさんもそれぞれ個性派だったので、現場は大変でした（笑）。2人の間に入って雰囲気をなごませてくれる、気の利くメイン作家が必要だったのでしょう。さまざまな思惑のもとに私が抜擢されたのですが、運よく機会をいただいたからには、がんばってやり遂げようと心から思いました。20代の半ばでしたが、恋人とも別れました。会う暇もないほど忙しかったんです。

——ドラマを書くための取材で重要なことは何ですか?

専門家でもわからないことを質問できるレベルになるまでとことん取材することですね。そこまで突き詰めてこそ、きちんと取材をしたといえるのだと思います。表面的な取材では、誰が聞いても同じような答えしかもらえません。ドラマとは、リアリティのある想像の世界ですから、専門家と一緒に説得力のある物語の世界を作っていくんだという気持ちでアプロー

チしていきます。相手がこちらに親しみをおぼえるレベルを超え、しつこいと思われるまで？　私とアシスタントがふくらませた想像が、どの程度までファクトとして検証できるのかをうかがいます。怒られることもありますよ。こんなのはデタラメだ、ありえないと。そうしたら「今はまだ現実にはなっていないけれど、この先には十分に起こりうる物語」を取材先の協力も得ながら作り出していく段階に進みます。

キャラクターがひとりでに動き出す瞬間を待つ

2002年、ソさんはKBSのドラマ脚本コンクール入賞を機にドラマ脚本家としてのキャリアをスタートさせる。懐の寂しい脚本家が賞金で仕事用のノートパソコンを買うなかで、彼女はネットカフェを利用し続けた。今使っているパソコンも「パスタ」の前から使っている年季ものだ。スマートフォンも、画面のあちこちにひびが入ったものを長く使っている。彼女はこう話す。
「あの当時は、妙な警戒心があったんです。インターネットで調べられる情報にとらわれると自分の色や時間を失ってしまうのではないかと。インターン脚本家は、短編ドラマの脚本を毎月１本、１年間提出するという決まりがあったのですが、毎回、オンラインで探してきた他人の題材を使うのではなく、自分のなかにある洞窟を掘り進みながら１年を乗りきってやろうという気持ちで必死でした。今自分と向き合わないでいつやるんだ、という心境でしたね」
——コン・ヒョジンさんの自然体の演技で見られるような、日常的な会話や早口でまくしたてる台詞がソさんの脚本の妙味です。台詞を書くうえでのルールはありますか？
　これ以上減らせないところまで削るという思いで、ひとつひとつの文や

台詞を短く書くように努めていたら、かえって台詞の行間が生きるようになりました。ひとりのキャラクターが言葉を投げかけて相手がそれを受け取る、その間にあるものを書くのが楽しいんです。ドラマを20年以上書き続けてきましたが、台本・演技・演出の三拍子がそろう瞬間がどれだけ幸運なのかを、あらためてありがたいと感じています。そこがかみ合わなければ、台詞のニュアンスを活かせないこともありますからね。脚本ができるいちばんの役割とは何かを常に考えています。

――コン・ヒョジンさん演じる、叱られてばかりのシェフ見習いのユギョン（「パスタ」）や、挫折や屈辱をたびたび経験しながらもアナウンサーを目指すお天気キャスターのナリ（「嫉妬の化身」）は、コン・ヒョジンさんの青春時代でもあったといえるでしょう。そんな彼女も最新作「星たちに聞いてみて」では、カリスマ性あふれるリーダー格の宇宙飛行士に変貌しましたね。長い歳月をともに歩んでこられたので、脚本を執筆するときにもコン・ヒョジンさんの声や口調が頭の中に自動再生されるのではないでしょうか？

　いいえ、私は当て書きができないタイプなんです。むしろ、そうならないように努力しています。キャラクターも、私が構築したものがあっても、

その後は演者さんたちがそれぞれ解釈し、要素を足し引きしながら自分のものにしてもらえたらと思っています。 私たちにはそれぞれ持ち場がありますからね。 コン・ヒョジンさんは、制作サイドの会議にも加わるようなプロ中のプロですよ。 対応力があって柔軟ですし、何より私が意図した台詞の行間を、極めて正確に表現してくれる俳優さんです。

——「嫉妬の化身」に続いて「油っこいロマンス」でも息の合った演技を披露したイ・ミスクさんやパク・チヨンさんなどの俳優さんも、スタッカートのように弾むリズミカルな台詞の応酬が印象的でした。

お二方のことを信じているので、台詞の分量もつい多くなるんですよね。 ト書きや説明は最小限に抑えるタイプですが、たまに「間にカットを挟まずに長まわしでお願いします」と書いたりもします。 ひとりのキャラクターが勢いよくしゃべる場面で、台詞がA4用紙2枚の長さになったこともありましたね。 大丈夫かなあと気になりつつも、俳優さんから不満の声が上がりそうなときは、さりげなく目を逸らしたりして（笑）。 特にこのお二方は超のつく大ベテラン。 キューがあればいつでも台詞が流れ出るくらい真剣に覚えるそうです。

—— KBSドラマ脚本コンクール入賞作品である「ドラマシティ」[※4]の短編「一番かわいい私の敵」（02）から、20年以上が経ちました。 途中で辞めたいと思ったことはありますか?

私が自分の人生でいちばん面白いと感じる瞬間がどんなときかというと、そのとき執筆しているドラマのキャラクターがひとりでに動き出したり、物語をぐいぐい引っ張ってくれたりするときです。 その喜びに生かされていますし、執筆し続けてきましたね。

——そういう瞬間はよく訪れるのでしょうか?

まさか。 問題は、その瞬間がめったに訪れないことのほうです（笑）。 ほかにも、放送されたものを見るのも好きで力をもらえます。 とりわけ、自分

※4　2000年～2008年に放送されたKBSの短編ドラマ枠。現在は「ドラマスペシャル」として放送されている

の執筆した台本で現場が楽しく盛り上がりながら撮影したんだろうなということが画面から感じられたときには、脚本家としてこれ以上ない喜びをおぼえます。だから飽きる暇もないまま続けてきました。喜びと苦しみが一体となっているんですよ。

——物語を表現する方法にはさまざまなものがありますが、あえてドラマを書くということはソさんにとってどんな意味があるのでしょうか？

　家族が入院していたときの話なのですが、夜9時になると消灯時間なので私は病室を出るわけです。それで病院のロビーに行ったら、がらんとした空間にテレビがあって、「コーヒープリンス1号店」(07)が流れていました。それを見た瞬間にすごくほっとしたんです。この1時間だけは、ドラマが日々の苦悩を忘れさせてくれるって。それがただありがたくて。ドラマの役割とは、誰かにとってその程度のことができれば、もう十分なのではないでしょうか。

《 Epilogue 》··

　ソさんは10代の頃、美術を勉強したいと思っていたが、美大に進学しても食べていけないだろうという親の説得に負けて、その夢をあきらめた。高校時代に放送部に入り浸っていたのは反抗心の表れだった。大学でも放送部で活動し、卒業後もメディア業界に身をうずめているのだから運命といえば運命だ。彼女はふだん、さまざまなことにアンテナを張っているが、何かにのめり込むとその対象を深く長く愛する人だ。
「ある監督と一緒に演劇を観にいく道すがら、仁寺洞で白磁の壺の展覧会に立ち寄ったんです。作品の前に立った瞬間、作り手が私に語りかけているかのように感じました。監督に声をかけられて我に返ったときには、すでに演劇は終わったあと。監督が観劇して戻ってくるまでの間、私はずっ

と作品の前に立っていたようなんです」

　執筆のルーティーンも一度決まったら変わることはない。朝起きると真っ先に机に向かい、前日の作業を整理する。

「前の日に書いたもののうち“引き算できる感情”は何かを考えます。その部分をカットして練り直しているうちに午前中が終わり、昼休憩の時間には一生懸命に掃除をします。仕事の次に向いているのは部屋をきれいに保つことかもしれません」

　物が少ないながらも随所にこだわりが見られ、ほこりひとつなく整った彼女の仕事部屋は、「テレビ業界にいるこの30年間、（放送局が集まる）汝矣島から出て暮らしたことはほとんどない」と話すソさんの宇宙であり、ステーションなのだ。

「ずっと狭い部屋にこもって執筆していると、人のぬくもりが恋しくなる瞬間があります。でも、いざ外に出かけても、行き先は結局、汝矣島近辺なんですよね（笑）」

　同じエリアに住み続けることにこだわりながらも、自分の立ち位置からもっとも遠いところを想像するという点において、彼女はどうあっても脚本家になる運命を背負っているのだ。

善意のロマンス

　ソさんの描くロマンスは、見ていてひどく気疲れするようなこともなく、大げさな感情のぶつかりあいもない。 小憎らしいキャラクターはいても、根っからの悪人は出てこない。 ソさんは、それは自分の長所というよりも弱点のようで悩ましいと語る。

「私は女性のキャラクターと同じくらい、男性のキャラクターにも愛情をたっぷり込めて書いています。 それはきっと、父がたくさんの愛を与えてくれたおかげですね。 父が亡くなったあとすぐに大学に入ったんですが、ある日、家に帰ると、窓際に座って足の爪を切っていた母が泣きだしたんです。 数カ月ぶりに自分の足の爪を切ったんですって。 それまで私たちは自分で足の爪を切ることがめったになかったんです。 父が切ってくれていたから。 受験生の頃などは、『眠いから1時間仮眠する』と言うと、私の足にひもを結んで窓から垂らしておき、1時間後に外からそのひもを引っ張って起こしてくれるような父でした。 娘を驚かせようと、窓の外で待ちかまえていたみたいなんです」

　キャラクターが相手につらく当たり、たがいに傷つけあう場面からさえも不思議な温かみが漂うソさんのドラマは、一日の疲れをほぐすリラックスタイムにドラマを楽しむ視聴者にとって、頼れる選択肢となっている。

11

ソンチョイ

「調査官ク・ギョンイ」

活気に満ちてコミカルな
女性ノワールの新世界

Drama

2021年「調査官ク・ギョンイ」

TEXT：パク・ダヘ〈ハンギョレ21〉記者　PHOTO：パク・スンファ〈ハンギョレ21〉専任記者

《怪しいわ》。 汚れてべたついた髪、だらんと首元が伸びたTシャツ、足の踏み場もないほどの汚部屋。 取りつかれたようにゲームに没頭していたかと思うと、冷えた缶ビールをあおってよみがえる中年女性。 元刑事の経歴がありながら、夫の死後は引きこもりのゲーム廃人──。このドラマの主人公、ク・ギョンイだ。

2021年にJTBCで放送された「調査官ク・ギョンイ」(以下「ク・ギョンイ」)。[1]保険調査官のギョンイが連続殺人犯"ケイ"を追う全12話の本作は、前代未聞のいくつもの試みで視聴者を存分に楽しませてくれた。 エレガントなイメージが定着していたイ・ヨンエ(ク・ギョンイ役)がゴミ溜めから這い出てきたような姿で駆けまわり、ホームドラマの温かい母親役が多かったキム・ヘスク(ヨン局長役)が、龍の入れ墨を背負ったボスとして猟銃をぶっ放す。 20代のキム・ヘジュン演じる連続殺人犯のケイは、少しも悪びれることなく天真爛漫で屈託のない笑顔を浮かべ、クァク・ソニョン(ナ・ジェヒ役)演じるワーキングマザーは、子どもの世話を祖父まかせにしてでも出世欲を隠さない。 どのキャラクターも、これまでの韓国ドラマでは目にすることのなかったタイプの女性たち。 さらに「ク・ギョンイ」は、こうした彼女たちの関係を嫉妬などという単純な感情でイージーに処理することなく、愛情、哀れみ、連帯、服従、裏切り、競争など、さまざまな要素を盛り込んで物語を紡ぎあげている。

「ク・ギョンイ」の脚本家ソンチョイに会いたかったのは、これほど魅力的な物語を生んだ背景が気になったからだ。 ハンギョレ新聞社屋で話を聞いた。

※1　スリルと同時にユーモアも忘れない"コミカル追跡劇"。ゲーム中毒の保険調査員ク・ギョンイ(イ・ヨンエ)が、事故を装った連続殺人事件を追う

144

アイディアのピンポンラリー

　ソンチョイは1人の作家の名前ではない。「自分が見たいドラマを作るために脚本を書いている」という2人の脚本家からなるユニットであり、映画業界でそれぞれに仕事をしてきた2人が、ドラマ脚本を一緒に書くために作ったもうひとつのアイデンティティだ（本記事では、2人の回答はソンチョイというひとつのアイデンティティとして、それぞれの回答を分ける必要がある場合は任意のA、Bと記すことにする）。

「ドラマ執筆ではお互いがいいと思う画を探求しようということで、2人の名前を並べるのではなく、"ソンチョイ"という、ひとつのアイデンティティを作って進めることにしたんです」

「調査官ク・ギョンイ」 写真提供：JTBC

「調査官ク・ギョンイ」は、イ・ヨンエをはじめとする俳優同士の掛け合いや、男性クィアカップルの登場などが視聴者の目を引いた。どん底から這い上がるク・ギョンイの成長に、「それにもかかわらず」悲観したり卑屈になったりすることなく、生きる活力をもらえる作品だ

初めて「ク・ギョンイ」のアイディアをやりとりしたのは2017年頃だった。「それまで映画の仕事をしていた人たちがドラマ界に進出するという流れがちょうど始まった頃で。そこでうちらもドラマについて一度話してみようかって」

　まるでピンポンラリーのように、アイディアは2人の間を行き来した。

「主人公は引退した警察官で、現在は保険調査官で行こう。なんとなく」（ピン！）

「それで、主人公の元に後輩が訪ねてくるんだよ。とうてい解決できない案件があるって」（ポン！）

「おっ、初回から面白くなりそう」（ピン！）

「とうてい解決できない案件って何だろう？」（ポン！）

「警察マターの事件みたいなもの。失踪事件。初回の後半に死体発見」（ピン！）

「主人公は日々をうつうつと暮らしているよね……」（ポン！）

「そうそう、もちろん毎日お酒飲んでる。うちらみたいに……」（ピン！）

「今、イ・ソラ※2さんの番組見てるんだけど、毎日家でゲームしてるって」（ポン！）

「それだ！　イ・ソラさんを思い浮かべながら書こう」（ピン！ポン！）

　こんな調子で、2人のアイディア交換は延々と続いた。

「ある程度続いたところで、アイディアを整理してみようということになり、オンライン上に共有ドキュメントを作りました。はじめは『全何話で行こう』といった具体的なことを決めず、『とりあえず書いてみよう』という感じで書き進めたんです」

※2　1993年にデビューした女性歌手。オンラインゲーム好きで知られ、トークバラエティ番組などでたびたび話題になる

明朗な殺人犯、ケイのデスリスト

「ク・ギョンイ」の視聴者が胸躍らせるのはこんなシーンだ。ヤクザ映画では男性同士が丸腰で義理を交わす場としておなじみの銭湯で、ギョンイとヨン局長が対峙するシーン。お互いをけなし合いながらも深い絆と信頼で結ばれたギョンイとジェヒのコンビ（いわばホームズとワトソン、イ・ジョンジェとチョン・ウソンのような"バディ"的な女性コンビなど誰が想像できただろうか）。それぞれの目標に向かって突き進むなか、時には体を、時には頭脳を思いきりぶつけ合うギョンイとケイの追撃戦。

このように物語の中心人物がすべて女性の設定になったのは、"面白さ"を念頭に書き進めた結果、自然と出た答えだったという。「意図的に男性と女性の役割を変えようとしたわけじゃない」が、「フィクサーが歳とった男性、というのも見飽きましたし」というわけだ。

「（脚本にしっくりくる）キャスティングをイメージしながら、こんな俳優さんが演じたら面白いんじゃないか、このキャラクターがこんなことしてたらどうだろうと考えていたら、ヨン局長は登山服もフォーマルスーツも着こなせる中年女性の姿にたどりついて。それがいちばん面白くて斬新な画（え）だと思ったんです」

同時に「ク・ギョンイ」で描かれる事件は現実世界で起こった事件を想起させ、劇中で事件の真相が明らかになるにつれ、視聴者の怒りと共感を呼び起こしもした。

殺人鬼のケイが「殺してもいい」とする対象は、買春男性や盗撮犯、ハラスメントや脱法行為をしても地位や権力によって罪を逃れられる既得権益層、つまり現実世界でのn番部屋[※3]やウェブハードカルテル[※4]の主犯らを思わせる人間たちだ。これは脚本執筆当時の韓国社会で起こっていた現実であり、そのなかで生きるソンチョイの人生とは切っても切り離せない出来事だった。

※3　大規模なデジタル性犯罪事件。犯人は女性の個人情報を盗んで脅迫し、わいせつな動画をSNSにアップロードさせ、多数の閲覧者の視聴料で高額な利益を得ていた
※4　違法撮影されたわいせつ画像などをアップするサーバの運営業者と、違法画像の監視・削除をする業者が口裏を合わせて利益を上げる構造

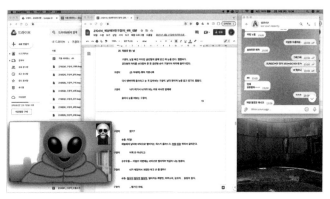
ソンチョイの2人はテレグラムとGoogleドキュメントの共有文書、フェイスタイムを活用して執筆する

「『ク・ギョンイ』の脚本を書いている間に、韓国でもミートゥー（MeToo）運動が広がったり、その前後にも社会的弱者を狙った事件があとを絶ちませんでしたよね。こうした世の中の動きもあって、『こいつ、マジで死ねばいいのに』と思った人物をモデルにして書こうと思いました。自然な成りゆきです」

　ひとつのアイデンティティとして協働するソンチョイが、どのように執筆を進めるのか、もう少し具体的に知りたくなった。執筆のための必須アプリはフェイスタイム、Googleドキュメント、テレグラムの3つだ。フェイスタイムやテレグラムを使って会話をし、さまざまな参考資料をやりとりしながらGoogleドキュメントの共有文書の中でシーンを完成させていく。やり方はその時々で変わる。それぞれに別のシーンを書くこともあれば、ひとつのシーンを一緒に書くこともある。相手が入力する文章をリアルタイムで同時に見られるという、共有文書の機能を十二分に活用したこのやり方が「自分たちにぴったりだ」という。

共同執筆というのは、煮詰まったときに互いを励まし合い、苦しみを分かち合うのにちょうどよい方法でもある。

「家でひとりで書いていると行き詰まることもありますよね。そんなとき、フェイスタイムを立ち上げたままやると集中できるんです。自分がちょっと見逃していても、相手がちゃんと見てくれているはずなんていう信頼感もあって（笑）。ストレスが軽減されるといういい面もあります」

「ク・ギョンイ」の資料探しにはインターネットの力をずいぶんと借りた。ドラマのあちこちにインターネットミームを積極的に活用した台詞がちりばめられていたほど、「ネットの世界に生きている」といっても過言ではないくらいの情報をネットから得ているソンチョイ。ただ、原油貯蔵タンクや吊り橋、月尾島（ウォルミド）などのロケーションは、実際に訪れて取材を行ったことで脚本がより具体的になったという。

「台本を書かない時間が大切」
vs「台本のことで頭がいっぱい」

　各自の執筆ルーティーンは少し違う。Ａは「5シーン以上」または「1日3時間以上」のどちらかひとつの条件を満たせば、その日はそれ以上書かない。「欲張ると次の日の執筆に影響するんですよ。だから3時間書いたら、あとは趣味に時間を使ったり、執筆に必要な参考資料を見たりします。書かない時間があってこそ、書く時間に集中することができます」。Ａの趣味はピアノ、プラモデル作り、ブラジリアン柔術など多岐にわたる。新しいコミュニティで新たな人に出会うことは、適度なリフレッシュとなり、むしろ書き続けるためのエネルギーとなる。映画やドラマや本は、Ａにとって日常なのだ。

　Ｂのモットーは「締め切り厳守」だ。ただし推敲する時間は必ず取る。「少

ソンチョイが近頃ハマっている作品

　ソンチョイがどんな作品からインスピレーションを得ているのか、気になった。「本をたくさん読みます。中国の余華の小説『文城 夢幻の町』やスパイ小説の大家ジョン・ル・カレの小説。今はアンドレア・ロング・チューの『Females』を読んでいます」(A)。「『サンドマン』が面白いです。Netflixで配信されているドラマもあるんですが、原作のグラフィックノベルを見ながら『これは面白い！』と感嘆して。『こんなふうに書きたい』というより『こういう人のことを芸術家と呼ぶんだな』って思いました」(B)。

　2人とも、特に脚本を書くための指南書を読んだわけではない。「唯一読んだ指南書が『SAVE THE CATの法則――本当に売れる脚本術』。薄いし、映画シナリオ用なのでドラマとはまた違います。ほかの人が書いたドラマの台本を読むほうがずっと役に立ちます」(B)。「アメリカのドラマ『ベター・コール・ソウル』(15〜22)のシナリオを読んでいます」(A)。

　最近、2人が面白かった作品は、アメリカのドラマ「ザ・ボーイズ」(19)と脚本家キム・ウンスクによる「ザ・グローリー〜輝かしき復讐〜」(22) だ。

「『ザ・グローリー』を見て、何を削ぎ落とすべきなのかをさすがよくご存じだなって。自分ならもっとしゃべらせたり説明したくなったりするキャラクターも、とことん削ぎ落とされ、洗練されていて」(B)「台詞をとてもうまく書かれる方だなと思いました。自分は日常的に口にする言葉でなければ台詞には書けないんですが、『ザ・グローリー』の台詞は、実際には使いそうにもない言葉でも、強烈に、キャラクターに合うように書かれています。だからこそそんな台詞が耳に残り、みんなが繰り返し口にするのだと思います。そういう点は本当に学びたいところです」(A)

なくとも締め切りの３日前には書き終えて、あとは文章を整えるくらいのスケジュールだと気持ちが楽です。もちろん終わったといって終わるものじゃないし、推敲にしても完璧な推敲ではありませんが」。Ｂの趣味はシンプルで、散歩とオンラインゲームぐらいだ。ソンチョイが楽しむ共通の趣味もある。ひとつのストーリーを追いながら謎を解くことで脱出が可能となる「脱出ゲーム」だ。ストレスがたまっているとき、２人はこのゲームをしながらインスピレーションを得ることもあるのだという。

Ａは「脚本について考えない時間が絶対に必要」だが、Ｂは真逆だ。「四六時中、脚本のことを考えています」。よって、Ａが「執筆が終わってノートパソコンを閉じたら、そのあとは見ない」という反面、Ｂは「３台のモニタそれぞれをゲーム用、参考資料となる映像用、執筆用として常時つけっぱなし」というスタイルだ。ゲームが１ステージ終わるたびに15秒のインターバルがあり、その間に一文ずつ書くこともある。

次回作は国境を越えたスパイアクション

２人にとって物語を作ることは「いちばん得意なこと」であり「すべて」(B)だ。Ｂは幼い頃から何でも物語にするのが好きだった。「学校の試験で小論文みたいなものを書かされるでしょう。そんなときも物語を書いてました。物語仕立てにして課題を表現していたんです」。

Ａは高校生のときに映画の魅力を知る。「映画のシーンひとつとっても、視覚的なものだけでなく、音楽も含めて総合的に表現されていますよね。そんなところに（小説よりも）魅力を感じて、いつか自分もこんなシーンを作りたいと思いました。現実にはないものや、起こりそうで起こらないことを視覚化できるんですからね。物語作りとは、想像をふくらませてひと

つの世界を作りあげていくことであり、そこに面白みを感じたんだと思います」。

　こまめにメモをとることも物語作りに役立つという。　しかし、既存の映画やドラマに登場した台詞をメモすることはない。

「すでに使われたものだからです。　代わりに日常のなかでキャッチした言葉や、知人たちの会話、地下鉄やバスで耳にした話などをメモしておくことはあります。　そこからはたくさんのヒントを得て書いてますね」。

　メモの内容を少し公開できないかとお願いしたところ、こんなフレーズを教えてくれた。「『演出は犬だってするんだ』。　これは脚本も書くある監督さんの言葉」(A)。「『このまま失ってしまうのは嫌なんです』。　飼い猫を探す張り紙に書かれていたコピーです」(B)。

　ソンチョイは次回作「リンマベル」(仮題) の執筆の最中だ。「リンマベル」は世界を股にかけた多国籍スパイたちのドラマで、「前作よりはるかに大変」と頭を悩ませている。「書くことにちょっと疲れてる気がします」とAが不安げに言うと、すかさずBがさらりと答える。「イメトレしてみて。　うちらはうまく書けているって！」。2人が一斉に声をそろえて笑った。　そんなソンチョイの息の合った姿に、次回作への期待が高まってやまない。

《 Epilogue 》⋯⋯

　私はドラママニアとはいえないまでも、ただジャンルもの、特に "捜査して追跡し、法廷で問いただす" といったスリルのある作品が好きだ。「ク・ギョンイ」はそれに加え、清々しい衝撃を与えてくれた。　多くのミステリー作品において、女性は犯罪の被害者に設定されることが多い (その点で、ミステリー好きではあるものの「こういうのを楽しんで見てもいいものだろうか」

といつも心のどこかで引っかかっていた）。捜査チームの一員に女性キャラクターがいても、捜査を牽引していく"賢くて力のあるキャラクター"とは程遠かった。「ク・ギョンイ」は、そうした今まで当たり前とされていた認識を完全に覆してみせたのだ。犯罪被害者を具体的に描かずとも捜査劇が可能だということ。警察官や探偵が男性でなくても物語を面白く進めていけるということ（おかげで男性主人公が捜査する姿に心を奪われる女性のサブキャラクターを見なくて済むというおまけまで得られた）。60代の中年女性が愛情深い母親役以外にも登場できる場があるということ。「ク・ギョンイ」を見ながらあらためて気づかされたことの一例だ。

　ソンチョイの次回作に期待がかかるのは、そうした"新しさ"を強く求める気持ちがあるからだ。2人は、天才的な作家たちの作品を見て感嘆しながらも、「自分たちが彼らのように書けるわけでもない」し、「書く仕事はおのおのが壁にぶつかりながら身につけていくものだと思っている」と語った。ソンチョイならではの色を帯びた、2人が試行錯誤しながら紡ぎあげる物語が楽しみだ。

向かい合って執筆中のソンチョイ

引き出しの奥にある
想像を引っ張り出して

Drama

1998年「順風産婦人科」
2000年「ちょっとやそっとじゃ彼
　　　らは止められない」
2002年「まじめに生きろ」
2005年「カワイイか狂うか」
2006年「思いっきりハイキック！」
2008年「クク島の秘密」
2010年「コーヒーハウス」
2012年「イニョン王妃の男」
2013年「ナイン～9回の時間旅行～」
2014年「三銃士」
2016年「W―君と僕の世界―」
2018年「アルハンブラ宮殿の思い
　　　出」
2021年「ユミの細胞たち」
2022年「ユミの細胞たち シーズン
　　　2」

TEXT：キム・スヨン〈シネ21〉記者　PHOTO：ペク・ジョンホン〈シネ21〉記者

もはやこの世に目新しい物語などないといわれて久しいが、ソン・ジェジョンさんのドラマには目新しさがある。　そのあらすじだけでは想像もつかないストーリーと、見たこともない題材があるのだ。　例えば、「W―君と僕の世界―」のヨンジュ（ハン・ヒョジュ）は、人気ウェブ漫画の主人公であるチョル（イ・ジョンソク）と恋に落ちる。AR（＝拡張現実）ゲームを題材とした「アルハンブラ宮殿の思い出」（以下「アルハンブラ」）では、ジヌ（ヒョンビン）がNCP[1]とバトルを続けてレベル100のマスターになる。　また、「ユミの細胞たち」は、アニメーションと実写の融合への懸念を払拭しただけでなく、アニメキャラクターたちが実写に負けず劣らず愛され、ドラマの新境地を開拓した。

　彼女のまったく新しい想像力はさらなる刺激を呼ぶ。　例えば、よりよい未来を夢見て時間を巻き戻したことで恋人が姪に変わってしまったとき（「ナイン～9回の時間旅行～」）や、唯一自分のことを信じてくれていた部下が死後にゲーム内のバグとして現れたとき（「アルハンブラ」）、人格化された体内細胞たちが出会いから別れまで主人の恋の行方を見守るとき（「ユミの細胞たち」）――。その時々の切なく、胸を締めつけられる感情は、既存のホームドラマでは得ることのできなかった別次元の楽しみをもたらしてくれるのだ。　これほどまでに斬新なシチュエーションは、いったいどのようにして生み出されたのだろうか？　朝9時には机に向かい、会社員のような日々を送るというソンさんの頭の中が気になった。　ソウルの汝矣島にある仕事場で、ソンさんに「ユミの細胞たち」の話からうかがっていく。

　ここには男性の主人公はいないよ。
　ここの主人公はひとりなんだ。

――「ユミの細胞たち」

※1　Non Player Character の略。ゲームでプレイヤーが操作しないキャラクター

「ユミの細胞たち シーズン２」　写真提供：TVING

「ユミの細胞たち」は、ソンさんからスタジオドラゴン※2に提案した作品だ。
『アルハンブラ』を終えて少し休んだのち、旅行に行くことにしたんです。
機内で楽しめるものを探していて、友人に『アルハンブラ』のような疲れる
物語ではなく、心が温まる物語はないかと尋ねたところ、ウェブ漫画をいく
つか勧めてもらいました。 そのうちのひとつが『ユミの細胞たち』でした。
夢中で読み終えた瞬間、絶対にこれをドラマ化しなくちゃと思いました。

　恋愛ものを得意とする下の世代の脚本家が多いため、脚本は彼らに任せて、
自身は総合プロデューサー的な立場のクリエイター※3として作品に参加す
ることにした。

　経験上、新人脚本家がもっとも苦労するのは企画初期のコンセプト設計
です。 編成チャンネルが好みそうな企画を通すプレゼンテーションも難し
い。 こういう部分こそ経験者がコーチングしてあげたらいいのではという
単純な考えから、私がクリエイターになることを思いつきました。 海外で

※2　2016年に総合エンターテインメント企業CJ ENMのドラマ事業部門として設立された制作会社
※3　作品の流れやキャラクター造形、スタイルなどを制作陣にアドバイスする役割

157

は脚本家がドラマをエピソードごとに分担して書くスタイルが主流で、まとめ役となるクリエイターの存在は不可欠です。一方、韓国の現場ではまだまだ線引きが曖昧。『ユミの細胞たち』でも、いちおうは私がクリエイターでしたが、脚本家が2人程度でうまくまわせず、のちに私も脚本を書くことになり業務分担が曖昧になってしまいました。私も紆余曲折を経験しながら学んでいるところですね。

──「ユミの細胞たち」では具体的にどのような仕事をされたのでしょうか？

原作のウェブ漫画が人気だったにもかかわらず、意外にもドラマ化の権利がまだ空いていたんです。きっと原作者が納得いくような企画が出ていなかったのでしょう。確かに原作のように、ヒロインの恋人が次々と入れ替わる物語は「セックス・アンド・ザ・シティ」（98〜03／米）の流行以降、韓国ではご無沙汰の設定でしたので、まずはこの点をフォローする必要がありました。それまでボツになった提案の多くが、おそらく16話完結のミニシリーズを想定していたのではないでしょうか。ならば私たちはシーズン制で行きますよと、ヒロインの恋人が変わるたびにシーズンを分けて順次放送すると申し出たところ、前向きな回答を得ることができました。各話のエピソード構成もシットコム的な一話完結のかたちがいいと考え、そのうちいよいよ地上波の枠に収まらなくなってきたので、企画自体をテレビ局ではなくOTT※4プラットフォームに持ち込むことにしました。肝心の細胞のキャラクターの見せ方についても、スタッフは俳優に全身タイツを着せて登場させることを考えていましたが、私はそこは絶対にアニメーション死守で、実写とアニメの融合で行くべきだと強調しました。原作の愛くるしい絵のタッチがドラマでも大きな役割を果たすだろうと考え、必ず活かすべきだって。実写とアニメをどうやってつなぎ合わせるんだと、みんな頭を抱えていましたが、こんな冒険に加わってくれる仲間を探すこともクリエイターの仕事ですから。

※4　Over-The-Topの略。インターネット回線を通じてコンテンツを配信するストリーミングサービス

私のキャラクターたちが、私のことをどう思っているか

──「ユミの細胞たち」以前にも、ソンさんはいつも新しい試みをされてきました。ARゲームのファンタジーや、ウェブ漫画の中の主人公と恋に落ちたり。これまでの作品も企画書だけで見れば、誰もが困惑してしまうようなストーリーですよね（笑）。こうしたストーリーはどのように書きはじめるのでしょうか？

　ほんのワンシーンから始めます。「アルハンブラ」はこんなシーンが浮かびました。「雷鳴轟く嵐の日、外国のとある古びた安宿の扉を開ける。その瞬間、自分とまったく同じ姿かたちをした人間が現れて銃で撃ってくる──」。これをアシスタントの脚本家たちにも話して聞かせたら「なんだかよくわからないけど、面白そうですね」と言われました（笑）。「自分が自分に撃たれて死ぬ」という画（え）に惹かれたのはいいんですが、これをやるにはどんな設定が必要なんだろう？　タイムスリップで未来の自分がやって来た可能性もあるし、自分のアバターかもしれない。どんな素材や技術を加えればそのシーンを具現化できるか悩むなかで「アルハンブラ」が始動しました。よい答えを見つけられないまま数カ月さまよっていたところ、『ポケモンGO』というゲームの存在を知って。プレイしてみて「そうか、こんな感じでゲームで行けばいいんだ」と思いつきました。

──興味深いことに、「W─君と僕の世界─」の構想段階で最初に浮かんだシーンも類似していますね。

　もうひとりの自分に銃口を向ける主人公。『W』も自分のことを憎む自分が生み出したキャラクターに関するシーンでした。普通はギリシア神話のピグマリオンのように、自らが創り出した存在と恋に落ちるものですよね。ところが、その存在が自分自身を強く憎むこともあるかもしれないと思ったんです。画家や彫刻家での設定を思い浮かべましたが、それだとあまり

に古典的かなと。 そんなとき、当時人気が出はじめていたウェブ漫画がひらめいたんです。

　ウェブ漫画の作者と漫画の中の主人公が命をかけて対立する「W」はこうして生まれた。 しかし、なぜソンさんはこれほどまでに「自分が自分を攻撃する」というモチーフにこだわっているのだろうか。

　長年、シットコムの脚本を書いてきたからかもしれません。『順風産婦人科』のときもそうでしたが、ひとたび着手すると３年単位で書くことになります。 そのうち自分が書いているキャラクターたちに情がわいて、本当の知り合いみたいに感じてくるんですよ。 ただ、キム・ビョンウク監督との作品[5]では悲しいエンディングが多くて、そんな展開のときは身内のことのように胸が痛みましたし、私が丹精込めて作り上げてきたものを自分の手で壊してしまっているようにも思えて。 こんなひどい仕打ちをしてもいいの？ あのキャラクターたちはどう思うだろう？ ずっとこんな疑問を抱いていたんです。 きっとそうした感情が根っこにあったからだと思います。

　同盟ですから。 生きるも死ぬも一緒です。
　最後まで一緒に行きましょう。
　　　　　　　　　　　　　　　——「アルハンブラ宮殿の思い出」

——それでもなお、「ナイン」や「W」、「アルハンブラ」では完璧なハッピーエンドには至りませんでしたね。

　執筆中、私はいつも「このキャラクターはこの結末にしかたどり着けない」という信念をもって書いています。 確かに序盤では私も制作スタッフも、もちろん視聴者も同じ方向に向かっているように感じられるのですが、

※5 「順風産婦人科」「思いっきりハイキック！」など

ストーリーが進むにつれ、私だけが違う方向に進んでいる気になるんです。その証拠に、エンディングが近づくと脚本を読んだ演出家からもすぐにOKが出なくなっていたので (笑)。それでも自分でもどうにもできない部分なんです。こうすればみんなが喜ぶだろうと妥協したり、不本意ながらも書き進めたりすれば済むことですが、それも容易ではありません。エンディングについての批判が多かったことから、今はいろいろな人の考えを取り入れようと、その都度聞いてみるようにしています。アシスタントの脚本家たちにも「私はこう進めようと思うけど、どう？」とひたすら聞いています (笑)。

架空の世界でリアルな感情を感じてもらいたい

——新しい素材や技術が登場するストーリーに惹かれるほうでしょうか？

いち視聴者としては、伝統的なヒューマンドラマが好きですね。最近では「私の解放日誌」(22) や「メディア王〜華麗なる一族〜」(18〜／米)を楽しく見ましたし、登場人物たちが感情的に絡み合う点では、キム・スヒョンさん[6]が書くドラマは昔から大好きでした。どうやら見るときの面白さと書くときの面白さは別の次元のようです。こと脚本においては、複雑なパズルを解くようなストーリーが好きですから。「ナイン」の場合はいくつもの制約がありましたよね。燃焼する20分間だけタイムスリップできる、たった９個しかないお香。こうした条件が登場人物の行動や感情を制限して、その人物がなんとかして状況を打開していくというシークエンスを作っていくのが面白いんです。うまく落とし穴を掘って、脱出できる扉もちゃんと設計しておいて。こんなふうに迷路を作ること自体が楽しくて。ただし、これは物語を書くときだけの話で、日常的に脱出ゲームやビデオゲーム、

※6　韓国を代表するドラマ脚本家のひとり。代表作に「青春の罠」(99)「拝啓、ご両親様」(04)などがある

ソンさんの情報整理術は、本にインデックスをたくさん作るというもの。ある新技術に関する記事を読みながら、そこにつながりそうなストーリーを思いつくと、作っておいたインデックスを頼りに再び読み返す

ミステリーを楽しむことはありません。

——シットコムの執筆にしても、脚本家によって得意分野が異なると思います。お話をうかがうかぎり、ソンさんはユーモアやキャラクターにこだわるよりも状況劇を作るほうに興味がありそうですね。

よくそう言われます。若い頃って自分が何が得意なのかわかりませんよね。「ソン・ジェジョンはシチュエーション設定が得意なんだね」とまわりに認められてからは、複雑な設定が必要な作品や、困難な状況から抜け出すテーマの作品はすべて私にまわってくるようになったみたいです。私としても、私が作った非現実的なシチュエーションを見る人に信じさせること、架空の世界でリアルな感情を感じてもらうことにワクワクします。現実に起こりそうなことを描写するよりも、はるかに楽しいんです。

ソンさんは、書くことに行き詰まったら、とにかく書き直すのだという。「さまざまなパターンを書いてみます。アイディアを10個ずつ出したりして。言葉で説明するより、素早く書いて台本として示すやり方です。たたき台があると、相手からも具体的な意見が出てきます。これ以外の方法で突破できるとは思えないので、ただひたすら書くだけです」。

──非現実的な想像を具体的なストーリーへと発展させるとき、アイディアをどのようにして整理されるのでしょうか?

　難しい質問ですね。私の頭の中には体系的なものがあるのですが、いざアウトプットするとなると糸口がなくて、アシスタントの脚本家たちも苦労しています。最近、村上春樹の『職業としての小説家』を読んだのですが、共感できる話がありました。脳内にたくさん引き出しを作っておいて、必要なときに取り出せるように記憶をひとかたまりにしてしまっておくという話でした。つまり作家にとって重要なことは、新しく得た知識や情報をどのカテゴリーの引き出しに入れるのか、そしていつ取り出すのかに尽きると思います。例えば、殺人事件やそれに関連する事実を知ったときに、反射的にミステリーに分類するのではなく、場合によってはヒューマンドラマの引き出しにしまうというように。「W」の場合、a-haの「テイク・オン・ミー」のミュージックビデオにインスパイアされたのですが、実はそれだけではありません。先程お話した神話のピグマリオンに関する想像と、引き出しの中にあったアイテムがカチッと組み合わさったんです。だからこそ、子どもの頃の経験から最新の情報まで、自分の引き出しをきちんと整理しておかないと適切に取り出せなくなります。私の物語もつまるところ、私が生きてきた50年の間にどこかで見たり経験したりしてキャッチしてきたことを組み合わせたものですから。

──ソンさんの引き出し整理術が気になります。

私の書斎を見たらわかりますが、どの本もインデックス (付箋)だらけです。ある新技術に関する記事を読みながら、そこにつながりそうなストーリーが思い浮かぶのですが、そのとき、別の本にチェックしておいたインデックスを探すんです。自分の記憶を掘り起こしたりもします。自らの経験と、本で読んだ印象深いフレーズや著者の哲学、ニュースやトレンドで接した最新の技術といったアイテムを、こんなふうにしょっちゅう組み合わせていますね。 とはいえ、強引に組み合わせることはしません。 ただざっとインデックスを作っておいて、ごはんを食べたり、旅行したり、日常生活を送ったりしながら、釣り人のように獲物がかかる瞬間をじっと待ちます。 まったく異なる分野の本を読んだり新しいことを学んだりして、何かが絡み合う瞬間をキャッチしたら、あれこれと企画案を書いてみるんです。

夜も眠れないほどの楽しさがある「濃厚な」ストーリー

——かなりの勉強家のようですが、なぜシットコムでコメディを書くようになったのでしょうか?

　新聞放送学科を卒業してはいますが、それまでまともに文章を書いたこともなくて脚本家という職業なんて夢にも思わず、むしろ記者になりたかったですね。 ところが勉強不足で単位がとれず、採用試験すら受けられない状況にまで陥りました。 そんなときに放送アカデミーに入ったのですが、コントの課題を提出したところ、コメディの担当講師が私に素質があると言ってくれたんです。「私にコメディの素質が?　人を笑わせたことなんて一度だってないのに (笑)」って。 家族さえ「いつも黙ってひとりでじっとしている子が?」と信じていませんでした。 それでもうまいと言ってもらえたことを糧に、制作会社に入ってアシスタントとして頑張りました。 キム・ビョ

ンウク監督も同じ制作会社に在籍されていて、ちょうど新しいシットコムの準備中でした。 人手不足だから来なさいと言われて打ち合わせに出ることになったんですが、そこに座っているだけで本当に面白くて。 ところが、本気で学ぼうと腹を決めた矢先にその番組が打ち切りになってしまいました。 その後、キム監督から「順風産婦人科」をやるからアシスタントとして来ないかとお誘いを受け、二つ返事で飛んで行きました。 コメディ、ロマンスなどあらゆる技法をシットコムから学びました。 当時は退屈する暇がありませんでしたね。

もし、たったひとりでも*私*を覚えていてくれる*者*がいたら、
人生は少し違ってくるのではないでしょうか。
——「イニョン王妃の男」

——シットコムに10年間携わったのち、ドラマのフィールドに移られたわけですね。

10年くらいやっているうちに、自分のやりたいことが出てきました。 個人的にはもう少しシリアスな話が好みなんですよね。「思いっきりハイキック！」のときも、私がロマンスを書くと深く入り込みすぎてしまって。 どうしても書き手の性格が反映されるので、へんに真面目になって、泣いたりわめいたりのエピソードができあがってしまったようなのです。

——キム・ビョンウク監督もシットコムにおいて、笑いだけでなく、悲しみも重要な要素として扱っていました。 そういった面で、監督と相性がよかったのでは？

シットコムの外に向かって突っ走る機関車に乗ってしまった、とでもい

いましょうか (笑)。似た者同士がいいともかぎらないんですよ。違うからこそお互いの緩衝材にもなれるのですが、「ここまで悲しく書いてもいいものだろうか」とおそるおそる台本を持っていくと、監督が「すごくいいね！」と喜んでくださるといった具合です。俳優さんたちにしてみれば「コメディをやりに来たのに、これはいったい何なんだ」と思うだろうし、先輩方には「あまりに重苦しくて見るのがつらいよ」と言われました。「イニョン王妃の男」のときも軽いラブコメにしようと思っていましたが、書いているうちに、泣いたり、わめいたり、死んだり……の方向に行ってしまいました。やはり私が、「愛と野望」[※7]のような強烈なラブストーリーや『嵐が丘』のような破滅を迎えるラブストーリーが好きだからなんだと思います。

——ずっと先ででも、こういう物語が書きたいというイメージはありますか？

　子どもの頃に楽しませてもらった作品みたいなものを目指しているのかなと思います。『ナルニア国物語』[※8]や映画『バック・トゥ・ザ・フューチャー』(85／米) のようなファンタジー作品は、たんなる娯楽を超えて、幼い私に壮大な夢とときめきを与えてくれました。情緒的にも大きな影響を受けています。私の書く作品も、視聴者のみなさんにとって、先が気になって眠れなくなるような作品になれたらうれしいですね。幼い私がそうだったように (笑)。とはいえ、そんな素晴らしい作品を書くには力不足ですから、大それた夢ではありますが (笑)。ともかく、素晴らしい作品には大きな幸せを与える力がありますよね。

——後進の脚本家たちには、どんなアドバイスをなさいますか？

　人生経験をたくさん積んでくださいとしか言えませんね。世の中で起こるあらゆることに興味をもって、貪欲に取り組んでほしい。自分の人生を楽しく生きることができなければ、面白い物語は生まれてきません。たいていは焦ってしまい、人生経験を積むべきときに習作をしたりスクールに通ったりしますよね。ですが、いくら書くのがうまくても、経験不足だと書け

※7　キム・スヒョンが脚本を手掛けた1986年の大ヒット愛憎劇。2006年にリメイクもされた
※8　イギリスのC・S・ルイスによる児童文学シリーズ。1950年から1956年にかけて出版され、2000年代に映画化もされた

る範囲もおのずと狭まります。若い脚本家志望生を見ても、身のまわりの
ごく狭い現実の恋愛や同世代の範囲を超えると途端に難しくなってしまう。
それじゃ物語が退屈になるから、もう少し違うものをもってきてというと、
空想に満ち満ちた話を書いてもってくる。それも自分で作り上げた世界と
いうより、アメリカのドラマか何かを見て思い浮かんだ陳腐な世界観であ
ることが多いんです。問題は、そういった借りものの世界観では台詞が書
けないこと。キャラクターもその世界のこともよくわからないし、なじみ
が薄いものだから。

――最近、興味のあることは何ですか？

　男性主人公ワントップの作品ばかり書く脚本家だといわれがちなのです
が、振り返ってみれば、一昔前まで女性のアクションものや女性メインの
ドラマが今ほど多くはなかったように思います。「ユミの細胞たち」で久
しぶりに女性主人公がワントップの作品をやったので、女性主役の作品を
もっと手掛けてみたくなりました。次回作は女性が言いたいことを全部
盛り込んだものにしたいとも思っています。しっかりと準備を重ねて本
格的なSFドラマを書くつもりです。

「ナイン」をリアルタイムで見ていたときの記憶がよみがえる。ソン・ジェジョンさんが設計した迷路のとりこになりテレビにかじりついていた当時の私の日記は、「ナイン」の話題であふれていた。「どうすればこんなことを思いつくんだろう。脚本家は少なくとも天才でしょ」と。夢に見て期待していたことが落胆に終わるのが常だった社会人１年目。やり直したいと時を戻せば戻すほど迷宮に陥るソヌ（イ・ジヌク）を見て感情移入し、「時間を巻き戻しても状況がよくなるとはかぎらない」という物語が妙な慰めになった。

　ソンさんにお会いした帰り道、「ナイン」の最終回の台詞を思い出した。《20年前のおれに残す最後のメッセージ。おれがどんな人生を歩んでいるか、気にする必要はない。おれの存在は忘れろ。おまえが一日一日を懸命に生きれば、20年後、鏡の中で会えるさ》。ドラマが放送されたのが2013年。それから10年後、懸命に生きてきた私が、汝矣島でソンさんとお会いしていただなんて！あれはソヌが私に残したメッセージだったに違いない。

　……などと、ひとりで妄想をふくらませつつ帰宅し、インタビューをまとめながら、「反省点が多くて……」「そんなふうに書けないので……」と語るソンさんの謙遜や憂慮の言葉をカーソルを動かして全部消してしまった。しかしこれはファン心理から来るものではない。もちろん削除した部分もソンさんの本心ではあるが、現場で聞いた彼女の言葉からは「想像力にもっと責任をもち、きちんと展開していきたい」という覚悟のほうがより強く感じられたからだ。最近、新たな作品の構成を終えてまさに執筆を始めたところだというソンさん。「ナイン」のソヌのように、「アルハンブラ」のジヌのように、凛として全力で突き進む主人公の姿を目にできるのだろうか。今から楽しみだ！

13

シン・ハウン
「海街チャチャチャ」

人と人の間に、人々の中に

Drama
2017年「アルゴン〜隠された真実〜」
2018年「文集」
2019年「王になった男」
2021年「海街チャチャチャ」

TEXT:ナム・ジウン〈ハンギョレ〉記者　PHOTO:キム・ジンス〈ハンギョレ21〉専任記者

《何者なの？　正体は何なのよ！》

　ドラマ「海街チャチャチャ」で、"どこかで誰かに何かあれば間違いなく現れる"ドゥシク、いやホン班長（キム・ソンホ）のことが気になって仕方がないヘジン（シン・ミナ）の台詞だ。この台詞をそっくりそのまま、この人に投げかけたい——脚本家のシン・ハウンさん、その人に。「人はみな、人と人の間で生きるべきだ」をモットーとする彼女が「海街チャチャチャ」で示した人生哲学は、ただものではない。

《みんなで集まってワイワイするのが好きなんです。一緒にごはんを食べて、笑って、騒いで。それが人生のすべてだなって》

《人生ってのは数学の公式じゃない。微分積分みたいにすっきり計算できるもんじゃないし、正解なんてものもない。ただ問題が与えられて、それを自分がどう解いていくか決心するものなんだ》

《見方を変えてみろよ。人生が君を新たな方向に連れていってくれるかもしれないぞ》

《時間はたっぷりある。なぜそんなに追われるみたいに生きてるんだ。ゆっくり行こう、ほら、遠くにあるあの山でも見ながら》

《今がいちばん幸せさ。年とったぶんだけうまいものを食べて、きれいな景色も見て、素敵な人たちに囲まれて。これ以上の幸せなんてありゃしないよ》

　登場人物の台詞の一言一言が、人生の舵取りをしてくれるかのようだ。

　ここまでくれば「海街チャチャチャ」はもはやラブコメディを装った"自己啓発ドラマ"ではないだろうか。取材当日、ソウルの上岩洞にあるO'PEN※1で、まるで"2度目の人生"でも生きているかのような脚本家のシン・ハウンさんに話を聞いた。

助演の存在意義を知る比類なき新人

「とんでもない！　私は脚本家である前に、本当に平凡な人間ですよ（笑）。趣味といえば喜怒哀楽を感じることで、特技は一喜一憂することくらい。心配症だし、すぐに落ち込みます。早い段階でわかったんですよ。私には胸をえぐるような物語や、社会に一石を投じるようなドラマを書く才能はないんだなって。ならば、視聴者の日々の疲れを癒やすような物語を書く脚本家になれたらと思いました。悲しいシーンがあっても結末は悲しくならず、絶望があっても希望で終わるような、そんなドラマを書きたいんです」

そんなドラマには人が息づき、愛があふれている。つまり、「海街チャチャチャ」だ。

「海街チャチャチャ」はシンさんが初めて単独で書いたミニシリーズ[2]だ。シンさんは2017年にO'PENのストーリーテリングコンクールに入選して脚本家になった。「海街チャチャチャ」の前には「アルゴン〜隠された真実〜」[3]と「王になった男」[4]の2本のドラマに共同脚本というかたちで参加した。いずれも制作陣からオファーを受けての合流だった。特に「アルゴン」でのシンさんの起用には、「O'PEN入選からわずか2カ月足らずで演出家のイ・ユンジョン[5]から直々にラブコールを受けた新人がいる」と、業界でも大いに注目された。

「あのときは本当に驚きました。イ監督の『コーヒープリンス1号店』が好きでしたし、監督のファンでもあったんです。現場でお会いしたときは『ファ

※1　CJ ENMが新人作家発掘のために設立した脚本家養成所

※2　数話〜十数話で構成されるドラマ

※3　チョン・ヨンシン、チュ・ウォンギュとの共同脚本で、テレビ局の調査報道番組「アルゴン」の制作チームを描いたドラマ。記者とは何か、記事とは何かを考えさせられる。急逝したキム・ジュヒョクの最後のドラマ出演作でもある

※4　キム・ソンドクとの共同脚本で、2012年の映画『王になった男』をドラマ化。ヨ・ジングが道化師ハソンと王イ・ホンの2役を演じた

※5　「コーヒープリンス1号店」（07）「恋はチーズ・イン・ザ・トラップ」（16）「なにもしたくない〜立ち止まって、恋をして〜」（22）などで知られるドラマ演出家

ンなんです』と大はしゃぎしたくらいに」

　まさしく代表作となった「海街チャチャチャ」だが、脚本執筆のオファー
を受けた直後はためらったという。

「初めはお断りしました。共同脚本で2本を終えたあと、ひとりでやって
みようと自分がうまく書けそうなテーマを探している最中ではあったんです。
でも、『どこかで誰かに何かあれば間違いなく現れるMr.ホン』※6のタイト
ルロールでもある“ホン班長”はあまりにもよく知られたキャラクターなの
で、その名に泥を塗るのではと不安になったからです。何より原作でホン
班長役を演じたキム・ジュヒョクさんの代表作に傷をつけたらどうしよう
とも思いました。キム・ジュヒョクさんは私が初めて手掛けたミニシリーズ
『アルゴン』の主演でもあり、その際にご一緒したので、今も私にとって特
別な方なんです」

　しかし、クリエイターとしての情熱に火がついてしまってはどうしようも
ない。最終的に執筆を決心した理由はこうだ。「原作映画を見直しながら『ホ
ン班長というキャラクターが2021年にいたら何が起こるだろう』と考えて
みたんですが、これがとても面白そうだったんですよ！」。実際、“2021年
版ホン班長”の登場によってさまざまな出来事が巻き起こった。キム・ソン
ホというスターが生まれ、大衆性と作品性を兼ね備えたミニシリーズが久
しぶりに登場した。ドラマ史という観点で見れば、「ソウルの月」(94)のキム・
ウンギョン、「椿の花咲く頃」(19)のイム・サンチュンに続く「素朴さのなか
にも温かさがにじむドラマ」をしっかりと書ける脚本家がまたひとり誕生
したのだ。

「私のドラマに刺激的な要素はないと思います。人と人の関わりのなかで
生まれる大小の出来事や感情の振れ幅がすべてです。ドラマとはすなわち“対
立”だと教わったんですが、それもあって『海街チャチャチャ』がうまくい
くのか心配だったことも事実です」

※6　「海街チャチャチャ」の原作となった2004年の映画。キム・ジュヒョクとオム・ジョンファが主演をつ
　　とめた

はじめこそ退屈だといってドラマの真価を感じられなかった視聴者も、しまいには平凡な人々の些細な日常のとりこになった。「海街チャチャチャ」は放送当時、第1話の視聴率が6.8%（以下、ニールセンコリア集計）で始まると、じわじわと口コミで広まって第6話では10%を超えた。以降そのまま2桁台を守り、12.6%で幕を閉じた。[7]

　シンさんが新人脚本家のなかでも突出しているのが、助演の存在意義へ

海辺の村コンジンに暮らす人々を描き、最終的にどんな人生を生きていくのかを問う「海街チャチャチャ」。コンジンで歯科医院を開くことになった歯科医のヘジン（シン・ミナ）は人生において金と成功を重要視する人物だ。そこで出会ったのは、最低賃金をもらいながら村人たちのために働き、週に1日は必ず休むという男、ドゥシク＝ホン班長（キム・ソンホ）。そんな2人が関わることで互いの人生の価値観が変わっていく

「海街チャチャチャ」　写真提供:tvN

13 ― シン・ハウン ― 신하은

※7　地上波に比べて平均視聴率の低いケーブルテレビでは3%程度が成功の基準とされる。ケーブル局のtvNで放送された本作の10%を超える視聴率は大ヒットといえる

の理解度の高さだ。彼女が“K-ドラマ”を率いる次世代の有望株に挙げられるのも、劇中に何人ものキャラクターを登場させ、あれこれと動かしながら豊かな作品世界を作り出せるからだ。「海街チャチャチャ」を見ても、劇中の舞台であるコンジンで暮らす人々だけで16人。その全員に名前があり、それぞれの物語がある。例えば、「歌謡トップ10」で2位までいったのにマネジャーにだまされて芸能活動をやめたものの、いまだ夢を捨てきれないオ・ユンという芸名のチュンジェ（チョ・ハンチョル）、ホン班長を実の孫のように思って温かく包み込み、人々にすべてを分け与えるガムニ（キム・ヨンオク）、よその家の子どもをわが子のようにかわいがるナムスク（チャ・チョンファ）など。ヘジンの両親やソウルから撮影のためにやってくるテレビ局の人々も含めれば、このドラマは毎話がお祭りのようだ。

「原作映画ではサブキャラクターがほとんど出てきませんよね。そこでドラマではキャラクターを増やして、その余白を埋めたいなと思いました。オ・ユンの場合、映画ではホン班長がカフェで歌うたびに『店長はオーディションを受けにソウルに行った』などと話すでしょう。オ・ユン本人は一度も出てこないのに。その台詞からヒントを得て人物像を考えました」

どこにいようと、脚本家は自身との闘い

　シンさんはこう語る。

「ヘジンとホン班長の物語だけではなく、キャラクターそれぞれの物語でドラマを豊かにしたいと思いました。サブキャラクターの一人ひとりに一度はスポットライトを当ててあげたかったんです」

　その言葉どおり彼女は何人ものキャラクターにそれぞれのエピソードを与え、それを全16話に見事にちりばめた。キャリアの浅い新人脚本家がこ

れをやり遂げるなんて並大抵のことではない。 助演が多いというのはメリットにもなるが、導線設計を誤るとエピソードに甚大な影響を与えるだけでなく、ドラマ全体が散漫になりかねない。 シンさんはあらすじを書く段階で、それぞれのエピソードの配分には特に気を配ったという。

「全体を16話に分けて、そのなかで何人ものキャラクターの話をどう出していくのか、その配分を構成段階で念入りに考えました。 おかげで『海街チャチャチャ』の登場人物のエピソードは、当初の計画どおりに展開できました。 ただナムスクだけは、もともと子どもにまつわる話はなかったんですが、途中で入れました。 彼女が小憎らしい人物なので、もう少しいい人にしたかったんです」

　さて、それでどうなったのか。

「当初、ナムスクには遠く離れて暮らす年下の海軍の夫がいて最後に登場させようと考えていました。 ナムスク役のチャ・チョンファさんにも、夫が出るのでお楽しみにと予告していたのですが、あとになって、ごめんなさいとお詫びしました（笑）」

　あえて脚本家をタイプ別に分類するなら、多くのキャラクターが出てくる作品を上手に書ける人はみな、執筆ルーティーンをもっているのだろうか。 助演を含めて全員が主役級ドラマの代表格である「椿の花咲く頃」のイム・サンチュンも規則的に脚本を書くことで有名だ。 午前に執筆し、昼食をしっかり食べて午後に再び書き、決まった時間になればノートパソコンを閉じる。 徹夜したり不規則な生活をしたりはしない。 シンさんも執筆スタイルを尋ねると似たような答えを返してきた。

「規則的に書くスタイルに近いです。各話のプロットを組んだら、スケジュールを決めて1日に数シーンずつ書いていきます。 例えば10日以内に台本を書くなら、少なくとも8日で1日10シーンずつ書くと決めて、そのとおりに執筆します。 なかなか書けない日に備えて1〜2日ほどは余裕をみてお

「海街チャチャチャ」で注目される脚本家、シン・ハウン

「海街チャチャチャ」は「ヘジンとホン班長の物語だけではなく、キャラクターそれぞれの物語でドラマを豊かにしたいと思いました。サブキャラクターの一人ひとりに一度はスポットライトを当ててあげたかったんです」

いて、締め切り日は必ず守ります。ドラマというのは共同作業なので、完璧と思えるまで手を入れたものを遅れて出すよりも、少しくらい微妙な出来でもひとまず出してみてフィードバックをもらうほうが、私にとっては効率がいいんです」

シンさんは自宅以外の作業部屋をもたず、家で脚本を書く。「家のほうが集中できますし、身支度をして出かけることに時間を割くのはタイムパフォーマンスもよくないなと思って」。朝、目が覚めると、寝ぼけ眼で机に向かう。「完全に目覚めてしまうとやる気がなくなりそうだから、とにかく体を机の前にもっていってパソコンを立ち上げます。執筆中の原稿に目を通しているうちに頭も冴えてくるんです」とシンさんは笑った。

場所やルーティーンがどうであれ、脚本執筆という作業は自分自身との闘いだ。いくらドラマが共同作業で制作陣とのコミュニケーションが円滑

だとしても、台本を完成させることができるのは脚本家しかいない。 ほか
のスタッフやキャストが現場にいる間、脚本家はひとりで仕事場にこもる。
そういった面で、執筆というものは幸せと苦痛を同時に味わう作業だ。しかし、
シンさんは「ドラマを書くのは楽しいですよ」と語る。その表情から察するに、
調子を合わせて言っているわけではないようだ。 なぜ楽しいのだろう。

「ドラマママニアの私にとっては、ドラマを書くこともオタ活[7]の一環なんで
す。 自分の書いたものが映像として具現化されることを思うと、完成を待
つ間も楽しいんですよ」

長年の“オタ活”がドラマ執筆に昇華

　　シンさんは筋金入りの「ドラマっ子」だ。「幼い頃からドラマが本当に好
きでした。 人生で初めて見たドラマといえるのは、小さいときに見た『黎
明の瞳』(91) です。“鉄条網キスシーン”が強烈な記憶として残っています」。
幼少期にキム・スション[8]の週末ドラマを見て育ったシンさん、中高生から
大学生の頃はノ・ヒギョン(p23)やイン・ジョンオク[9]が脚本を手掛けたド
ラマを見て思春期を過ごした。 その後は2000年代の初めに訪れたラブコ
メ復興期を満喫した。

「『アルゴン』のときにイ監督の前で大はしゃぎしていたのも、私がドラマっ
子だったからです (笑)」

　　今でもドラマ好きは変わらず、好きな作品があればシナリオ集を買うこ
ともあるという。 脚本家デビューを果たしたあとは、「ドラマを見て純粋に
好きだと思う気持ちにうらやましさが加わった」そうだ。

「みなさん、本当に素晴らしい脚本を書かれますよね。 イム・サンチュン
さんは天才だと思いますし……」

※7　「オタク活動」の略。自分の趣味のために行動すること
※8　1970年代から活躍する脚本家。「青春の罠」(99)「拝啓、ご両親様」(04)などが代表作
※9　代表作に「勝手にしやがれ」(02)「アイルランド」(04)など

ドラマを愛する脚本家らしく、いくつもの作品を見ながら惜しいと思っ
た点を自らの作品内で描き直している努力がうかがえる。　シンさんの作品
は素朴さのなかに「温かさ」があり、そこに加えてもうひとつの要素、「鋭さ」
がある。　一見すると素朴だが、固定観念を壊していくのだ。「海街チャチャ
チャ」を見返してみれば、最初は温かさに気をとられて見逃していた他の
面が見えてくる。　多様な家族のかたち、男性の女性に対する接し方の変化、
性的マイノリティの気持ちに寄り添った繊細な描写などだ。　例えば、ヘジ
ンが苦労した自分へのご褒美に500万ウォンのネックレスを買うシーンが
ある。　普通であれば、これを見たホン班長が彼女の金遣いの荒さに失望す

シン・ハウンさんの作品は温か
く、それでいて鋭い。そんな物
語が、シンさんの自宅の書斎か
ら生み出される。現代詩を学ん
だシンさんのそばには、いつも
詩集がある。机上にあるのはチ
ン・ウニョンの詩集『私は古い街
のようにあなたを愛して』

るか、けんかでも始めそうなところだ。しかしシンさんは、ホン班長にこんな台詞を与えた。

《自分で働いて稼いだ金で自分にご褒美を買うってのに、なんでまわりの目を気にするんだよ》

　シンさんはこう語る。「優秀な女性に対して男性が不満を抱いたり恥じ入ったりする、そんなお決まりの展開を壊したかったんです。優秀な女性が自分のためにお金を掛けるのに、なぜ他人の目を気にする必要があるのかという問いを投げかけたいと思いました」。このシーンのほか、性的マイノリティであるチョヒ（ホン・ジヒ）から愛の告白を受けたファジョン（イ・ボンリョン）が答える場面も、ぜひ見返してもらいたい。

　何よりも印象的なのは、多様な家族のかたちについて語られる場面だ。「海街チャチャチャ」においては、全員が家族だ。幼くして祖父を失い、ひとりきりになったホン班長を、村の人々がみんなで育ててきた。ヘジンと彼女の"継母"（と、ここでは表現したい）が距離を縮める過程の描き方も、ほかのドラマで行われるような紋切り型のものとは異なる。本作では"継母"とヘジンの気まずい状況をそのまま映し出し、血のつながらない母親が娘を愛する心を描写する。

「現実の社会もそうあってほしくて。血でつながった"普通の"家族だとか、これまでの常識を破って、どんなかたちであれ、すべての人々の在り方が尊重されたら……と、そんな願いを込めました。家族愛というものが血縁関係でなくても生まれるということ、血のつながりよりも後から結ばれた"家族"こそが本物の家族のように感じられることもあるということ。それを表現したかったんです」

　ホン班長が終始タメ口で話す点もスマートに解決した。「ホン班長はどんな人にもタメ口で接するということにしました。そのせいでヘジンの両親から何やかやと言われますよね」。放送当時に話題になったシーンのな

かで、ホン班長とヘジンの両親の別れ際の台詞は演出家からのアイディアだったという。ホン班長を呼び寄せ、《なぜおれにタメ口なんだ》と言うヘジンの父に対して、ホン班長はこう言う。《親近感があっていいだろ》。（内心はホン班長のことを気に入りつつも）苦虫を噛みつぶしたような表情でヘジンの父が放つ台詞はこうだ。《何がいいんだ、この野郎》。

成功のあと、ラブコールがもたらす悩み

　温かさと鋭さを巧みに盛り込むシンさんの作風には、彼女の経歴が影響を与えているのではないだろうか。シンさんは詩人を夢見て国文学科を卒業し、大学院で現代詩を学んだ。短い文章のなかに含蓄のある言葉でいくつもの意味を込める訓練を重ねてきた人物だ。それが「海街チャチャチャ」において、シーンごとにぴったりの名台詞を生み出すことにつながったといえる。

「昔は漠然と物書きになりたいと思っていました。作文の賞をもらったこともたくさんあったんです。だから国文学科に進んで何かしらの文章を書く人になろうと考えたんだと思います」

　彼女の作品にはよく詩集が出てくる。「海街チャチャチャ」のホン班長がヘジンに詩集を読むシーンはPPL[10]なのではと疑われもしたが、シンさんが悩んだ末に決めたものだそうだ。

　きっと、ドラマ脚本家になる運命だったのだろう。現代詩を学んでいた大学院生時代、人文学部の縮小という流れのなかで指導教授が引退し、空き時間ができたという。シンさんはその時間で脚本家教育院に通いはじめ、ドラマの脚本家を夢見るようになった。詩人の代わりに脚本家の道を選んだのだが、長らく詩を読み、書いてきた習慣が、脚本家になるにあたっ

---

[10]　Product Placement の略で、「間接広告」とも呼ばれる。小道具としてスポンサーの商品などを登場させる広告手法

て大いに役立ったのではないか。 脚本を書いたこともないのに、自然と筆が進んだ。「もしかして向いているのかも……と、とにかく脚本を書いてみたんです」。 教育院の基礎クラスから始まり、演習、専門、創作クラスと進むなかで、学期ごとに2〜3本ずつ台本を書き、それが自信につながった。 そしてO'PENで、人生で5本目に書いた短編ドラマ「文集」※11が入選を果たした。

「専門クラスのときに書いたものですが、自分ではいちばん出来の悪い作品だと思っていました。 ですが、そんな作品が入選したことを受けて、自分で何度も修正を重ねて煮詰めるよりも、思うまま新鮮に書いたほうがいい場合もあるんだなと学びました」

「海街チャチャチャ」で成功して以来、多くのラブコールを受けているシンさん。 幸せいっぱいかと思えば、ドラマを愛し、執筆の過程を楽しむこの脚本家は、むしろさらなる悩みを抱えていた。

「『海街チャチャチャ』は原作のある作品だったので、次作では完全に自分のオリジナルで評価されるべきだと考えていて。 真面目さだけは自信があるので、頑張って素敵な作品をお見せしたいと思います」

　何であれ、温かい作品になるだろう。 次の作品も「海街チャチャチャ」と同じくらい登場人物が多いそうだ。「人間が人と人の間で生きるべきであるように、ドラマも人々の中で息づくべきだ」──そんなシンさんのモットーを、あらためて噛み締めたい。

《 Epilogue 》..

　シンさんに会ってはっきりしたことがある。 それは、素敵なドラマを書きたいと思うなら詩に親しむべきであるということだ。 人間に対する洞察力から場面にぴったりの台詞まで、「海街チャチャチャ」に拍手を送りなが

※11　塾講師として働き、ロマンのない人生を送る主人公が、高校生のときに作った文集を偶然に見つけるところから始まる。 いつでも孫娘の味方になってくれるおばあちゃんのキャラクターが魅力的な作品。 シン・ウンスが主演をつとめ、tvNの短編ドラマ枠「ドラマステージ」で2018年に放送された

らも抱いていた疑問が解消した。シンさんは現代詩を専攻し、今も詩を読み、書き、そして愛している。 そんな詩のパワーは、どれほどドラマに影響を与えているのだろう。「海街チャチャチャ」には意味なく発せられる言葉がひとつもなく、どれも地に足のついた台詞だと感じられる。 不必要な台詞を削ることにも詩の力がひと役買っているのではないだろうか。 台本執筆に限らず、日常生活で磨かれていない言葉を使ってばかりの私たちにも詩が必要なのではと思う。 劇中のヘジンの台詞のように、他人にぞんざいな言葉を浴びせるのはやめよう。「海街チャチャチャ」にも、シンさんが共同脚本で参加した「アルゴン」にも、一篇の詩が登場する。 シンさんから送られてきた書斎の写真に写る机の上にも詩集があった。 詩を愛するシンさんの今後が楽しみだ。

14

ヨン・サンホ

「地獄が呼んでいる」

ジャンルに忠実でありながら
ジャンルからはみ出す

Drama

2019年 「約束の地〜SAVE ME〜」(原作)
2020年 「謗法〜運命を変える方法〜」
2021年 「地獄が呼んでいる」(演出・脚本)
2022年 「豚の王」(原作)
2022年 「怪異」
2023年 「ソンサン―弔いの丘―」(制作・脚本)
2024年 「寄生獣―ザ・グレイ―」(演出・脚本)

Cinema

2016年 『新感染 ファイナル・エクスプレス』(監督)
2018年 『サイコキネシス―念力―』(監督・脚本)
2020年 『新感染半島 ファイナル・ステージ』(監督・脚本)
2021年 『呪呪呪／死者をあやつるもの』
2022年 『JUNG_E／ジョンイ』(監督・脚本)

Animation

2008年 『インディ・アニ・ボックス:セルマのプロティンコーヒー』(監督)
2011年 『豚の王』(監督・脚本)
2012年 『窓』(監督・脚本)
2013年 『我は神なり』(監督・脚本)
2014年 『発狂する現代史』(製作)
2016年 『卒業クラス』(脚本・製作)
2016年 『カイ:鏡の湖の伝説』(製作)
2016年 『ソウル・ステーション パンデミック』(監督・脚本・製作)
2019年 『プリンセス・アヤ』(製作)

TEXT:チョ・ヒョンナ〈シネ21〉記者　PHOTO:チェ・ソンヨル〈シネ21〉記者

《その人の写真と漢字名、所持品さえあれば、謗法で呪い殺せます》と言う謗法師のソジン[1]、《心は見つめなければ存在しない》と読み取る文様解読専門家のスジン[2]。ヨン・サンホ監督のユニバース（世界）、すなわち“ヨンニバース”に登場するキャラクター設定に毎度心をつかまれ、彼らから目が離せなくなる。

ヨン監督は、インディーズアニメを製作していた頃からオリジナリティあふれる題材と演出で注目を集めていた。2012年にアニメ映画『豚の王』でカンヌ映画祭に招聘されその名が世界に広まって以降、アニメ映画『我は神なり』『ソウル・ステーション パンデミック』、続いて大ヒット映画『新感染 ファイナル・エクスプレス』や『サイコキネシス―念力―』『新感染半島 ファイナル・ステージ』『呪呪呪 死者をあやつるもの』『JUNG_E／ジョンイ』、ドラマ「謗法〜運命を変える方法〜」「地獄が呼んでいる」（以下「地獄」）「怪異」に至るまで、息つく間もなく演出・脚本を手掛けてきた。アニメーション、映画、テレビドラマ、OTT[3]シリーズなど表現手法にこだわることなく、さまざまなステージで活躍するヨン監督は、ダイナミックに変化するコンテンツ業界において、今もっともフレキシブルに対応しているクリエイターといえるだろう。ヨンニバースはいったいどこまで広がるのか。ソウルにあるヨン監督のオフィスを訪ね、彼のクリエイティブなエネルギーの源泉に迫った。

――ざっと見まわしただけでも、ヨン監督のこれまでの歴史が感じられるオフィスです。ほとんどの作業をこのオフィスで行われているのですよね？

どうしてもそうなります。外での予定がない日は、上の子を学校に送ってまっすぐここに来ます。午前9時から午後6時くらいまで過ごしていることが多いですね。その間、ひたすら書き続けられればいいのですが、なかなかそうはいきません。悩んでいるうちに時間になって家に帰ることもしばしばです。正直、脚本の完成までに費やす時間の80〜90%は、苦しん

※1　チョン・ジソが演じた2020年のドラマ「謗法〜運命を変える方法〜」の登場人物
※2　2022年のドラマ「怪異」の主人公。シン・ヒョンビンが演じた
※3　Over-The-Topの略。インターネット回線を通じてコンテンツを配信するストリーミングサービス

でいるだけの時間。 悩みに悩んで、締め切りが目前に迫ると必死で書きは
じめます。（棚に積まれたプラモデルの箱を指して）プレッシャーから逃れ
たくて作ったガンダムだけでも数十体。 最近はフィギュアの頭、体、衣装
などのパーツを別々に買って組み立てるカスタムフィギュアに夢中です。
1年ほど前からはギターも始めました。 どれもシナリオ執筆の苦しみを紛
らわせようと始めたのですが、すっかりハマってしまいましたね（笑）。

——富川漫画情報センター（漫画博物館）そばの漫画喫茶で、脚本家のチェ・
ギュソクさんと何度も「地獄」の打ち合わせをしたそうですね。 それ以外に
もインスピレーションが刺激されるヨン監督のとっておきの場所はありま
すか？

　最近はプリプロダクション※4のときに、ロケハンをしながら書くことが
多いですね。 ロケハンの日は朝6時にワゴン車で出発して、一日中、走り
まわるわけですが、移動中は時間を道に捨てているようなものでしょう？
もったいないのであれこれ思い浮かんだシーンをスマホにメモしながら過
ごします。 だから私のスマホのメモ帳は作品のアイディアでいっぱいで
すよ。

視聴者のフィードバックこそが喜び

——脚本を書くときに必要な素材はどのように集めていますか？

　打ち合わせで意見を交わすなかで拾い上げることが多いと思いますね。
「地獄」のときもさまざまなエピソードについて、チェさんと議論さながら、
かなり話し合いました。 これはギターを始めて感じたことなんですが、音
楽は結局、コードの組み合わせですよね？ 脚本もそれに似ていて、ストー
リーのかけらをあれこれと組み合わせてみて、うまくはまれば台本になり、

※4　撮影前のさまざまな準備作業

合わなければボツになる。 この作業を何度も繰り返していくうちに、これならイケるかも？とピンとくる瞬間があって、そのタイミングで本格的に執筆にとりかかるんです。

　ただ最近は、素材選びの段階から商業的な面での検討がかなり必要です。書いた脚本を脚本のままで終わらせないためにも、投資という高いハードルを超えなければなりませんから。 無事に投資を受けられたあとも、それだけでよい作品ができるわけではないので、これが本当に大衆にウケるものなのか、予算内に収まるのか、そういったことまで、ひととおり考えてみ

ます。 また、これまで実写映画やドラマでは大衆性を狙ってダークファンタジー色の強い素材を扱うことが多かったんですが、それ一辺倒にはなりたくないなと思いました。 そこで、2022年にチェさんと一緒にダークファンタジー色が皆無の「黙示録」というウェブ漫画を連載したり、同じように超常的要素がない『豚の王』のドラマ化に取り組んだりしました。 こうした人間同士の対立だけで構成される物語でどのくらい勝負できるのか、今はそのへんのバランスを見極めているところです。

――そのようなプロセスを経て脚本を作り上げることは、ヨン監督にとってどういう意味をもつのでしょうか?

つまらなく聞こえるかもしれませんが、ただの「仕事」です。 もちろん脚本を書くという行為自体にさまざまな意味を込めることもできますが、私はそうしたくないんです。 締め切りに合わせてストーリーを書き、面白くていいものを書こうとしているうちに何らかの法則が見えてきたりする。 そうやって完成した脚本に見合った対価が与えられるわけですから、こちらもそれ相応の仕事をする義務が伴います。 結局、脚本を書くことが私の仕事ですから、やるべきことを忠実にやっているだけなんです。 もちろん機械的に働くという意味ではありませんよ。 子どもの頃から憧れていた仕事ができているのだし、読者や視聴者からの反響があると当然うれしいし、仕事のモチベーションも上がります。 それすらなかったら、私は自分が楽しいと思えることしかやらないと思いますね、最近ハマっているフィギュア作りみたいに(笑)。

――初めてドラマを手掛けられたときのエピソードをお尋ねします。 ドラマは映画より長い時間を要するうえ制作過程も違うので、戸惑うことも多かったのではないでしょうか? 初ドラマ作品である「謗法」を執筆する前には、何人ものドラマ脚本家にアドバイスを求めたとお聞きしました。

そうなんです。 1話で何ページくらい書かなければいけないのか、そういっ

た細かいところまで根掘り葉掘り聞き出しました。 そのあとはドラマに取り組みながら実践で気づいたことが多いですね。 例えば「誘法」はtvN※5のドラマなので、1話あたり58〜60分程度に固定されているんです。 その尺に押し込むのが思いのほか大変で、そういう形式的な部分もですが、ストーリー面でも苦労しました。 私が意図した部分と視聴者が反応する部分が毎回一致しなかったんです。 次こそ前回至らなかった部分を補おうと、毎回、留意点を整理しながら臨んでいましたね。

——映画、テレビドラマ、OTTシリーズ、それぞれの違いは経験を重ねてこそ明確につかめるものなんですね。

どれも最初から別物だと思っています。 漫画だって、描き下ろし中心の作家と連載作家ではフィールドが違いますから。 最近は少し変わってきましたが、「誘法」の頃は4話まで脚本が上がった時点で即、撮影に入っていたんですよ。 こうしたテレビドラマの進行がある一方で、OTTシリーズのドラマは脚本がすべて完成しないと始まりません。 それ以外にも、公開形式が全話一斉配信なのか週に2話ずつ配信なのかによっても違うし、映画の場合も、OTTオリジナルなのか劇場公開作品なのかによっても違いますよね。 キャラクター設定に関しても、映画はスピード感が求められるため目的に向かって突進していくような人物が向いているでしょうし、ドラマの場合はスピード感よりむしろターニングポイントがいくつも必要なので、さまざまな問題を抱えた人物のほうが適しています。 そんなこともあって「地獄」のキャラクターもほとんどがジレンマを抱えていますし、これから発表する作品もだいたいはそんな傾向です。 メディアごとに学ぶべき特性はキリがなくて、毎回新鮮ですよ。

——メディアごとに学ぶべき特性が多いとおっしゃいましたが、漫画、アニメーション、映画、テレビドラマ、OTTシリーズまで、ヨン監督は今もっとも手広く活動しているクリエイターではないでしょうか。 その秘訣は何ですか?

※5　韓国のケーブルテレビ局のひとつ

経験できる場が多いという点では恵まれた時期だともいえそうですが、正直、カオス状態でもあります。何か手掛かりでもあれば前に進めるのですが、いまだ未知の部分が多すぎて誰にもわからない。それこそ当たって砕けろの精神で進むしかありません。だからこそ、経験がものをいうんです。絵の勉強に打ち込んでいたとき、「水に入らずして泳ぎは学べない、泳げるようになるには水中でもがいてこそだ」という話を耳にしたんですが、今の状況にぴったりだと思います。

——作品を準備するとき、調査や分析は念入りにされるほうですか？

取り上げたいテーマがあれば、それに見合った素材を探したり参考にしたりはしますが、よほど執筆に行き詰まらないかぎり、新たなリサーチは

Column

ヨン・サンホ監督が語る「シナリオの力」

シナリオの重要性について尋ねると、「シナリオは設計図」という答えが返ってきた。「（ドラマも映画も）演出家や俳優、スタッフまで、たくさんの人たちが集まって作り上げるものなので、最終的な仕上がりまで見えている人は現場には誰ひとりいないんです。そこで全員がひとつの画を描いて進んでいくための道しるべが必要です。それがまさにシナリオなのです」。「安全な設計図のようなシナリオ」の重要性を知っているからこそ、ヨン監督は、今日もオフィスの机に向かって書き続ける。

ほとんどしません。 むしろ以前見たものを中心に掘り返すほうです。 特に最近は新作を見る時間がなかなかとれないので。 その代わり子どもたちとYouTubeやキッズコンテンツを見る時間が増えているんですが、そうするとその分野のマーケティング戦略が嫌でも目に入ってくるんですね。 例えば子ども向けのアニメーションも、ここ数年の間に完全にビジネスモデルが逆転していて、制作過程も当然変わらざるをえないわけです。 全体的なメディアの流れ自体が天地開闢のように変化するなかでそんなことを考えさせられました。 そういえば以前、アメリカのプロレス※6が好きでよく見ていたんですが、(ショー仕立ての)プロレスの世界のなかで、仲間割れから不倫まで、それこそいろんな騒動が入れ替わり立ち替わり起こるんです。 それを見ながら、今後は多くのコンテンツがこんな方向、つまり特定の世界観のなかで際限なく事件が起こる構造に流れていくかもしれないなと思いました。最近のOTTドラマやシーズン制のテレビドラマを見ながら、また同じことを感じています。

──「地獄」もシーズン制のドラマとして脚本を書かれていますよね。

　はい。 だから、そういう見せ方みたいな部分に目がいくのかもしれません。 シーズン制という制作形式は、近頃もっとも頭を悩まされることのひとつです。OTTプラットフォームでは人気を得られなければ次のシーズンは制作もできません。 つまりシーズン2を念頭に入れて脚本を書いても、シーズン1で終わってしまえば中途半端な作品にならざるをえないわけです。それを避けたくて「地獄」もシーズン1内での完結性をもたせたうえで、次のシーズンも見たくなるように工夫しました。 もともと「地獄」の漫画版にはジョンジャ(キム・シンロク)の復活シーンはありません。 漫画ではそこで完結するために外したのですが、ドラマではシーズン2への期待感をもたせるために戦略的に挿入したんです。

──最初から意図したことではないにせよ、『ソウル・ステーション』『新感染』

※6　WWEのことと思われる。ストーリー性のあるショー仕立てが特徴のプロレス団体

190

ヨン・サンホ監督の仕事場。1年ほど前にギター独習本を買って練習を始めたところ、音楽とシナリオ執筆の作業が「コードのハーモニー」という点で似ていると感じられたという。ギターもフィギュア制作も、シナリオ執筆の苦しみを紛らわせるために始めたが、「すっかりハマってしまった」趣味だ

『新感染半島』の3作品は、少しずつ世界観が広がっていった好例かと思います。こうした経験がドラマでも活かされるのではないでしょうか?

　そうなればいいんですけど(笑)。最初から話を広げるつもりだったのなら『新感染』はもっとスタンダードなゾンビにしていたでしょう。しかし、『新感染』のゾンビはスピーディに動ける"列車のためのゾンビ"。これを別の空間にもっていくのは容易なことではありません。タイトルも別のものにしていたでしょうし※7。それでもたくさんの方々が(3作品を)ヨンニバースの世界観だと一貫して捉えてくださったのはありがたいことです。

――「謗法」「怪異」「ソンサン―弔いの丘―」のようにドラマの脚本だけ書く場合と、演出まで担当する作品の脚本を書く場合では、アプローチの仕方は違いますか?

　それも現在進行形で経験しているんですが、脚本自体に違いはありません。ただ、自分なりのルールはひとつだけあって、それは演出家のやり方には干渉しないことです。そのため「怪異」の撮影現場には一度も足を運ぶことなく、「ソンサン」にも一度しか顔を出していません。「ソンサン」を演出したミン・ホンナム監督は『新感染』『サイコキネシス』『新感染半島』のときの助監督なんです。私が見ていたらどれほどやりづらいか(笑)。現場には2時間いただけで、すぐ退散しました。

近頃の大衆には王道がない

――20年近くジャンルものを制作し続けてこられましたが、ジャンルものの魅力は何だとお考えですか?

　受け手と共有できる世界が存在するというのがいちばんの魅力です。特定のジャンルに夢中になる理由はさまざまで、SFが好きな人もいるし、ゾ

※7　映画『新感染 ファイナル・エクスプレス』の原題は『부산행(釜山行)』

ンビものが好きな人もいる。 ゾンビもののなかでもストーリー重視派の人
もいれば、ヴィジュアル重視派の人もいる。 そうしたニッチな理由とこだ
わりを共有できることがいちばんの魅力ですね。

——2022年の全州国際映画祭にて、黒沢清監督との対談で「作品に取り組
めば取り組むほど、ジャンルものの枠から脱するための新たな突破口を見つ
けたいという思いが強くなる。 黒沢監督はジャンルものでどのような挑戦
をしていらっしゃるのか」といった質問をされていました。 同じ質問をヨ
ン監督にしたいと思います。 新たな突破口をどのように探し出そうとして
いますか?

　ジャンルに忠実でありながら、ジャンルからはみ出す、これが課題だと思
います。 ジャンルというものは、先ほどお話したとおり、それが好きな人
たちが共感できるポイントを押さえることが大切です。 と同時に、彼らに
はそのジャンルから「脱皮」したものを見たいという欲求もあります。 と
はいえ、ジャンルの枠から完全に外れてしまってはいけないので、絶妙なと
ころでのチューニングが必要です。 そこが難しいですね。 難しいんですが、
それでも私は経験し続けるしかないと思っています。

　近頃は作品を企画して脚本を書いて、公開に至るまでにかかる時間は最
短でも2年です。 その間にも世の中は猛スピードで変化していくわけです
から、未来を予測し、大きなトレンドを読むのは容易なことではありません。
そんなときに頼りになるのがこれまで重ねてきた経験に基づくデータです。
まず、近頃の大衆には王道というものが存在しません。 細分化の傾向は加
速していて、世代ごとにそれぞれ違う作品を見ているうえ、そのなかでの
嗜好も変わり続けています。 それでも作品を通じて世の中の嗜好をキャッ
チしながら進もうと努力していますよ。

——別のインタビューで、「怪異」はもともと恋愛ものにしたかったと答え
ていらっしゃいましたよね。 今後はどんなトーンの作品を作りたいですか?

山ほどありますよ。最近、岩井俊二監督の映画『Love Letter』(95／日)を見返したんですが、やっぱりいいですよね。脳が浄化されるような感覚といったらいいのかな(笑)。久々に見た『嫌われ松子の一生』(06／日)もやはりよかったし、マスコミの暗部を取り上げたドラマ「エルピス―希望、あるいは災い―」(22／日)も面白かったです。あまりいい表現ではありませんが、いわゆるマクチャンドラマ[※8]にも興味があります。いずれも私が手掛けたことのないジャンルとスタイルの作品です。やりたいことと得意なことは違いますが、それでもチャンスがあれば挑戦してみたいですね。

《 Epilogue 》···

　インタビューの日はちょうど『シネ21』誌の締め切り日だった。書きかけの原稿のことをつとめて考えないようにして家を出た。そしてヨン監督のオフィスに一歩足を踏み入れた途端、原稿のことなど瞬時に消え去った。オフィスの壁には『新感染』『サイコキネシス』『新感染半島』「地獄」などのポスターが貼られ、本棚はバットマンやジョーカー、キャットウーマンのほか、ウルトラマンやゴジラをはじめとする怪獣、『SLAM DUNK』などのフィギュアの数々がひしめきあう。無造作に積み上げられた映画のDVDやプラモデルの箱まである。写真撮影のあいだ、オフィスのあちこちを見まわして「この空間を1周しながらインタビューすれば、ヨン監督の作品と趣味についての話が尽きないだろうな」と考えた。予想どおり、ヨン監督が「まるでサラリーマンのように午前9時に出勤して、午後6時まで過ごす」オフィスの中では、さまざまな挑戦が現在進行形だった。お話をうかがいながら、いくつものストーリーのピースがつなぎ合わされて、新たな世界が創造される過程を自然に想像していた。ひとりのクリエイターの世界を垣間見ることができた貴重な時間だった。

※8　ありえないことが次々と起こり、ドロドロな展開をする刺激的なドラマ

15

ユーモアと共感に
ビビッとくる直感の秘密

TEXT：キム・スヨン〈シネ21〉記者　PHOTO：オ・ゲオク〈シネ21〉記者

韓国の朝に静寂が流れているなんて誰が言ったのか。

朝から血気盛んな国。

ニワトリが鳴く前から大声が飛び交う国。

朝っぱらからヘトヘトに疲れても苦あれば楽あり、

脇目も振らずにいばらの道を突き進み、

高所得、高学歴のエリートコースへまっしぐら。

これがこの国の現状じゃない？

——「イルタ・スキャンダル〜恋は特訓コースで〜」

　ヤン・ヒスンさんの直感が冴えに冴えた。「学習塾の業績を、たったひとりのスター講師がたやすく塗り替えてしまう私教育業界の実情から、保護者や子どもたちの教育を取り巻く人間模様が描けるのではないか」と、ピンと来たという。学習塾のスター講師であるチヨル（チョン・ギョンホ）と総菜屋を営むヘンソン（チョン・ドヨン）のラブライン、大学受験という一世一代のイベントを前にした生徒と保護者、ミステリーの世界へと引き込む“謎のパチンコ玉”事件など、さまざまな要素で視聴者をとりこにした「イルタ・スキャンダル〜恋は特訓コースで〜」は、最終回を最高視聴率19.8％（ニールセンコリア、首都圏基準）という好成績で飾った。[※1]

　ヤンさんはその人並外れた直感力を「男女6人恋物語」「順風産婦人科」「ニューノンストップ」などのシットコムで10年以上にわたり鍛え上げてきた脚本家だ。ドラマにうってつけのキャラクターやエピソード、ハマり役すぎる男女俳優の相乗効果まで、「勘が当たっただけ」という彼女のドラマ作品の数々——「ナイショの恋していいですか!?」「恋のゴールドメダル〜僕が恋したキム・ボクジュ〜」「ああ、私の幽霊さま」「知ってるワイフ」「一度行ってきました」——は、どの作品も次々と高視聴率をたたき出し、安定

※1　放送されたのはケーブルチャンネルのtvN。非地上波では異例の高視聴率といえる

した人気を得た。ユーモアと共感要素に瞬時に反応する彼女の直感力の秘密を探ろうと、ソウルの汝矣島（ヨイド）にあるヤンさんのオフィスを訪ねた。

——勝率がいいですね。大成功を収めた「イルタ・スキャンダル」の前作、週末ドラマの「一度行ってきました」も30％を超える視聴率をたたき出し、「ああ、私の幽霊さま」でも初回放送から最終回までの全話で、ケーブルテレビや衛星放送も含めた同時間帯の視聴率１位をマークしました。

　成功した作品だけ紹介されているからですよ（笑）。ずいぶん前ですが、１クールで早期終了したシットコムもありましたから※2。それでも、ドラマでは大きく失敗したことはありません。「恋のゴールドメダル」も、裏番組の「青い海の伝説」※3には勝てず視聴率は毎回振るわなかったのですが、視聴者のみなさんは思い思いに楽しんでくださったようです。ドラマは制作期間が長いので、結果と同じくらいに過程が幸せであることも重要なんですが、ご一緒した演出家やスタッフと安定した関係を築けたのもよかったです。こればかりは初めからわかることでもないので、運が味方をしてくれました。

——「イルタ・スキャンダル」の主人公２人は、スター講師と惣菜店のオーナーという、一見するとロマンスが芽生えそうにもない職業同士ですが、よく思いつきましたね。

　高校生の息子と大崎洞（テチドン）※4の学習塾街に初めて足を運んだとき、ものすごい衝撃を受けたんです。子どもたちを迎えに来たとおぼしき高級車が道路脇に列をなしているのを見て、そこから「イルタ講師」（＝人気１位のスター講師）を思いつき、ギリギリの毎日を送る教育ママたちの姿から、自分なりの幸せを追求するヘンソンというキャラクターを作りました。取材したスター講師の方は、高収入なのにお金を使う暇どころか、寝る間もなく食事すらろくに取れない日々を過ごしていらっしゃったんですよ。そこに着目して、

※2　2000年放送の「ノンストップ」のことを指すと思われる
※3　SBSで放送されたファンタジーラブストーリー。イ・ミンホ＆チョン・ジヒョン主演で人気を集め、視聴率首位を独走した
※4　ソウル市江南区（カンナム）にあり、名門塾が多いことで有名な地域

「イルタ・スキャンダル〜恋は特訓コースで〜」　写真提供:tvN

摂食障害を患う神経質な男性主人公と、食堂や惣菜店の女社長という設定
にすれば、お互いを補い、影響を与え合う関係を築くことができるのでは
ないかと思ったんです。

――スター塾講師をはじめとして、以前にも調理師やスポーツ選手など、取
材が必要な専門職を題材にしていらっしゃいますが、取材ではどういったと
ころに力を入れていますか?

　その専門職がもっている典型的なイメージってありますよね。そのイメー
ジの裏側を求めて取材するんですが、毎回ギャップが面白くて新鮮なんですよ。
「恋のゴールドメダル」のときは、重量挙げの女性選手とお会いしたんですが、
トレーニングウェアをかわいく着こなせないかと工夫していたり、禁止され
ているマニュキアを練習開始直前に落として、終わったらまた塗ってという

のを繰り返していたり。 うんと年上の私からすると、彼女たちのそんな姿がとてもいじらしく思えて。 そういうときに直感のアンテナが反応するんです。 取材では直接インタビューもしますが、練習時間に出向いてバーベルを持ち上げてみたりもしましたね。「イルタ・スキャンダル」では塾に行って講義室やシステムを見てまわったり、講師の方だけでなく塾長にもお話をうかがいました。情報が偏らないように複数の塾を調べたりもしています。
——「イルタ・スキャンダル」では、回を重ねるごとにロマンスから生徒たちの話へと比重が移っていきましたね。 ロマンスパートに引けをとらないくらい、教育システムとそのなかにいる一人ひとりにもスポットを当てたドラマだと感じました。

　主人公男女の物語とロマンスはもちろんですが、それに加えて、彼らをとりまく背景とそれぞれの立場を描きたかったんです。 私自身、受験生の息子をそばで見守りながらさまざまな親子関係があることに気づかされたのですが、そのなかでも象徴的な、子どもたちを追いつめる大人にフォーカスを当てました。 ドラマ後半に差しかかるにつれ、子どものためにと信じて行動していた保護者たちが悟りだす瞬間が描かれるのですが、それは構想の段階から強く思い描いていた展開です。

「どうやったらニキビひとつから1話も書けちゃうの？」

　ヤンさんが作るドラマの世界では恋愛成就が最終目的ではない。 恋愛が成就したあと、すなわち、切実な願いが叶ったあともすぐにエンディングを迎えることなく続いていく。 私たちの人生がそうであるように、登場人物たちは幸せの絶頂を迎えたあとの日常を生きていくわけだ。「知ってるワイフ」のジュヒョク（チソン）とウジン（ハン・ジミン）が過去にタイムスリッ

プして再び愛し合うようになったあとも、「イルタ・スキャンダル」のチヨル
とヘンソンがようやくお互いの愛を確かめ合ったあとも、主人公だけでは
なくサブキャラクターのその後までをも、くまなく描き出す。まるでドラ
マが終わっても彼らの日々が続いていくかのように。

　いつも制作側から指摘が入るんです。こっちのシーンを少し削って主人
公のエピソードをもっと足してください、と。私自身、登場人物たちが関
係を築き、影響を与え合うことを好んで書いているのでそう言われてしま
うんでしょうね。週末ドラマ「一度行ってきました」のときもウキウキしな
がら書いていました。全100話（※韓国放送時）だから登場人物が多くて
も大丈夫だし、いろんな話を書くことができたので。ふだん友達とおしゃ
べりをするときも、内容を盛り込みつつポイントをしっかり押さえて話すので、
話に引き込むのがうまいほうだと思いますね。「恋のゴールドメダル」で男
性主人公（ナム・ジュヒョク）の伯母役を演じてくださったイ・ジョンウン
さんが、当時、こんなことをおっしゃったんですよ。「ヤンさん、どうやった
らニキビひとつから1話も書けちゃうの？　すごい能力ね」って。（笑）

　　　ラジオで聞いたんですけど、精神科のお医者さんの話によると、
　　　ふだんは家族や友達が医者の役割をするんだそうです。
　　　その日にあったつらかったことを聞いてあげたり、
　　　時には一緒になって愚痴を言ったり、慰めたり。
　　　そばにそういう存在がいないときに、自分のような医者を
　　　訪ねてくるんだって。
　　　私は、母がいなかったら病院代がかさんだでしょうね。
　　　　　　　　　　　　　　　　　　　　　——「知ってるワイフ」

——「知ってるワイフ」のウジンの台詞ですが、「一度行ってきました」では30人以上ものキャラクターが登場しながら、すべての人にこのウジンの台詞にある医者のような存在がいたように思います。キャラクターを輝かせるノウハウはありますか?

　シットコムを10年以上やってきたのでキャラクターを複数作ることには慣れています。人と会うのが好きなので、出不精が多い脚本家仲間の間で私は完全にミュータント(突然変異)扱いですよ。そんなタイトルの映画もありましたけど[4]、ちょうど私もサッカーをやっていまして(笑)。週に一度の趣味活動ですが、息子と同じ20代の方から私と同年代の方までいろいろな人が集まっています。スポーツをするとその人の人柄が全部見えるんですよ。何が何でも自分でゴールを決めようとする人もいれば、十分ゴールが狙えるのにアシストに徹する人もいます。私の職業病なんでしょうね、いつの間にか人間観察をしているんです。あの人、いいキャラクターしてるなと思ったらメモしておきます。ストーリーを思案しているときに思い描くキャラクターにマッチしそうなら、メモした内容をヒントにイメージをふくらませて人物像を作っていきますね。

——ふだんからよくメモをとりますか?

　10代の頃は授業中に勉強していた記憶がありません。友達に手紙を書いたり、誕生日プレゼントにと短編小説を書いたり。まったく勉強しない生徒だったんですけど、いつも何かを書き散らしていましたね。(携帯電話のメモアプリを見せながら)こんなふうに「イルタ・スキャンダル」に関するメモもあるし、次に書いてみたい話とかキャスティングしたい俳優の名前を書いておいたりもします。「ナイショの恋していいですか!?」が終わった頃、スタジオドラゴンから、次回作に夏にふさわしい話はどうですかと提案されたので、夏といえばホラーよねと、以前メモしておいた処女鬼神(女の子の幽霊)というモチーフをすぐに思い出しました。未婚のまま死んで

※4　アニメ『ザ・サッカームービー:ミュータントをやっつけろ!』(22／米)のことと思われる

怨念を抱いているという処女鬼神のパブリックイメージを利用して、男性に媚びる一風変わった愛らしい女性キャラクターを作ったら面白いかもしれない、ただしセクシーな演技をする女優さんをキャスティングしてはダメ、とメモしておいたんです。そこから「ああ、私の幽霊さま」を組み立てていきました。こんなふうに素材やモチーフをいろいろと記録しておくタイプですね。

「恋のゴールドメダル」は、ヤンさんがバラエティ番組「1泊2日」を見ていて思いついたドラマだ。その日の放送では、韓国体育大学の女子柔道部や国立国楽高校の舞踊科チームなど、視聴者から選ばれた6チームがレギュラーメンバーと一緒に出演していた。目に飛び込んできたのは柔道部と舞踊科の学生たちの妙な神経戦だ。「それぞれのプライドが垣間見える、そのちょっとしたやりとりがとてもかわいらしくて」。「恋のゴールドメダル」の重量挙げ部と新体操部はこうして構想された。

　テレビで見たものとか、私の経験から素材を引っ張り出してきて、キャラクターやエピソードに発展させるんです。ロマンスそのものよりキャラクターのエピソード作りのほうに面白みを感じますね。いずれにせよ、王道のラブロマンスで終わらせないようにしています。『イルタ・スキャンダル』でもロマンス以外で私が重きをおいたのはヘンソンの家族です。ヘンソンとチョルの1対1の関係ではなく、チョルに弟ができ、続いて姪もできる状況にも重点をおいて、単純なロマンスを超えて、お互いに影響を受けあい、温もりを与えあえる家族のストーリーを作りたかったんです。

執筆したシナリオの束、スマートフォンに書き込んでおい
たメモ、ドラマの台詞が書かれた絵葉書（左から）

ちょっとくらい泣いたってどうってことないさ。
両親がいて、兄さん、姉さんもそばにいるじゃないか。
みんな、おまえの味方だ。

——「一度行ってきました」

ユーモアの奴隷、共同作業の楽しさ

　「日日ドラマやシットコムのように、月曜から金曜まで毎晩同じ時間帯に
放送されるドラマ枠がある国ってちょっと独特ですよね。作る側はそれこ
そ毎日、目が覚めてから夜が明けるまでミーティングをして、台本を書いて。
シットコムは毎週シナリオを5日分作らないといけなかったので、1日の
放送につきエピソードを2話ずつ、合わせて毎週10話のエピソードが必要だっ

たんです。これを何人かで仕上げなければいけないんです。こうした作業を10年間続けていました」

　数々のキャラクター同士のやりとり、親しみやすくユーモアあふれるエピソード、共同作業の方法に至るまで、ヤン・ヒスン・ワールドの土台はこの時期に構築された。シットコムというジャンルがもっと伸びていれば、ヤンさんは今もそのまま続けていたかもしれない。

「バラエティ番組でキャラクターの立ったスターが生まれ、彼らを押し出せたバラエティ番組がやがてシットコムの代わりをするようになったんです。そのほうがリアルでしょう？　シットコムの役割がだんだん薄れてきて、私もなんとか生き残る道はないかと考えて、それならドラマを書こうと思ったんです。自然な流れでしたね」

——ヤンさんの作品のキャラクターにおいて、ユーモアが重要な要素のようですね。

　私にとっては強迫観念みたいなもので。ユーモアを入れなければ次のシーンに移れない病気のような（笑）。テクニック的なことをいうと、ドラマは女性の視聴者が多いでしょう。つまり、女性が好むヒロイン像と、女性のお眼鏡にかなう相手役でなければいけないんです。「知ってるワイフ」の場合、ウジンがかわいらしい言動をするから愛されるのではありません。「嘘だよん！」と、茶目っ気たっぷりの意外な一面があるから心をつかまれるんです。女性視聴者に愛され、応援されるようなヒロインを作り上げることに力を注ぎます。ほかの登場人物に関しても同様に、ユーモアを大切にしながら進めています。

——ご自身を面白い人だと思いますか？

　はい、もちろん！（笑）　私、演技がすごくうまいんですよ。ミーティングしながらいつの間にか役になりきっていたりして。「ノンストップ4」の

撮影をしていた頃の話ですけど、撮影を終えて戻ってきた演出家が「また
ヒスンに騙された」と仰るほどだったんです。 私が演じてみせたときは確
かに面白かったのに、撮影してみたらそれほどでもなかったって。 そのく
らい情感込めて演じていたので、「いっそ君がカメオ出演したら？」と言わ
れたこともありました。 それでも面白いアイディアがまだまだあるんじゃ
ないかと、いつもアシスタントたちと知恵をしぼっています。 ユーモアに
関しては、三人寄れば文殊の知恵、チームワークが大切ですね。
——放送局でのアルバイトを経て脚本家としてスタートしたそうですね。
　脚本家教育院に通いながらMBCでアルバイトをしていたんです。 ミー
ティングのたびにアイディアを提案して褒められたり、手先が器用と言わ
れて日付が変わるまで小道具を作ったりしていました。思っていたよりずっ
と体を酷使する仕事でしたが、面白かったんですよね。 放送局の仕事が性
に合っていると思い、MBCのコメディ作家の採用試験を受けることにしま
した。 アルバイトをしながらの応募で締め切りまで時間の余裕もないなか、
最後の２日間で一気に書き上げて提出したんですが、私が採用されると思っ
ていました (笑)。 どういうことかというと、きっと何かに取り憑かれてい
たんですよ。 締め切りまであと２日しかない状況なのに物語がスラスラ書
けるもんだから「これはいけるんじゃない？」と思ったんです。 こうして
脚本家生活がスタートしました。
——放送の仕事が向いていると感じるのは、どんなに大変でも完成した作
品を見ると苦労も吹き飛ぶからということでしょうか？
　達成感があるんですよ。 私が意図して作ったキャラクターや場面を見
て、視聴者が感動したり、ゲラゲラ笑ってくれるときの喜びと達成感たるや。
少しでも人を笑わせることができるなんて、些細なようですが、とてもいい
ことをしたような気分になります。 だから後輩たちには、この仕事は責任
感が必要なんだという話をします。「意外と特別なことをしてるのよ。 ひ

とつのドラマが作り出す感情の渦が視聴者に与える影響って思ったよりも大きい。 だから、いいかげんな仕事はしないようにしようね」って。

——ヤンさんの日課を教えてください

　週単位で時間を管理しています。 例えば火曜日の夜はサッカー、木曜日の午前中はパーソナルトレーニング、ミーティングはいついつというふうにおおまかに予定を組んでおいて、それに合わせて仕事の分量をこなすために集中力を発揮します。 ふだんは朝10時にオフィスに来て、夜10時頃に帰宅します。 会社員のように規則正しい生活を送っていますね。 シナリオがうまく書けないときはおしゃべりをしたり、外に出て自転車で近所を一周してきたりもします。

サッカーが趣味という脚本家
ヤン・ヒスンさんがサッカー
ボールを手にポーズ

──「知ってるワイフ」以外のほとんどが共同執筆ですが、作業はどのようにして進められるのでしょうか?

　ドラマ脚本家として踏み出したばかりの人をアシスタントにつけて、ある程度経験してきた人に共同執筆の機会を提供しています。しかし、この作業は絶対に効率的でなくてはなりません。その人が書いてきたものを私が全部手直しするようなことになると、お互いにつらくなってしまいます。序盤に作業をしてみて、相手側が20%以上の役割を果たすことができると判断したら共同執筆として名前を載せ、見合った対価を差し上げるというかたちにしています。実力のある人でもデビューするまでには多くの時間がかかるので、双方にメリットとなる戦略だと思います。それにシナリオを書くことは孤独な作業なので、共同執筆だと一緒に作業ができるという楽しみもあります。ただ、公私の区別をはっきりさせる必要があるので、事前に十分なコミュニケーションは欠かせません。

《 Epilogue 》..

「私が書くドラマにスポーツ選手がたくさん登場するのは、たんに私がスポーツ好きだからなんです。学生時代から体育の時間がいちばん好きで、昼休みには友達を集めてバスケットボールをしたり。最近はサッカーのサークルを探すためにあちこちに電話をしました。『50歳を過ぎていても参加できますか?』って」

　とても社交的で、団体生活と身体を動かすことを楽しむ人。ストーリーを作るのは好きだけどずっと椅子に座ってはいられない、脚本家という職業が半分だけ合っている人。ドラマ脚本家になっていなければ警察官か軍人になっていたかもしれないというくらい規律と秩序を守ることに心地よさを感じている人。ユーモアを渇望し、実際にユーモアにあふれている人。

ヤンさんのなかには「イルタ・スキャンダル」のヘンソンもいれば、「知ってるワイフ」のウジンもいる。彼女が描いてきたひたむきで健康的なキャラクターは、ヤンさんの一面を切り取ってふくらませたように思える。彼女の直感力の秘密は探れなかったが、劇中の活気と温もりがどこに起因するのか、はっきりと感じることができた。

　いいキャラクターをキャッチする直感力は、次のようにして培ってきたという。彼女が脚本家を目指す人にいつも贈る言葉で締めくくろう。
「自分が書いた作品に、自分みたいな人ばかりが登場するわけではありませんよね？　目の前のドアを蹴飛ばして新しい世界に足を踏み出してみてください。自分のまわりにどんな人たちがいるのか、人はどんなときに喜んで、どんなときにつらいと思うのか、じっくりと見て、聞いて、経験してみてください。人に対する理解と関心、すべてはそこから始まります」

ユン・ソンホ

「こうなった以上、青瓦台に行く」

3つのキーワード：
共同創作、アイロニー、
憎悪と距離をおくこと
（ヘイト）

TEXT:パク・ダヘ〈ハンギョレ21〉記者　PHOTO:ペク・ジョンホン〈シネ21〉記者

インディーズ映画を見ない人でもユン・ソンホの名前を一度くらいは見聞きしたことがあるだろう。2021年に公開された全12話構成のWavve※1オリジナルドラマ「こうなった以上、青瓦台に行く」（以下「青瓦台に行く」）が注目され、それによってサービス開始間もないWavveの有料会員が急増するほどの騒ぎだったからだ。政治を風刺したブラックコメディ「青瓦台に行く」は、同年の『シネ21』誌で「今年を輝かせた作品」の堂々1位に選ばれ、第58回百想芸術大賞では作品賞、演出賞、脚本賞、助演男優賞の4部門にノミネートされる快挙となった。

　どこかひねくれつつもその描写はいきいきとしてウィットに富み、現実を巧みに風刺しながらもけっして視聴者を不快にさせることがない。道徳的にも教条的にもならずに、これまで日の当たることのなかった人々の生活を拾い上げて描き、思いも寄らないところにクスッと笑えるユーモアとどんでん返しを仕掛ける。ユンさんの作品の魅力は、こういったところにあるのだ。

「監督」として名の通ったユンさんだが、自身が監督した作品の大部分において、単独あるいは共同で脚本を執筆している。作品制作を重ねるうち、自ら「ストーリーテラー」すなわち「脚本家」も担うようになったのだ。さらに新人の脚本家と作業をするときは、何歩か先を行く"偵察兵"の役割と、脚本家たちが作り上げたものを集めて仕上げる"エディター"の役割も兼任している。

　最近は共同作業のプロジェクト3本が同時進行中で、目がまわるほど忙しい生活だというユンさん。そんな彼が、多くの作品を世に送り出しながら「ストーリーテラー」として自身のカラーをどのように維持しているのか──。ソウル市麻浦区のハンギョレ新聞社で、ユンさんを解明する3つのキーワード「共同創作」「アイロニー」「憎悪と距離をおくこと」について聞いた。

※1　2019年に始まった動画配信サービス。オリジナルコンテンツのほか地上波3局のテレビ番組なども配信している

キーワード：共同創作

　ユンさんは脚本をチームで書く。2012年、「できるだけ求めよ」全9話の制作中に取り入れたスタイルだ。「この世でいちばん嫌いなことは、ひとりで夜中に脚本を書くこと」というユンさんにとって、共同創作は、より多く、より長く脚本を書き続けるために選んだ手段だともいえる。

「正直なところ、映画『銀河解放戦線』を撮るまでは脚本をまともに書いたことがなくって。簡単なプランやメモ、その場で思いついたカメラワークなどを合わせて、ささっと作品を作り上げていましたね、最近のリアリティ番組みたいな雰囲気で。『銀河解放戦線』も、過去に作ったものやシーンをひとつのストーリーにしてみようという気持ちで切り貼りしたものなんです」

　しかし、いつまでも同じ手法で短編ばかり撮っているわけにもいかない。長編を作ってみたい。そんな気持ちから、目をつけていた脚本家たちにコンタクトをとり、「一緒に書きませんか？」と尋ねてみた。

「うまくいくかわからないので、数人ずつチームに引き入れながら共同創作システムを作り上げていきました」

　こうしてチームで作業を続けていくなかで「最近は自分が脚本家だという意識が強くなった」と彼は言う。いつからか同僚という言葉を聞くと、脚本家たちの顔が思い浮かぶようになったそうだ。

不格好でも味のあるものを選ぶ賢さ

　彼が共同創作をする"クルー"は、「シットコム協同組合」から「クリエイター・ソンピョン」と名を変え、現在も続いている。名称変更のきっかけは、短編「あいつを殺しておくべきだった」を労働組合（韓国全国民主労働組

合総連盟）のスポンサードで制作したことだ。当時のクルー名と相まって社会運動を行っている団体だと勘違いされてしまい、その手の問い合わせが増えたからだという。おまけに呼びやすい略称も作りにくかったので、悩んだ末にクルーの名称を「ソンピョン」に変更したのだ。ともに創作活動をしてきた妻のソン・ヒョンジュ（脚本家・映画監督）のあだ名がソンピョンだったこともあるが、何よりもクルーが一丸となって脚本を作り上げていく工程が、秋夕に親族と行うソンピョン（伝統餅）作りにそっくりだと感じてこの名称にしたとのこと。

「ソンピョンの具を何にするかを話し合い、それぞれのソンピョンを作る。最初は個性が突出した不格好なものになっても、やがてお互いのいいところを取り入れながら均一なものが作れるようになり、食べる人が特に不満に思わないレベルのものになるんです。また、1年間ずっと同じ原稿にかかりっきりになるより、短時間で作り上げるほうがいいんじゃないかなと。秋夕という決まった期間にソンピョンをパパッと作り上げて、一気に食べてしまうみたいに」。

彼の目指す「クリエイター・ソンピョン」のカラーはこうだ。

「面白くて個性的である。それでいて憎悪をかきたてる要素は排除し、政治的に正しい主張をしながらも啓蒙的にはならない。味のあるギャグをふんだんに盛り込んで温かい結末にする。これがソンピョンのスタンダードになることを願っていますね」

共同創作のもうひとつの利点は、ユンさん自身が"先陣隊長"を買って出るまでもなく、クルーたちの長所を活かしながら調律すれば作品ができあがるという点だ。

「特定のイメージがつくのは避けたいので、毛色の違う作品をテンポよく発表していこうと思って。ユン・ソンホという名前に先入観をもつ人もいるだろうし、女性の物語に中年男性の名前がクレジットされているだけで『古

臭そう』と思われかねない。 共同創作をしているメンバーは大部分が女性ですが、彼女たちを見ていると必ずしも僕が先陣を切っていく必要はないなって感じます。 僕が無欲なのではなく、むしろ打算的に考えていて。 長く書き続けたいし、女性の立場から描いて然るべきテーマが多いから、そうしているんです」

ソンピョンのクルーは常に一定ではない。「メンバーが同じ方向へ進んでいけるようにつけたユニット名ぐらいに思ってください」と付け加えた。

Column

休みなく書き、制作する人である。 ユンさんは2001年、大学生のときに初めて短編映画『三千浦へ行く道』を作り、それから21年の間に短編20作、長編３作、ドラマ15作を世に送り出した。 ウェブドラマの草創期にもユンさんの作品がたくさんある。「空腹な女」(13・16)「抜群な女」(14) などが代表作だ。 最近では多様なオンライン動画サービスを渡り歩き、Wavveオリジナルドラマ「こうなった以上、青瓦台に行く」(21)、TVINGオリジナルドラマ「ミジの世界 シーズン２ エピソード１」(22) などの脚本・演出に携わった。 また、一部の作品には「クリエイター」として参加している。 クリエイターの意味を聞いてみると、「主な登場人物や舞台設定、ストーリーの主題、中心となる事件、あらすじ、結末など、ドラマの根幹を成す部分を決めて、それらを基に企画のコンセプトをメンバーに提示し、ストーリー全体の流れを調整する人物」と説明してくれた。

（大企業の課長と下請業者の社長の会話）

課長：「南米の二の舞になる」って、また南米をバカにするよ
　　　うな言い方をして……。社長さん、今日は人種差別
　　　に国籍差別、何でもありだな。

社長：ふん、よく言うよ……。「このままじゃ南米の二の舞
　　　になる」って言い出したのはおたくの業界じゃないか。
　　　（中略）とにかく、みんな南米へ遊びに行くのは好きな
　　　くせに、"南米の二の舞になる"のは嫌がるんだからね。

課長：そこがアイロニーなんだよ。

社長：だからそういうアイロニーな状況に、あえて持ち込む
　　　わけさ。社員が会社と争う気を起こさないように。

　　　　　　──「あいつを殺しておくべきだった」番外編「ドキドキ外注サービス」

キーワード：アイロニー

　インタビュー中、ユンさんは「アイロニー」という言葉を多用した。いつ
からか自らの作品の一貫したキーワードになったという。
「例えば、とことん落ちぶれた牧師がいて、法廷で自らを弁明しなくては
ならない状況になる。いざ裁判になって牧師が弁明の代わりに懺悔をしたら、
それがそのまんま最高の説教になってしまったというわけです。おかしみ
のあるアイロニーでしょう？」
　彼の言うアイロニーとは、2つの出来事のつじつまが合わない「矛盾」が
存在することにとどまらず、「想像とは違う」「期待していたこととは違う」
という状況までをも含む。

パク・ヒボンが主演
をつとめたドラマ「で
きるだけ求めよ」の
撮影風景

写真提供：Indieplug Inc, INDIESTORY

「こうなるだろうと予測したけど、事実は異なったり、見込んだことと正反対の出来事が起きたりすることを『アイロニーだ』と言ってます」

　アイロニーをキーワードにしているのは、物語のなかで想定外の何かが起きて思わず笑ってしまうようなときが、「誰もが等しく共感できる」タイミングでもあるからだ。

「物語の作り手として世の中にどう貢献し、どんな価値観をもって仕事に臨むべきか。 そもそも僕たちは何のために創作をするのか。 胸に手を当てて考えてみると、結局、日々の生活を面白く、楽しくしたいからじゃないかなと。 特定の価値観を広めるためにメッセージを発信したいなら、社会運動をするか記者になるべきです。 だから僕たちのアプローチの仕方は、例えば『幼い子どもを毛嫌いすることはよくない』とそのまま訴えるのではなく、そういう価値観をもった人々を面白く描きながら、そこに生じる違和感を共有してもらう。 そうすることで、人々の生活がもう少し豊かで寛容なものになっていけばいいなと思うんです」

ひねりを加えた表現によって共感する面白さ

　当然ながら「面白さ」の定義や解釈は人それぞれだ。

「だからといって正解がないと一蹴することもできないと思います。少なくとも自分のなかでひとつの基準はもっておくべきかなと。物語がうまく展開しないときは、そこを打破するための鍵が必要ですよね。その鍵となる言葉、つまりキーワードは、脚本家それぞれが見つけなければなりません。例えば誰かにとっては『エッジ（が利いているか）』がキーワードだったりするわけです」

　そんなユンさんでも、執筆中に今どんな物語を書いているのかわからなくなると、自らにこう問いかけるそうだ。「十分にアイロニーか？」と。共同創作の現場で議論しながらクリエイティブな展開を模索するとき、アイロニーは万能薬のような解決策を提示してくれたりする。

「お互いに反目しあう関係から始まる物語が、なぜ『王道』といわれると思

「こうなった以上、青瓦台に行く」　写真提供：waavve

います？　序盤でいがみ合っているからこそ、最後に親しくなったときに面白みが増すんですよ。　だから執筆過程では何度も自問します。　例えばソウルから釜山まで行く道中を描いた物語なら、主人公が釜山に降り立ったとき、どうすれば、あるいはどんな風景に出会えば、いちばんアイロニーなのだろうかって」

> ジョンウンさんがしていることは、
> *時代遅れの男どもと同じだよ。　時代遅れの男！*
> *時代遅れの男と同類のくせして偉そうなことを言うな。*
>
> ——「こうなった以上、青瓦台に行く」

キーワード：憎悪と距離をおくこと

ユンさんの作品の強みは、憎悪をかきたてる描写を巧みに避けながらも、無味乾燥にならないところだ。　彼の創作活動には、育ってきた環境が少なからず影響を与えている。2022年の平昌国際平和映画祭におけるインタビューではこう語っていた。

「2013年の『空腹な女 シーズン1』を機に自分の作品が好きだと思えるようになりました。（中略）女性が主人公の物語を作ってみて、ようやく、自分が無駄なことをやっているという意識から解放されたというべきでしょうか。（中略）『空腹な女 シーズン1』以降に描くようになった、地に足をつけて生きていくキャラクターには、愛着が湧くんです。　同じテーマで男性を主人公にしてもいいんですが、なぜ女性にしたのかというと……（中略）僕は男性と交流がなかったわけじゃないけど、影響を受けてきたのはすべ

て女性だったんですよね」――（インタビュー集『ドキドキ ユン・ソンホ』より）

　しかし、常に憎悪をかきたてる要素に配慮しながら創作活動をすることは容易ではない。ユンさんだけの原則がまた別に存在するのか気になって聞いてみると、「２つのことに気をつけている」との答えが返ってきた。ひとつめは「憎悪をあおる言葉に同調しないこと」。そして２つめは、ひとつめと相反するようにも思えるが、「人の生き様を描くのだから、物語を真空または無菌状態にはしないこと」だそうだ。

「悪いものを排除した滅菌状態の脚本を書くべきだと考えて、例えば悪口をひとつも言わない無害な優等生を男性主人公にしてしまったら、面白くないうえに、いやらしくて卑怯に映ると思いませんか？　現実世界なら、利害関係からまったく魅力のない人に肩入れすることもあります。しかしフィクションなら、そそられるキャラクターのほうが絶対にいい。どうしようもない人であっても、改心したり、失敗して苦しんだり、難題を乗り越えたりする場面をきちんと描くんです。そうすると、そのキャラクターが運命の選択をする瞬間は緊張感があるだろうし、そのプロセスが滑稽だったり悲しかったりしたら、より面白いんじゃないかなと」

肯定しなくても、認めることはできる

　少し息を整えてから、彼は説明を続けた。
「もう少し詳しくいえば、今、世の中に存在する憎悪をあおる言葉に同調したり、僕たちの作ったドラマが憎悪を再生産したりすることがないように努めています。どんなものに憎悪が向けられるのか、10年、20年先まで予測はできなくても、常に２年ぐらいは先まわりしておきたいんです。と

はいえ、物語を滅菌または無菌状態にするのは、創作においてあるまじきことです。僕たちが支持するのは"完全無欠"な人ではありません。力が及ばないとかダメなところがある人を肯定はしないまでも、認めて受け入れていこうということです。僕たちはそのアイロニーな部分をドラマで描いていきたいなと。例えば『青瓦台に行く』の主人公イ・ジョンウン長官（キム・ソンリョン）も、その心の中を覗いてみると『けっこう腹黒いんじゃない？　アイロニーだね』となると思いますが、そういうところが重要だと思うんです」

　原則は明確でも、これを作品に適用させることは簡単ではない。だから創作過程では、原則を逸脱していないか、いつも慎重にはかりにかけている。

「他の人の作品を見ていて、男性のダメ具合を誇張して繰り返し描いているだけじゃないかとか、多様性に配慮しているかのようだけど、ただ悪口を言わないキャラクターを配置しただけじゃないか、などと思うんですよね。僕らの作品もいつそうなってもおかしくないので、常に注意を払っています。今書いているドラマの登場人物も、みんな不完全でハンディキャップや問題を抱えていて、あくどい面もあって。でも彼らが成長していく過程をきちんと描いています。もちろん成長にも限界があって、感受性がアップデートされたキャラクターになったと思ったら、そうでもなかったり。それでいて、そういうキャラクターがのちのち義理堅い行動に出たりする。こんな物語に毎日頭を悩ませているんですよ」

《 Epilogue 》 ⋯⋯⋯⋯⋯⋯⋯⋯⋯⋯⋯⋯⋯⋯⋯⋯⋯⋯⋯⋯⋯⋯⋯⋯⋯⋯⋯⋯⋯⋯⋯⋯

　彼は休むことなく話し続けた（自ら「脳がそのまま口になったみたいです」と表現していたほどだ）。ただのおしゃべりではない。話しながらも途切

れることなく物語が展開していき、そこからまた違う世界が現れるといったふうである（おかげで、流れるような返答の途中に質問を差し込むのは容易ではなかった）。例え話がひとつあると、その例えからまた新たな話題に移っていく。「この話は面白いですか？　どうなると思います？」などと意見を求められることもある。本来、インタビュー相手とは適度に距離をおかなくてはいけないのだが、彼のアイディアがあまりに面白く、終始笑いっぱなしで、「これはまだ構想中のアイディアだから、絶対に記事に書いちゃダメですよ！」と念押しされたアイディアを話してくれたときなど、腹を抱えて大笑いしてしまった（ここに内容を書けないのが残念極まりない。必ずいつか映像化されてほしい！）。

　ずっと話を聞いていてわかったことがある。彼が感情を動かされるポイントはユーモアだけではないのだ。ユンさんは女子バスケットボールの観戦が好きで、とりわけアンダードッグ（勝率の低いチーム）であるハナ１Ｑ^{ワンキュー}を応援している。常勝チームではなく、劣勢チームがベストを尽くす姿のほうに見る楽しみがあるといい、なぜか幼い頃からそういったものに惹かれていたそうだ。

「強者より弱者の側に立つとかじゃなくて。まわりのみんながアイドルに夢中なら僕はインディーズの音楽を好きになり、インディーズの音楽が人気になればアイドルを好きになるというような、あまのじゃくなところがあるみたいです」

　立派な信念なんかじゃないと彼は繰り返し言っていた。しかし、誰もが「力のある側につくべき」「勝つことこそが正義だ」と考えて、人と違う声をあげることをためらう国において、毎度のごとく負ける側に目を向けることが簡単ではないことを、私たちはみな知っている。そんなユンさんの視線が溶け込んだ作品をいつまでも見続けたいと思った。

ユン・ソンホのインスピレーション "Funny"

　ユンさんは、主に観察することからインスピレーションを得る。「どこからでもインスピレーションを得られます」。見聞きしたことをメモに残すタイプで、Googleドライブを積極的に活用し、メモもきっちりフォルダ分けしている。「作品のジャンルがバラエティに富んでいるのは、習慣のように整理しているメモフォルダのおかげだと思います」。

　彼のメモ目録を覗いてみると、作品ごとに会議の議事録やリサーチ資料が几帳面に整理されていた。これらの資料は、ともに作業するクルーたちと共有するそうだ。作品フォルダとは別に、日常生活で得たインスピレーションを集めておく一種の"物置"もある。この物置にメモを入れるときも、テーマ別のフォルダに仕分けて入れる方式をとっている。フォルダ名はすべて頭に「Funny（面白い）」が付いていて、「Funny Character」「Funny Idea」「Funny Item」「Funny Scene」といった具合に実に細かく分類されている。おまけに、特に意味がなくても面白いタイトル案だけを書き留めたフォルダ「Funny Title」まで存在する。

「いつかプロジェクトが動きだしたときにそのまま活用できるフォルダにするわけではなく、何か思いつくたびに、どんな突拍子もない話でもメモして入れていくんです。今日、このインタビューの間にも、いくつか自分でも思いがけない発見があって。そんなとき、家へ帰る途中のバスや地下鉄の中で思いついたものを整理して書き直し、フォルダに分類します。これはひょっとしたら『青瓦台に行く』のシーズン2で使えるかもしれない、この言葉は執筆中の『第4次、愛の革命』（仮題）に合うかもしれない、といった感じでそれぞれのフォルダへ。脅迫観念でもあるのか、道端の石ころでもいつかのためにメモしてフォルダに入れなきゃって思ってしまうほどです（笑）」

　このように細かく整理する習慣は昔からあったわけではない。

「30代半ばまではまったく整理をせず、そのときどきに思いついたアイディアで物語を作っていました。でもあるときから、もっとい

ろいろなことをやってみたくなり、整理するようになったんです。それでも最初のうちはここまで仕分けることもなく、ひとつのメモ帳にとにかく全部書き込んでいたところ、収拾がつかなくなって。ただ書き留めていただけなのでゴミ置き場みたいになっていたんです。それをなんとか今のスタイルに片づけてみたら、素晴らしい"物置"になっていたんですよ」

イ・ナウン
「その年、私たちは」

「心の手帳」から生み出される
今しか書けない
等身大の物語の力

Drama

2016年「片想いの合図」
2019年「片想い、卒業します！」
2021年「その年、私たちは」

TEXT：キム・ヒョシル〈ハンギョレ〉記者　PHOTO：キム・ジンス〈ハンギョレ21〉専任記者

「その年、私たちは」の台本を手にする1993年生まれの脚本家、イ・ナウンさん

　莫大な資本が投じられるドラマ市場において、脚本家と演出家の「ネームバリュー」は重要項目である。OTT[1]がもたらした変化のひとつは、それほど大事なネームバリューよりも、肝心な「ストーリーの魅力」に注目する人が増えたことだ。誰もがキャスティングしたがる最旬俳優、チェ・ウシク（ウン役）とキム・ダミ（ヨンス役）を主演に据えたことで放送前から注目を集めたドラマ「その年、私たちは」。2人が脚本を信じて出演を決めた作品が、無名の新人脚本家と演出家による長編デビュー作であったことも、業界に新たな衝撃をもたらした。

※1　Over-The-Topの略。インターネット回線を通じてコンテンツを配信するストリーミングサービス

2021年12月、SBS と Netflix でドラマが始まると、「脚本家・演出家・俳優のコンビネーションが最高」という口コミが視聴者の間で広まり、高い話題性と総視聴時間を記録した[※2]。翌年発行されたシナリオ集は、紙版だけでも10万部以上を売り上げた。

新人脚本家の活躍が目覚ましいなかでも、「その年、私たちは」の脚本を執筆したイ・ナウンさんは別格の存在だ。新人脚本家のほとんどが、既存の韓国ドラマにはなかった目新しいテーマやジャンルへの挑戦によって見出されることが多いなか、イさんは「青春ラブストーリー」という王道ジャンルで注目を浴びたからだ。「その年、私たちは」は、高校時代につきあいはじめて大学生のときに別れた元恋人と、仕事で再会することをきっかけに繰り広げられるラブストーリーである。

この作品のなかでイさんは、YouTube のアルゴリズム（おすすめ機能）によって10年前の番組が再ブレイクする現象を盛り込むなど、メディアやカルチャーを通した等身大の感受性をドラマの随所にちりばめた。また、愛をダサいとあざ笑う現実に向き合い、「愛する勇気」の価値を感性豊かに示して見せた。ウンヨンス（＝ウンとヨンス）カップルの物語に深く感情移入した視聴者は、「この脚本家はいったいどんな人生を歩んできたんだ!?」と好奇心交じりの賞賛を SNS に書き込んだ。そんなイさんに、ソウル市麻浦区のハンギョレ新聞社でインタビューした。

物語の広がりを証明したくて脚本4編を一気に書く

1993年生まれのイさんは、自身が書いたドラマの主人公である"ウンヨンス"と同い年だ。彼女はドラマ脚本家を夢見たことはなかったが、人々の共感を得ることには興味をもっていた。大学に入学して国際関係学を専攻す

※2　記事中で具体的なソースは挙げられていないが、ニュース記事・ブログ・SNS・動画などで言及された反応を専門リサーチ会社が分析したデータから述べていると思われる

るも自分の関心とマッチしないと気づき、3年次に休学。夢中になれるものを探し求め、広告代理店のコピーライターやバラエティ番組制作会社のウェブコンテンツチームでインターンとして働いた。Facebook、YouTube など、時はまさにニューメディア隆盛期。「テレビ用ではない、モバイルコンテンツを作るんだ」と独立した上司を追って、イさんもモバイル放送社「WHYNOT MEDIA」の創立メンバーとして合流する。

イさんのキャリアは、地上波ミニシリーズのデビューが「その年、私たちは」だっただけで、それ以前から青春恋愛ドラマを作り続けてきた。初作品は、彼女が脚本、演出、プロデューサーまで兼任したウェブドラマ「片想いの合図」[※3]だ。

「『片想いの合図』の企画案は最初の会議で保留になったんです。先輩に『ストーリーが広がらないのでは』と言われたのですが、私は企画案に愛着もあり、片想いだけでも成立するストーリーはいくらでもあると思っていて。その日のうちに一気に4編の脚本を書き上げて提出して帰りました」

その脚本を見た上司が、「片想いの合図」4編に150万ウォンの制作費を割り当てた。このシリーズが大きな人気を集め、シーズン1からシーズン3.5まで、ブランデッドコンテンツ[※4]を含めると全75編を制作するまでに及んだ。

イさんは、ウェブドラマを作っていた時期を「初めて文章を書くことに魅了された瞬間」と振り返る。

「それまでは、"文章を書くこと"イコール"論述やレポート"で、脚本家になろうなんて考えもしませんでした。ところが、日常を書くことが仕事になると知り、さらにその物語を好きになってくれる人たちに出会ってからは、書くことがどんどん楽しくなったんです」

「片想いの合図」の登場人物は主に大学生。登場人物たちは片想いの相手の心情を知る由もないが、劇中、彼らの本音がすべてナレーションで語られるため、視聴者は一緒にやきもきしながら見守ることになる。

※3　ウェブドラマ史上初の累計視聴回数1億回を突破した作品。「酒の神」編はFacebookだけでも1千万ビューを超えた。イさんがWHYNOT MEDIA在籍時代に脚本、演出はもちろんのこと、コメント欄の管理まで担当した
※4　従来の広告とは違うかたちで、企業イメージを高めたり、商品やブランドを広めたりするコンテンツ

「私が実際に大学生だったときに大学生たちの物語を書いたので、今の私には到底書けない文章もあります（笑）」

　1分、3分、7分、30分、60分……。7年余りのキャリアのなか、イさんが手掛ける脚本1話あたりの分数は増えていく。「片想いの合図」の最終シーズン終了後に担当した「片想い、卒業します！」※5からは、いよいよ演出家がつき、脚本だけに集中することに。

　このときになって、脚本の書き方を習った経験がないイさんは独学を始める。教科書はベテラン脚本家のノ・ヒギョン（p23）が書いたドラマ「彼らが生きる世界」(08) のシナリオ集に決めた。

「『片想いの合図』は演出も私が担当していたので、自分がわかりやすいように脚本を書いていました（笑）。ですが、ドラマの分数が増えるにつれ、ドラマ脚本のルールを調べる必要が出てきました。理論的に勉強するより、好きなドラマのシナリオ集で勉強したほうが身につきそうだなと思って」

　　そのときの私たちの感情に正解はありません。誰かは確信し、
　　また誰かは否定したからです。

——「片想い、卒業します！」

　イさんは「彼らが生きる世界」のシナリオ集から、シーンを分けて番号（シーンナンバー）を振る方法、ナレーション記号（[N]）などの脚本執筆のルールを習得した。1話あたり20〜30分のドラマの「テンポが気になって」、Netflixオリジナル作品の「このサイテーな世界の終わり」(17〜19／英) を見ながら、台詞をまるごとパソコンに打ち込んだりもした。

　彼女にとって、ノ・ヒギョンのシナリオ集は"実用書"以上の意味をもつ。

※5　WHYNOT MEDIAとMBCの共同制作ドラマ。恋愛したいのに"未遂"に終わる青春の片思いの物語を詰め込んだ。演出はフム

「その年、私たちは」 写真提供：SBS

執筆中に行き詰まったり、不安になったりしたときは、「彼らが生きる世界」
のシナリオ集を開くのだという。

「ずっと私の作品の弱点だと悩んでいたのが、劇的な出来事もなく流れてい
くところでした。ところが、そのテイストを強みにできる人がいて、それが
ノ・ヒギョンさんなんです。すべての登場人物の感情を巧みに活かしている。
だから行き詰まるたびに『彼らが生きる世界』を読み返しては、構造を確認
しました」

　彼女が分析するとおり、「その年、私たちは」をはじめ、イさんの作品には
強い心理的葛藤や悪役が存在しない。捨てられることを恐れて愛情をうま
く表現できないとか、劣等感を悟られたくなくて別れを選ぶといった「心の
動き」がドラマを牽引する原動力となる。登場人物の心の内を写すナレーショ
ンの比重が大きいのも特徴的だが、挿入されるタイミングが実に見事でよ
り効果的に作用するのだ。この手法についてイさんは、「誰かの本音が聞こ

えると（視聴している）自分がまるでその人になったかのような気持ちになるんです。ナレーションを用いるのは、ドラマを見る人たちにもっと感情移入してもらいたいから」と語った。

「例えば『その年、私たちは』からナレーションを省いてしまったら、視聴者がウン派とヨンス派に分かれてしまい、どちらが悪かなんていう論争に発展していたかもしれません。ナレーションは、視聴者に両者を理解してもらうための私のやり方なんです」

ヨンス……僕たち……これでいいの？（ウンが一歩近づく）
僕ら、このままでいるのが正しいのか？（ウンがもう一歩近づく）
——「その年、私たちは」

イさんは他メディアとのインタビューで、青春ラブストーリーを書き続けてきた理由について、「まさに私がその年頃だから」「私がいちばんよく知っていて、悩んでいることだから」と答えていた。この回答について、もっと詳しく聞かせてほしいとお願いした。

「ウェブドラマを書いている当時から、自分が詳しいことで、かつ、素直になれないと文章は書けないと思っていました。あいまいな知識のままの文章は、不自然で何か物足りないものになってしまいます。私の10代の頃や学生時代は、片想いと家族や友人との関係が最大の悩みでした。友人たちと語り合ってみると、ふだんは明るい子でもその子なりの苦しみがあるんです。そんなふうに誰もが満たされない気持ちや苦しみを抱えているのなら、その人たちに向けて『あなたの手を握ってくれる人が、必ずいますよ』ということを、淡々と伝えたいと思ったんです」

視聴者は「フェイク」を見抜く。ウェブドラマの脚本家兼演出家をしていた頃に、視聴者からのコメントひとつひとつにすかさず返信をするなどの、丁寧なコミュニケーションを行ってきた経験から学んだことだ。イさんは自身と友人たちの「リアル」な経験を十二分に活用した。「その年、私たちは」の第3話で、ヨンスが手のひらに集めた桜の花びらをウンの頭上に散らすシーンも、彼女が実際に経験したことだ。自分の感情を記録してきたこれまでの日記やスマートフォンのメモのなかから、劇中の人物の心の声（ナレーション）を拾い上げたりもした。

　渡せなかった手紙も執筆のインスピレーションとして活用する。
「誰かに伝えたい言葉があっても、いざ目の前にすると言えないことってありますよね。私は手紙を書くことで整理します。実際には手紙を書いても相手に渡せないこともあるので、そんな手紙を集めておくんです。自分がもらった手紙を引っ張り出してくることもあります」

　ストーリーの整合性やリアルさを突き詰めるために、関係者にインタビューしたり、本やドキュメンタリーなどで資料収集をしたりもするが、イさんがもっとも大事にしていることは「心の動き」のリアルさだ。彼女が登場人物を作り上げるのに役立つとして脚本家志望生に推薦する本も、キャラクターの心情のメカニズムをまとめた『トラウマ類語辞典』[6]だ。

　　[N] 限りなく遠くに感じられたのに、限りなく近づいてきて、
　　　　　一瞬を永遠にしてしまうのに、
　　　忘れることなんてできません。

　　　　　　　　　　　　　　　　　　　——「その年、私たちは」

※6　アンジェラ・アッカーマン＆ベッカ・パグリッシによる「類語辞典」シリーズの一冊。日本ではフィルムアート社より刊行

イさんにとってストーリーを創作することとは「どこかで誰かが経験している物語を集めて、自分の言葉で語ること」を意味する。

「私はこの世に存在しないものを作る開発者ではなく、どこかで見聞きしたり経験として存在したりする物語から大事なものを抽出して、新たな物語のように聞かせるフィルターのような役割を担っているのではないでしょうか」

　ときどき彼女は「あまりにも他愛もない話を扱っているのではないか」と悩みながらも「些細なことも物語になることを示したい」と気持ちを奮い立たせている。

「ドラマを見た人たちから、『私はこんな恋愛をした覚えもないのに、なぜこんなに切ないんだろう』『恋愛経験ゼロなのになんでこんなに泣けるんだ (笑)』といった感想が多く寄せられました。愛という価値あるものから、誰かに影響を与える力、物語が限りなく広がる可能性を見出すことができました」

　こうした視聴者の共感には、たくさんの人たちがワンチームとなって仕事をするドラマ制作環境ならではの信頼や責任感もひと役買っている。ドラ

マの脚本執筆は終わりのないフィードバックと修正作業の連続だ。「その年、私たちは」では、仕上がった脚本に対し、各話平均3〜4回の修正を重ねた（最大で9回修正したこともあった！）。

「穴だらけの脚本で撮影することほど不安なこともありません。現場の方たちが脚本に納得できないまま撮影を進めたところで、視聴者の共感など得られるはずもありません。関わるすべての人たちに確信をもってもらえる脚本を作ることが、脚本家である私の役目だと考えています」

　イさんは、脚本家が自分自身に正直でいられる、「今しか書けない等身大の物語」がもつ力を信じている。彼女は大学生のときに大学生の物語を書き、20代後半で同世代の物語を書いた。イさんに「ドラマ脚本家を夢見る人たちに伝えたい言葉」を尋ねると、こんな答えが返ってきた。

「自分がいちばん得意な物語をひとつでももっていれば十分だと思います。それを発展させていけばいいんです。同じような物語ばかり書いていると思っても、共感を得られるものもあれば、そうでないものもあります。自分の軸をしっかりもてる物語を探してみてください」

・・・

「ついにドラマ界にも1990年代生まれの登場か」。2021年12月、「その年、私たちは」の初回放送を見るなり頭に浮かんだ思いだった。 リアルタイム視聴のきっかけは、ドラマの話題性の高さと、映画『THE WITCH／魔女』(18)だけでは少し物足りなかったキム・ダミとチェ・ウシクの共演が見たかったからだ。 ところが、夢中になって見ているうちに、20代の自分と向き合うことを余儀なくされた。 幸せでありながら、苦しくもあった。 自分と他者と世界を知るうえで、愛と恋愛ほど「濃厚な学び(Intensive Learning)」はないという、女性学の研究者チョン・ヒジンの言葉で青春を乗り越えた20代。《愛するということは、傷つきやすい状態になるということだ。 その傷から新しい命、新しい言語が育つ》。

考えてみると、愛を真摯に研究したベル・フックスやエーリッヒ・フロムなどの学者たちは、一貫して「愛には努力と訓練、何よりも勇気が必要だ」と説いた。 イさんの作品も、「私たちは愛を選ぶことができ、その愛が私たちをつなぎ、成長させてくれる」という信念を育ませ、愛の可能性と立体感を"淡々と"伝える。 そのメッセージは、ドラマに描かれがちな一方向的なラブラインに飽き飽きしていた視聴者に、愛の価値を再認識させた。

イさんと実際に会ってみると、やはり彼女をMZ世代※7だけのものにしておくのはもったいないと感じた。 彼女は「（自分が）似たような物語を違うスタイルでラッピングしなおしているだけかもしれないと悩んでいる」と前置きしながらも、「（定番メニューがおいしい）"キムチチゲの名店"でいよう（笑）。私が得意な物語をやろう」と心に決めたと言う。季節に例えるなら、夏のような熱い人ではないかと予想していたが、四季を感じさせる、おおらかで、しっかりした印象を受けた。 彼女が若いということで私たちにもたれされる最大のメリットはこれだ。 この先、彼女の作品を長く楽しめること。

17 ー イ・ナウン ー 이나은

※7　1980年代〜1990年代半ばに生まれた「ミレニアル世代」と、その後の2010年代前半までに生まれた「Z世代」をまとめた世代区分。おおまかに20代〜30代前半の若者を指すことが多い

18

チョン・ドユン

「魔女の法廷」「大丈夫じゃない大人たち〜オフィス・サバイバル〜」

すぐそばにありながら
誰もしてこなかった話

TEXT:チョ・ヒョンナ〈シネ21〉記者　PHOTO:チョン・ドユン (提供)

「魔女の法廷」 写真提供：KBS

　視聴者が脚本家の作品世界に魅了される要素はいくつもあるだろう。 脚本家チョン・ドユンさんの持ち味といえば、これまでドラマが扱ってこなかったテーマにいち早く着目し、物語に仕立てあげるのに卓越している点だ。それだけではない。 困難にひたすら耐え続けた人物へ胸のすく明快な解決策を贈るというスタイルも、視聴者を満足させるのに十分な要素だ。

　チョンさんは2009年のKBSミニシリーズ脚本コンクールで優秀賞を受賞後、本格的に脚本家の道を歩みはじめ、以降、テーマやジャンルにとらわれることなくさまざまな試みを続けてきた。 脚本家オ・ソンヒョンさんと共同執筆した「九尾狐伝〜愛と哀しみの母〜」^{※1}は、ファンタジー要素をミックスし

※1　9つの尾を持つ伝説上の生き物「九尾狐」。人間の夫との間に生まれた娘に対する九尾狐の深い母性愛をテーマにした時代劇作品

※2　童顔の主人公ソヨン（チャン・ナラ）が社会にはびこる固定観念と対峙しながら、現実のあらゆる壁を越えて仕事も愛も手に入れる過程をドラマティックに描写。オ・ソンヒョンとの2度目の共同脚本ドラマ

※3　息子が性的暴行事件を犯した事実を知り、ジレンマに陥る母親。被害者と向き合いたい気持ちを抱きながらも、わが子が犯した罪をかばおうとする母親の決心を描いた

※4　出世のためには強引な捜査もいとわない検事のイドゥム（チョン・リョウォン）。その実力でエースと認められる存在だが、ある事件に巻き込まれたことで誰もが敬遠する部署「女性・児童被害対策部」への異動を命じられてしまう。以降、医師から検事へとキャリアチェンジをしたジヌク（ユン・ヒョンミン）とともに事件を解決していく

た時代劇。独創的な世界観のなかで、九尾狐の母性愛とそれに対する愚かな人間の姿を描いた。続く「童顔美女 Baby Faced Beauty」※2では、主人公が学歴のハンデや借金の問題を抱えながら壁を乗り越えていく様子をドラマティックに展開してみせた。

「童顔美女」までの共同脚本を終えると、単独での執筆をスタート。2話完結の短編ドラマ「母の選択」※3を皮切りに、チョンさんならではの唯一無二の作品世界を築きはじめる。

　2014年の「母の選択」で取り上げたのは、性犯罪加害者の母親からの視点。罪を犯したにもかかわらず、自分本位で反省しない息子と被害者との間で葛藤する母親のジレンマ、という重いテーマを扱ったが、こうした社会派のテーマは2017年の「魔女の法廷」※4でさらなる広がりを見せる。女性・児童事件に焦点を当てるという、韓国ドラマとしては異例の試みを盛り込んだ「魔女の法廷」は、ミソジニー（女性蔑視）犯罪、性犯罪、児童虐待などを多角的に取り扱った作品として高い評価を得た。同年のKBS演技大賞では、主人公を演じたチョン・リョウォンが最優秀女優賞を、その母親役をつとめたイ・イルファが助演女優賞を受賞するなど、4冠に輝いている。

2021年の「大丈夫じゃない大人たち〜オフィス・サバイバル〜」[※5] に至ると、その視線は、家電メーカーの生活家電事業部へと向けられる。オフィスドラマといえば「ミセン─未生─」(14)のような初々しい新入社員の物語に慣れ親しんできた視聴者に突きつけられたのは、中間管理職クラス以上のベテラン会社員たちが、どうか定年まで穏便に働き続けたいと切に願い、奮闘する姿だった。

　同時代を生きる視聴者たちと会社員生活の悲喜こもごもを分かち合った「大丈夫じゃない大人たち」の放送終了後、チョンさんはいったいどのような時間を過ごしているのだろうか──。今回、書面で行ったインタビューを通じ、「ほかの脚本家の方々と同様に、次回作の準備に多くの時間を割いている」と近況を伝えてくれたチョンさん。彼女から届いた貴重なお話をひとつひとつ、丁寧にお伝えする。

「大丈夫じゃない大人たち〜オフィス・サバイバル〜」写真提供:MBC

※5　キャリア22年目の開発者バンソク(チョン・ジェヨン)と、人事部一筋18年目のジャヨン(ムン・ソリ)。彼らをはじめとするベテラン会社員たちが、社内で自身のポジションを守るべく奮闘する姿をリアルに描いたヒューマンドラマ

刺激をあおらず、普遍性を引き出す

> 性犯罪の被害者たちはみな、二次被害に遭うことも覚悟し
> て裁判に踏みきります。 それほど強く、加害者の処罰を望
> んでいるからです。 自分が味わった苦痛と同等の、いえ、
> せめてその半分でもいいから加害者にも苦痛を味わわせたい、
> そう思っているからです。
>
> ——「魔女の法廷」

——「魔女の法廷」以前にも、短編ドラマ「母の選択」で性犯罪における裁判
の過程を取り扱いましたね。 もともとリーガルドラマがお好きだったのでしょ
うか？ 法廷を舞台にしたドラマの魅力はどんなところにありますか？

　リーガルドラマが好きだったというよりも、何かしら自分の欲をもった
人間たちが争ったりいがみ合ったりする、シンプルにいうと対立構造の強い、
激しくぶつかり合う話が好きなんです。 そういう意味で、リーガルドラマ
はとても最適なジャンルです。 あまりにも悔しく、やりきれない気持ちを
抱えて裁判に踏みきったのに、その憎き相手が自分よりも裕福で立場も強
く、さらには大手法律事務所のエース弁護士まで味方につけていたらどう
でしょうか。 はじめから圧倒的に不利な状況に見えますが、それでも勝つ
ためにありとあらゆる手段を講じながら闘いを重ね、最後には勝利をもぎ
取る。 そんなダイナミックさがリーガルドラマのもつ魅力だと感じました。

ここは女性・児童被害対策部よ。被害者は刑事に1回、捜査
検事にもう1回、公判検事にさらにもう1、2回と繰り返し
聴取を受ける。そうやって立ち直れなくなるまで何重にも
傷つけられてしまうのを防ぐために設立した部署なの。

——「魔女の法廷」

——盗撮動画の流出事件や、未成年による性犯罪事件、女性教授が男子大学
院生に犯した強姦事件など、ドラマではさまざまな事件が取り上げられまし
た。慎重に扱うべき内容なだけに、執筆過程では多くの苦労があったので
はないでしょうか?

　当時、各エピソードを構成するにあたり実際の訴訟事件や記事などを調
べ続けていたのですが、どの事件もショッキングなものばかりで。とても
人間の所業とは思えませんでしたし、そういった現実を目の当たりにしなが
ら「はたしてこんな忌まわしい事件を扱ったドラマを見たがる視聴者がい
るだろうか」とも考えたものです。劇中の事件を構成するときは、何か特
別な基準を設けて進めたというよりは、参考にした事件をあおるようなかた
ちにならないように最大限配慮しつつ、事件の特殊性よりも、そこにおかれ
た人たちに視聴者が共感できることのほうに心を配ったように思います。

——「母の選択」と「魔女の法廷」という素直なドラマタイトルに対し、「大
丈夫じゃない大人たち」(原題を訳すと「狂っていなければ」)というタイト
ルはオフィスドラマだとイメージしにくい、といった視聴者からの意見が多
数見受けられました。どんな過程を経て最終決定したのでしょうか?

　「狂っていなければ」というタイトルは早い段階で決めていました。当初
の計画では、同じ職場に勤める夫婦が離婚の危機にひんしながらも、結婚
生活をかろうじて続けていく、そんなストーリーだったんです。その案に

はうってつけのタイトルだったのですが、作品の方向性をオフィスドラマに変更したことで、結果的にはタイトルが惜しいといった意見が多く寄せられることになったのかと思います。実は私自身も「オフィスの女王」や「キム課長とソ理事〜Bravo! Your Life〜」のような、誰もが聞いてすぐオフィスドラマだとイメージできるタイトルに変えたいと、あれこれ思案してみたのですが……。なかなかこれだというものが見つからず、最初の案でいくことにしました。

> あんたちちみたいな開発者は手に職があるじゃない！
> 私みたいな人事担当者、そのうえ40代の女はねぇ、
> 転職だって難しいのよ！
> ——「大丈夫じゃない大人たち〜オフィス・サバイバル〜」

——「大丈夫じゃない大人たち」の執筆は、「魔女の法廷」が手を離れてからすぐ準備に入り、あわせて4年もの歳月をかけて執筆されたとお聞きしました。本作は会社の多様な部署のキャラクターが登場するので、新たに勉強すべきことも膨大だったかと思います。資料調査と準備の過程が気になります。

　おっしゃるとおり、開発者と人事担当者が主人公のドラマなので、準備過程は一筋縄ではいきませんでした。開発チームと人事チームという部署は今までドラマではあまり扱われたことのない、目新しい題材ですよね。ドラマのリアリティを追求するためにも、当然、該当する業界の会社に掛け合って現場取材をしたかったのですが……。当時はコロナ禍の最中で、ほとんどの会社が部外者の立ち入りを禁じていました。そのうえ、家電メーカー

といえば技術情報が企業の利益に直結するところですから、コロナ禍でなくても取材許可が下りないそうなんです。人事部も同じく、企業のセンシティブな情報を取り扱う機密性の高い部署のため、取材をするのがなかなか難しくて。度重なるNGの末、その道に詳しい専任教授に取材させていただくことになりました。そこに至るまでは、私だけでなくアシスタント作家や制作会社、小学校時代の同級生まで総動員して取材対象を探しました。知り合いを介してご縁ができ、力を貸してくださった方々には今でも心から感謝しています。ドラマに欠かせなかったプログラミング関連の話まで付け加えると、「エンベデッド」「メインチップ」「ディープラーニング」のような耳慣れない専門用語を勉強しながら、これまで家電メーカーのドラマが少なかったのは、理由あってのことなんだなあと痛感しました（笑）。

目標に向かってまっすぐ突き進む、
キャラクターの力

チェ・バンソク：素晴らしいな。願いを叶えたんですね。
タン・ジャヨン：はい。今後は「タン専務」と呼んでくださいね。
——「大丈夫じゃない大人たち〜オフィス・サバイバル〜」

——「魔女の法廷」の検事のイドゥム（チョン・リョウォン）、「大丈夫じゃない大人たち」の人事チーム長のジャヨン（ムン・ソリ）。2人とも目的意識が明確で、自分の野心のためには手段を選ばず、まっすぐ突き進むスタイルの女性でした。チョンさんはこういったタイプのキャラクターがお好きなのでしょ

うか？

　目的に向かってまっすぐ突き進むキャラクターは、ストーリー展開のための絶対条件なんです。私はいつでもそれが作品の初期設定だと思って執筆しています。個人的に好きなキャラクターの共通点を挙げるとしたら、悲劇の主人公になることなく自分をあきらめない人。どんなに困難な状況に直面しても泣き言を並べ立てるのではなく、むしろ自分を苦しめた相手に対してひと泡吹かせてから前に進む、そういう人物が好きですね。想像しただけでも痛快でしょう？

　　　まずは訴訟の取り下げからしてください。
　　　さもないと、この会社の2大投資家のひとりとして
　　　いかなる提案もお断りですね。
　　　　　　　　　　　──「大丈夫じゃない大人たち～オフィス・サバイバル～」

──「魔女の法廷」と「大丈夫じゃない大人たち」。両作品は視聴者に痛快なカタルシスをもたらしたドラマでした。チョンさんが意図的に狙ったものだとすれば、こうした胸のすくストーリー展開にした理由は何でしょうか？

対立を長引かせる手法が好きじゃないんです。私に対立構造を粘り強く引っ張る腕がないからともいえますが、私自身、忍耐力がないタイプの視聴者なんですね。それもあって、カタルシスがなかなか感じられないストーリーは視聴者にチャンネルを変えられかねない、という焦りがあるんです。

──《チェ部長、あなたに人事の仕事の何がわかるっていうんですか。必要なことはなりふりかまわず何でもする、それが人事なんです》《そんなクズみたいな会社がどこにあるっていうんだよ。そんなクソったれの会社は潰れて当然だ！》。「大丈夫じゃない大人たち」には、こうした歯切れがよく、耳に残る台詞が多くありました。ウィットに富んだ台詞が堪能できるのもドラマの醍醐味でしたが、チョンさんだけの、台詞を書くためのノウハウはありますか？

まれに、神懸ったかのように台詞がポンポン降りてくることもあるのですが、

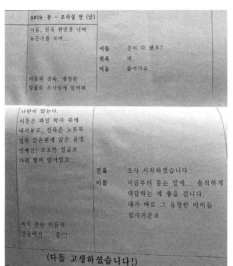

「魔女の法廷」（左）と「大丈夫じゃない大人たち」の最終話ラストシーンの台本。いずれも笑顔で終わっている

脚本家チョン・ドユンの「あのシーン、あの台詞」

　チョンさんには「台詞を書いていて、幸せを感じられる瞬間が確実にある」そうだ。
「最終回のラストシーン、主人公が口にする最後の台詞を書く瞬間が幸せなんです。ついにこの執筆地獄から解放されるんだ、という清々しい気持ちもありますが、それ以上に毎話毎話、ありとあらゆる苦難を強いられてきた主人公に自由をプレゼントするような感覚になるんです」
「魔女の法廷」のイドゥムは力強い口調でこう言ってフィナーレを飾る。
《これからは正直に答えるのが賢明ですよ。私がかの有名な検事、マ・イドゥムですから──》
　チョンさんから送られてきた「魔女の法廷」の台本の写真、まさにそこに書かれていたト書きのとおり、にやりと笑いながら。
「『大丈夫じゃない大人たち』のラストシーンでは、締めの台詞はなく、ト書きで『小さな達成感を噛みしめながらモニタを見つめ、幸せそうにする……』とだけ書いたかと思います。ワーカホリックなバンソクに、本当にぴったりな幸せをプレゼントできたような気がして、私自身も幸せな気持ちになりました」
　ラストシーン、開発者であるバンソクが作業中のコードを打ち終える。やはり満足気な笑みを浮かべ、ドラマの終わりを告げる。大小さまざまな紆余曲折を経て、ついに自分たちのゴールにたどり着いた主人公の姿は何度見ても飽きない。ドラマは終わったが、笑顔で別れた主人公たちは、きっと今もどこかで、たくましく、それぞれの未来を歩いているような気がする。

そうやって書けた台詞はすごく自然で、正直で飾らない言葉なので、でき
あがったものをテレビで見たときにも流れが自然なんです。 ですが、これ
は本当にレアケース。 ふだん台詞を書くときには、とにかく何度も自分で
厳しくチェックしながら書いています。「今、この人物は無駄にカッコつけ
て話していないか」「言っても言わなくてもいいようなありふれた言葉を発
していないか」「同じ話を繰り返していないか」などなどです。 一言でいう
なら、「このキャラクターが今この状況で本当に言うべき言葉なのだろうか」
ということを、とにかく突き詰めて考えていますね。

──「魔女の法廷」の際に、台本が遅れたことは一度たりともなかったとお
聞きしました。 締め切りを厳守する秘訣があったら教えてください。

「魔女の法廷」は放送の数カ月前に編成が確定したケースだったので、撮
影も大急ぎで進んでいたんです。 一日でも台本が遅れたら撮影現場が大変
なことになってしまう状況だったため、守らないわけにはいかなかったん
ですよ。 最近のドラマ現場は、事前制作システム※6 に変わっていますが、
それでも台本が遅れたら現場の方々にしわ寄せがいくのをよく知っています。
だから今もできるかぎり、締め切りを守るように心がけています。

──インスピレーションは主にどんなところから得ているのでしょうか？

テーマやネタはある瞬間に突然ひらめくものなので、無理に探したりは
しません。 ただ、テーマを選ぶ際に私が大切にしている基準があって、そ
れは、遠くにある壮大な話より、身近にあるのに誰もしてこなかった話を書
くことです。 新作の執筆に取り掛かるたびに多くの試行錯誤を経ますが、
どの作品を書いているときも「本当に私がこの話を書く必要があるのだろ
うか？」と疑心暗鬼になる段階が必ず訪れるんですね。そう思いはじめたら、
自分にこう言い聞かせるんです。「まだ誰も取り上げていない話なんだから。
充分書く価値があるよ」と。 それが執筆するうえで自分を安心させる土台
となります。

※6　全話の撮影、編集を初回放送前にすべて終える形態

246

——執筆する際のルーティーンはありますか？　執筆場所や時間が決まっていたり、必須アイテムがあったりするのでしょうか？

　きっと多くの脚本家の方々と同じかと思いますが、私もやはり規則的に仕事をするほうです。週のうち1日、2日は必ず休みます。日々の工夫としては、一定時間は仕事に集中できるよう、特定サイトをブロックしてくれる機能をパソコンに設定しています。インターネットというのが何よりもいちばん執筆の邪魔になるので……。ありがたく活用しています。

——2009年にコンクールで受賞以降、現在までドラマの脚本を書き続けてきたチョンさんにとって、文章を書くということ、ストーリーを作るということはどんな意味があるのでしょうか？

　職業だと捉えています。会社員の方々が雨の日も雪の日も出勤して働き、お給料をもらっているのと同じように、私も週5〜6日は作業部屋に出向いて働く。そうしていただいた対価で生計を立てています。ですが、ドラマ脚本というのはただひとりで文章を書けばいいわけではなく、多くの制作費がかけられ、大勢の方々と一緒に苦心しながら作りあげる大衆芸術です。ですから私が書いた物語がいざ世に出たときによい評価を得られるよう、自分のもてる力はすべて注ぐ、その一心で取り組んでいます。

《 Epilogue 》 ………………………………………………………………

《そんな弱気な姿勢でどうやって職場で生き残るつもりですか。自分の仕事は自分で守らなくちゃ。こうして泣いてたって誰も助けてくれっこない。泣かずに、ほら、力を出して》。バンソク（チョン・ジェヨン）の何気ない言葉と励まし。そんな彼に実に多く慰められた。インタビューの準備をしながら、「大丈夫じゃない大人たち」の放送当時に寄せられたネット上のコメントに目を通すと、同じように「温かい気持ちになった」という視

247

聴者が何人もいるのを見つけた。 また、こんな意見も多かった。「仕事を終えてやっと家に帰ってきたのに、ドラマを見ると、会社にいる気分になってしまう」。 うん、まさに共感せざるをえない。 それほど緻密でリアリティあふれるドラマだったのだが、「大丈夫じゃない大人たち」のダイジェスト動画のコメント欄には今なおこんなコメントが書き込まれている。「リアルタイムで見ればよかった」「ここ最近見たドラマのなかでいちばん面白かった」「結局、一気見した」。 視聴者が思わず一気見し、もう一度見直し、ついには「いいドラマだった」という感想までも書き込んでしまう、怖いくらいに魅力的なドラマ。 チョンさんの筆の力について、あらためて考えさせられた。

　チョンさんとは対面でのインタビューが叶わず、書面でやりとりするかたちとなった。 オファーの確定が遅かったこともあり、締め切りまでの日程がタイトになってしまった点を詫びながら、「万が一、回答にもう少しお時間が必要な場合はご連絡ください」の一文を書き添えて質問内容を送った。 回答は提示した締め切り当日の夕方にきちんと飛び込んできた。 手短な注釈まで添えられた回答に加え、お願いした以上に充実したいくつもの写真まで添えられて！　以前「魔女の法廷」の放送が終わった頃、インタビューで出演者のユン・ヒョンミンが「台本が遅れたことは一度もなかった」と話していたことをすぐに思い出した。 メールに添付された作業部屋の写真を眺めていると、彼女の新作が見られる日が待ち遠しくて仕方がなくなる。もしもチョンさんに再びインタビューする機会があるなら、締め切りを厳守する秘訣について、もう少し具体的にうかがうつもりだ。

19

おとぎ話からふくらむ
私たちの社会の物語

チョン・ソギョン

「マザー～無償の愛～」「シスターズ」

Drama

2018年「マザー～無償の愛～」
2022年「シスターズ」

Cinema

2005年『親切なクムジャさん』
2006年『みんな、大丈夫？』
2006年『サイボーグでも大丈夫』
2009年『渇き』
2016年『お嬢さん』
2016年『荊棘の秘密』
2018年『毒戦 BELIEVER』
2022年『別れる決心』

TEXT：イム・スヨン〈シネ21〉記者　PHOTO：オ・ゲオク〈シネ21〉記者

「脚本家チョン・ソギョン」の名を最初に世に知らしめたのは、パク・チャヌク監督と共同脚本の『親切なクムジャさん』(05)※1だった。 したがって、2013年放送のドラマ「マザー〜無償の愛〜」は、チョンさんがようやく自身の家族とそろって視聴できるようになった最初の作品である。 それまで視聴年齢制限のためチョンさんの仕事を見ることのできなかった2人の息子たちも、週2回放送の「マザー」を見て「ママは大事な仕事をしているから僕たちも協力しなきゃ」と考えてくれるようになったという。

　チョンさんにとってドラマの仕事とは、「誰もが思い描く夢」を織り込める物語を探し出し、作品として多くの人に届けることだ。 活躍の場を映画からドラマにまで広げ、より多くの人たちと仕事をするようになった彼女の心境を探るべく、ソウル某所の事務所を訪ねた。

「シスターズ」 写真提供:スタジオドラゴン

※1　イ・ヨンエ主演のサスペンス映画。R-18指定。『復讐者に憐れみを』(02)『オールド・ボーイ』(03年)に続くパク・チャヌク監督による復讐三部作の最終作

──先日のディレクターズカットアワード※2では、脚本執筆のために授賞式への登壇が叶わず、映像で受賞のコメントをされました。そして後日、締め切りをしっかり守られたとうかがいました。

（冗談めかして）近頃、私は締め切りをきちんと守る脚本家だと評判なんですよ（笑）。今は4週間で1話分の台本を完成させることを目標にしています。最初の2週間で前回提出した回の台本修正と、今回のシノプシス（ストーリーの概要）を書く、そして次の2週間でそのシノプシスを元に台本を書くというスタイルです。このようなサイクルで2カ月に2話ずつ書いています。

──2022年に「シスターズ」を終えたあとは、少し休んだだけですぐに新作にとりかかったそうですね。

おっしゃるとおりです。というのも、私はふだんから休憩時間を多くもうけているほうなので。シナリオを書いている時間以外は、2〜3時間、ただ寝転がって何もしないんですよ。ときどきプロモーションのために出かけることはありますが。

──ゆっくり休むのは、よい仕事をするために必要なことですよね。

私はお茶を淹れただけでも「このおいしいお茶を私が淹れただなんて！すごい！」と感心するんですよ（笑）。自分自身にかなり甘いということをわかったうえでの話ですが、私はその日のエネルギーはその日のうちにすべて出しきることを信条にしています。仕事の日は事務所に行ってルームランナーで20分ほどウォーキングをしたあと、シャワーを浴びながら家のことを忘れて執筆モードに切り替えます。エネルギーを使うのはオンオフを問わずです。さすがに締め切り直前は事務所に1週間こもることもありますが、それでも月に2回は必ず子どもたちと週末を過ごすようにしています。仕事のことは頭から追い出して、テレビも映画も見ずにひたすらおしゃべりに興じます。脚本家としての自分とそうでない自分をしっかり区

※2　2023年2月4日に行われた韓国映画監督協会組合主催の授賞式。チョン・ソギョンは『別れる決心』で映画部門の「今年の脚本賞」を受賞した

別するための、ルーティーンのような行動ですね。 きっと、自分のことだけを考えて生きる人と、他の誰かのためにも時間を使いながら生きる人とでは、書ける作品も違ってくるのではないでしょうか。 私は仕事や休暇、家族との時間などバランスのとれた生活をしてこそ、いい作品が書けると信じているタイプです。

韓国の格差社会はいつ始まったのか

——仕事に集中できないときの対処法は？　また、一日の仕事量は決めていますか？

　まわりからのプレッシャーがどんどん大きくなっているので、あえて余計なノルマを課さないようしています。 シナリオ執筆の仕事では精神的に追い込まれる瞬間にたびたび見舞われますが、その苦しみは誰かと共有できるものではないので……。 そんなときは収まるまでやりすごすだけですね。 また、集中するまでには時間が必要なのですが、何日もかかることがあります。 そんなときは焦らず、作品の世界に入り込むためのドアの外を歩きまわるんですよ。 歩きまわっているうちにドアが開いて道が見つかれば、どんどん書けるようになります。 筆が進まないときは書けないことを悩むよりも、なぜ書けないのか、なぜその部分が難しいのかといった根本的な原因を探し出すようにしています。

——「シスターズ」は1970〜80年代の韓国現代史のダイジェストともいわれましたよね。 不動産投機、私立大学の不正など、ドラマに盛り込んだ事件はどのような基準で選んだのですか？

　出産後、ただ毎日図書館へ出かけて、一日中、本を読むだけの時期があったんです。 そのときに韓国近代史の本を夢中になって読みました。 私は

1975年生まれなので、1980〜90年代に韓国で起きたことは全部見てきました。当時は不動産がものをいった時代で、成り上がるための定番コースがありました。それで富を築けた人もいれば、チャンスすら得られない人もいた。そういった事件を中心にストーリーを組んでみようと思ったんです。

お金持ちは資産でリスクを払えるけれど、
貧しい人は命を懸けなくてはならない。

——「シスターズ」

——「シスターズ」に登場する"情蘭会"は、底辺の人間がトップに昇りつめるためには命をもいとわない組織として描かれています。しかし、その頂上にいたのはベトナム戦争の英雄ウォン・ギソン将軍[3]ではなく、その娘のサンア（オム・ジウォン）でした。ウォン将軍は意識不明で寝たきりの際の姿しか描かれていませんでしたね。

　今の韓国（の格差社会）はいつ始まったのかと考えたんです。戦争を経れば、誰もがみな似たような状況からスタートすると思っていました。ですが、そんな状況のなかでも戦争で才覚を発揮し、頂上へのはしごを登るチャンスをつかんだ人もいれば、ずっと貧しいままの人もいて。その格差が次第に開いていき、さらに世代が進んで子や孫に財産が相続され、屈折しながらだんだんと現在の韓国の姿ができあがっていったんですね。ただ、私にとって朝鮮戦争は遠い昔の話で、実感をもって書けるいちばん古い事件がベトナム戦争でした。ベトナム戦争は世代をまたいで複雑に関わっている問題で、当時の親世代のやり方が意図せずともその子ども世代にも受け継がれている。そうやって残された"幽霊"たちが金と権力を振

※3　ドラマの鍵を握る人物として描かれる。彼がほかのベトナム戦争帰還兵とともに韓国の経済発展に暗躍したという設定。イ・ドヨプが演じた

253

りかざせばサンアのような人物になり、はしごを登れなかった親に育てら
れた子どもはインジュ（キム・ゴウン）姉妹のようになるんです。

──「シスターズ」の第10話でイネ（パク・ジフ）とヒョリン（チョン・チェ
ウン）が手をつないで日本行きの船に乗り込む姿は、映画『お嬢さん』(14)
のスッキ（キム・テリ）と秀子（キム・ミニ）のラストシーンを彷彿とさせま
した。イネとヒョリンは彼女たちにとって最愛の人たちを裏切ることがで
きるのか悩み抜いた末、結局、家族から離れることを選びますね。

Column

『赤い靴』から始まった「シスターズ」

　チョン・ソギョンはおとぎ話にインスピレーションを受けてストー
リーを作り出す脚本家だ。「シスターズ」は『赤い靴』と『青髭』、「マ
ザー」は『ヘンゼルとグレーテル』、『別れる決心』は『人魚姫』をオマー
ジュした作品であると見ることができる。
　「私の書いたストーリーを深く理解しようとするならば、どのストー
リーも必ずあるカテゴリに分類できることがわかるはずです。どん
なストーリーであれ、私が世界で最初の創造主であるはずがなく、
これまでにも繰り返し使われてきたモチーフがあるからです」
　チョンさんの説明によると、モチーフとなっているおとぎ話がわ
かると、表面を見ただけでは気づけなかったさらに深いテーマまで
が理解でき、脚本がこの先どう展開するのか見通しやすくなるとい
う。

『お嬢さん』の台本を広げながら、そっくりそのまま書いたシーンです（笑）。いよいよ時が来たという瞬間に、お互いしか頼る者がいないという関係で結ばれた者同士の姿を描きたかったんです。 イネとヒョリンは新世代を生きる若者ですよね。 親に育ててもらい、姉たちにも犠牲を払ってもらっているという。 けれども、そんな恩のある家族から離れてでも自分のために選択しなければ、一生変われっこないと彼女たちは考えたんです。 シンプルな観点から考えると、そうやって富をまわしてこそ、ようやく自分たちの受け継いできたものから解放されて新たなスタートが切れるんです。 私も子育てをしながら、そんなことを考えているんですよ。 未来は子どもたちのものです。 母親のためじゃなく彼らが自分のために選んでこそ、母親である私のためでもあるなあって。実際、出産とは未来のためでもありますし。これまで父親と息子の物語は多様なかたちで繰り返し描かれてきましたが、母親と娘の物語となるとなぜか善悪で語る画一的なものばかりだったように思います。その点、以前「マザー」を書いた経験から、私ならもう少し違った母娘のストーリーが書けるはずという自信がありました。

——「マザー」のスジン（イ・ボヨン）は、家庭での虐待に苦しむ子どもを助けるために誘拐をする設定であるにもかかわらず、"チョン・ソギョン・ワールド"の女性のなかでは比較的ノーマルなほうだと思いました。

　スジンは、ある意味では究極の変わり者女性のひとりではありますが、イ・ボヨンさんとキム・チョルギュ監督が台本に忠実でありつつ、視聴者が共感できる人物に仕上げてくれたんです。 シェイクスピアやチェーホフの戯曲にそれぞれの味わいがあるように、韓国ドラマにも独自の特徴がありますよね。 イ・ボヨンさんは韓国ドラマの持ち味をもっともポジティブかつストレートに表現できる人だと思います。

——「シスターズ」の最高視聴率は「マザー」の２倍と、実に多くの視聴者を魅了したドラマでした。 百想芸術大賞の作品賞を受賞した「マザー」も素晴

らしいドラマでしたが、「シスターズ」は見事に大衆の心をつかんだという印象を受けました。

「マザー」を制作していたとき、イ・ボヨンさんが視聴率の高い回とそうでない回を正確に当てるのを見て、私にもそんな能力がほしいと思っていました。ところが１～２年経ってみると自然とわかるようになったんです。「マザー」を書いていた頃は、そこにもっていきたいと意図した感情ときれいに完結する構成を先に考えていたのですが、その方法では最高視聴率も５％を超えることができませんでした。「マザー」って、全16話のなかで、たった一度、最終回でしか視聴者に満足感を与えないドラマなんです。 いわば15回転んで最後に一度だけ立ち上がるという、つらいマラソン。 これを完走した殊勝な視聴者が５％ほど存在したようですが、その人たちは既存のドラマの視聴者層とも違ったように思います。「ふだんドラマを見ないけど『マザー』だけは必ず見ていました」という話をよく聞いたので。 その後、あれこれ思案するうちに、違ったジャンルの脚本を書いても視聴率５～７％台も狙えるかもしれないと思えるようになったんです。 どういうことかというと、「マザー」までの作品は、登場人物が困難な状況からどう立ち直って生きていくのかという過程を描いているので、次からは困難や苦痛だけではなくドーパミンが出るような快楽も交えて、視聴者に交互に味わってもらおうと思ったんです。 そんなわけで、「シスターズ」は苦痛と快楽が何度も繰り返し感じられる構造になっているのです（笑）。

──おかげで、実に面白い社会派ミステリーでした。

　プロジェクトにキム・ヒウォン監督[4]が合流してからはいっそう緊張感が増しました。 視聴率10％以上をたたき出すような方とご一緒するとなれば、私はそれ以上の高視聴率を目指さなければって（笑）。 作品のジャンルは、私が書いた作品を大衆がわかりやすく受け入れるための空間であり、一種のお約束でもあります。 その制約のなかでも、人の道を踏み外す話がいちば

※４　「王になった男」(19)「ヴィンチェンツォ」(21)などを手掛けたドラマ演出家

んインパクトがあると思っています。 いったい何が正しいのか、手に汗握る展開を作り出せれば、視聴者もストーリーに入り込めるのではないかと考えました。 正直、「シスターズ」の視聴率が高かったのは、ひとえに演出家と俳優のおかげです。 私の力不足から心残りとなっている点も多いので、次の作品でそれをどう克服していけるのかを考えながら準備しているところです。

はじめは探りながら
書き進めるごとに深まる主人公との仲

──物語を作り出すこととは、登場人物を知っていく過程でもあると思います。 脚本を書きながら主人公との距離が縮まったと感じる瞬間はどんなときですか?

　私もはじめから主人公のことをすべてわかっているわけではありません。 探り探り始まって、少しずつ知っていくんです。「シスターズ」はインジュの

「まわりからのプレッシャーがどんどん大きくなっているので、あえて余計なノルマを課さないようしています。シナリオ執筆の仕事では精神的に追い込まれる瞬間にたびたび見舞われますが、それは誰かと共有できるものではないので……。そんなときは収まるまでやりすごすだけですね」

257

モノローグを書いたあとに、彼女の胸の奥の感情がわかるようになりました。《20億ウォンあったら……何ができるだろう。 私たち家族が、夏は涼しく、冬は暖かく暮らせるマンション。 イネを塾に行かせて、大学にも行かせて。インギョンに新しい車も買ってあげたい》——この部分を書いてからインジュと親しくなれた気がします。「マザー」ではスジンの《私があの子の母親になれますか？ 私には母親がいないのに……。 母親になれるでしょうか？》という台詞を書いてからでした。 この後、スジンの人生でいちばん重要な課題が何なのかがわかるようになりました。

> 母親になることは重い病を患うようなもの。 誰もがこの病
> に勝てるわけではないの。 本当にとても大変なことなのよ。
> ——「マザー～無償の愛～」

——ドラマ脚本家は、アイディアを着想してからゴールを目指して走り抜けるまでの全行程に関わるのですよね。 チョンさんの作品はどんなふうに始まるのですか？

　今書いている台本のきっかけは、キム・ヒウォン監督でした。 キム監督は命懸けでドラマを作る方なんですが、「シスターズ」が演出家のすべてを懸けられるほどの内容だったのか疑問が残ります。私が描きたかったストーリーを俳優とスタッフのみなさんが全力で作品に仕立て上げてくれたので、今度こそキム監督がすべてを懸ける価値のあるストーリーを書きたいと思っています。 そういうわけで、今、キム監督の好きな素材を集めて台本を書いているところです。 さらに、俳優が求める要素までしっかり満たした、俳優のキャリアを飾るようなキャラクターを作りたいという思いで設定の

段階から取り組んでいます。

積み重ねてきたもの、積み重なっていくもの

——今やドラマと映画の両舞台で活躍されていますが、それぞれストーリー
を作るうえでどのような違いがありますか?

　ドラマの脚本家は、クモが糸を張るように、大衆が見る夢に寄り添える
思いを紡ぎ出す人なのかなと思います。 人が見る夢はそれぞれ違っていて
も、そのなかのひとつくらい、今現在、誰もが感じている感情や人生に欠か
せない条件が潜んでいるはずなんです。「もし大衆をひとりの人間として
考えるなら、夜に見る夢はどうなる?　何を望んで、何を怖がり、どんなこ
とを見たいんだろう?　それを語れるストーリーは何だろう?」。 ドラマ
のように大きなストーリーはこんなふうに始まるような気がします。 映画
は少し違っていて、ひとりの人間の深いところにある夢にフォーカスする
のです。 ドラマは明るいところで他の人と話しながら見られますが、映画
は何人で見ても結局はひとりですから。

——2002年の第5回イーストマン短編映画製作支援作品『電気工たち』では
演出を担当されています。当時、『シネ21』誌のインタビューで、読者から「部
屋の壁紙の描写が独特だ」と、壁紙に入れ込んだ理由について尋ねられてい
ました。 リュ・ソンヒ美術監督やパク・チャヌク監督の独特のカラーが、当
時からチョンさんにもあったのですね (笑)。

　当時も『別れる決心』のような総柄の壁紙を貼って撮影していました。
一見するとカモメの柄なのに、ずっと見ているうちにアヒルの柄に見えて
くるパターンの壁紙です。 監督たちとは出会う前からすでに共通点があっ
たんですね (笑)。 考えてみれば、画面でいちばん多くの面積を占めている

のは壁紙ではないでしょうか。私もパク監督もリュ美術監督も、現実的な話にはまったく興味がないんですよ。ふだんなら使わないような壁紙を貼って、この世界は少し違うんだということをまず見せたくて。幻想的な世界を一瞬で受け入れさせてしまうような視覚的効果を狙うのが好きです。

――チョンさん独特の文語体の文章も、壁紙のような役割をしているのではないでしょうか？

　以前は、私の文体がネックになって俳優のキャスティングに苦労したこともありました。『別れる決心』以降は、幸いなことに受け入れられていると感じています。幼い頃から翻訳書や外国映画の字幕をたくさん見てきたせいか、この文体がやめられないし、長く書いてきたこともあって、すっかり私のスタイルになってしまったようです。そうはいっても毎回この文体で書くわけにもいかないので、私が乗り越えなくてはならない壁かもしれないですね。一方で、文語体でこそ自然に感じられるシチュエーションもあるのではないかと思います。ストーリーも同じです。ただ、今書いている次回作はキム監督のために書いている作品なので、私のスタイルを出しすぎないようにと考えています。それでも、ふとした瞬間に、現実的な話

からいかにも私らしい幻想的なアイディアを思いつくことがあるんです。実はそういうときがものすごく楽しくて（笑）。 飛行機が離陸する瞬間の浮遊感のような感覚です。

——これは記者としての個人的な悩みでもあるのですが、ChatGPTの時代、文筆家が生き残っていけるのかと心配になったことはありませんか？

　私はむしろChatGPTに助けられると考えています。もともとインターネット検索はあまりしないほうで、調べものは本に頼っています。 以前は脚本に必要な資料はアシスタントがインターネットで探してくれていましたが、今後はより早く集められるのではと期待しています。 新しい技術をこんなふうに活用しながら仕事を続けていけるのではないでしょうか。

《 Epilogue 》

　4回目の訪問だった。 訪れるたびにチョンさんはいくつもの飲み物を用意し、どれにするか、口に合うかなどを聞いてくれる。 そして、掲載するインタビューよりも面白いおしゃべりが始まる。 以前、私がコートのベルトを失くしてしまったことがあった。 その日歩いた道を辿りながら失くしたベルトを探してさまよったのだが、そのうちのひとつがチョンさんの事務所だった。 その数日後、チョンさんからのショートメッセージを受信した。「コートのベルトは見つかりましたか？　ちょっと気になって。 ウフフ」。隅々まで探してみたものの結局は見つからなかったと返信すると、「ベルトがなくても十分素敵なコートでしたよ」と慰めてくれた。 今回のインタビューで再び訪れたときも、そのベルトのことを覚えていてくれた。チョンさんはどんな話題でも楽しく話せて、細やかな気配りができる人だ。 特に気を許した人にはいっそうの愛があふれ出すようだ。 夫と2人の息子の話題が上るたびに目元から愛情がこぼれ、彼らと一緒にいればどんな話を

していても楽しいという。「シスターズ」のサンアとジェサン（オム・ギジュン）が、仮面夫婦ではなく心から愛し合っている関係だったのには驚いたと話すと、返ってきたチョンさんの答えも予想外だった。

「きっと私が夫のことをものすごく愛しているんでしょうね。だから愛し合っていない夫婦なんて思いつきもしなかったんです！」

チョンさんの愛情は一緒に働く仲間にも向けられる。キム・ヒウォン監督に初めて会ったときには自分と気が合う人だと直感し、2〜3回会ったところで「キム監督は私のことを好きになると思います」と宣言したそうだ。

「キム監督もあきれたと思いますよ（笑）。でも、なんだか彼女は夫と似ているんです。私には夫が必要ですが、それ以上に夫が私を必要としているから」

パク・チャヌク監督との共同作業はいわずもがな、「マザー」や「シスターズ」からにじみ出る思いやりとポジティブなマインド、おとぎ話のような想像力の源はここにあった。

20

ジャンルの死角に刻まれた
ひねくれた青春

チン・ハンセ
「人間レッスン」「グリッチ―青い閃光の記憶―」

Drama

2017年「ハッピー煉獄レストラン」
2020年「人間レッスン」
2022年「グリッチ―青い閃光の記
　　　憶―」

TEXT:キム・ソミ〈シネ21〉記者　PHOTO:オ・ゲオク〈シネ21〉記者

「グリッチ―青い閃光の記憶―」
写真提供：Netflix

たとえ世界が終わっても、あんたのことだけは見捨てないから。
私と帰ろう。

――「グリッチ―青い閃光の記憶―」

「人間レッスン」[※1]のジス（キム・ドンヒ）とギュリ（パク・ジュヒョン）、「グリッチ―青い閃光の記憶―」[※2]のジヒョ（チョン・ヨビン）とボラ（ナナ）。真っ当な人生というレールから外れたその先で、彼らはひとつになる。例えそれが悪の道だろうが、イカれた世界だろうが……。ジャンルものの主人公には、いつでも"アウトサイダー"が好まれる。しかし「人間レッスン」や「グリッチ」に登場するのは、それとは真逆の平凡な若者たちだ。だからこそ視聴者は、彼らが起こす反乱のとりこになる。

「人間レッスン」は、オリジナルコンテンツに注力しはじめたNetflixが、ゾンビホラー時代劇「キングダム」（19）の勢いを引き継ぐヒット作を待ち

※1　人生逆転を夢見る高校生がカネ目当てでスマホアプリで売春に加担するが……。崖っぷちに追い込まれた10代を無情に描き出す

※2　優等生とハチャメチャなYouTuberが繰り広げる失踪捜査劇。カネのない男女の恋、友情、クィアロマンス、SF要素からカルト宗教までが融合したカオス作。見方次第で何通りも楽しめる

※3　1980年代〜1990年代半ば生まれを指す世代区分。「Y世代」とも呼ばれる

※4　Over-The-Topの略。インターネット回線を通じてコンテンツを配信するストリーミングサービス

※5　映画『ダンサーの純情』(05)の原作などで知られる

※6　脚本家のソン・ジナ。ドラマ「黎明の瞳」(91)「砂時計」(95)などで一世を風靡した

20 ―チン・ハンセ―진안새

望むなかで現れた、思わぬ伏兵だった。劇中に登場する犯罪や状況描写がリアルすぎると多くの関心を集めたが、激しい論争も巻き起こした。続く「グリッチ」は、ロマンティックコメディやクライムサスペンス、家族ドラマが中心の韓国ドラマ市場に、一歩引いたところから世界を見つめるミレニアル世代※3の新たな感性を吹き込んだ。

　こうしたOTT※4プラットフォームを舞台に華々しくキャリアをスタートさせたチン・ハンセさん。無力な若者たちの絶望を描き出す1986年生まれの彼は、これまでどんな脚本家修行を積んできたのだろう。メロ、アクションという名の2匹の猫とともに、育児の風景が広がるチンさん宅のリビングにて話を聞いた。

　10代の頃は小説家になりたかったんです。小説家のソン・ソクジェさん※5に憧れて、長らく必死に短編小説を書いていました。その頃はまさか自分がドラマ脚本家になるなんて思いもしませんでしたよ。そばで見ていた母※6

265

の仕事ぶりがとても大変そうでしたからね (笑)。

——「人間レッスン」で一躍注目を集めましたね。2017年にウェブドラマ「ハッピー煉獄レストラン」でデビュー後、自身初の長編ドラマが社会をえぐるような作品でした。 怖さはありませんでしたか?

　不安や怖さみたいなものはさほどありませんでしたね。 たんにアイディアを温めていただけの新人脚本家という立場だったので。実は「人間レッスン」の構成をぼんやりと考えはじめたのは高校生の頃だったんです。 どこから見てもおとなしい優等生なのに、裏ではヤバいことをしている少年の話を書いてみたくて。 アシスタント時代にそのアイディアを10代の売春ブローカーのストーリーとして具体化していきました。 ただ、後日、脚本を読んだNetflix側からビジネスとしての観点を含んだ本格的なフィードバックを

これまでにチン・ハンセさん
が手掛けた3作品の台本

「特に『人間レッスン』はそこまで期待していませんでした。 世間の反応を予想していたら、かえって作品を早く完成させるための推進力を失っていたかもしれません。 とはいえ、視聴者の声に耳を傾けることは大事だと思います。 もう少し練るべきなのか、削ぎ落としたほうがいいのかというラインを知るために」

もらったときに初めて、脚本家として「倫理の面から慎重に扱わなければいけないものがある」ということを厳しく教わった気がします。

——それから2年で「グリッチ」が同じNetflixから世に出ました。

今だからいえることですが、「グリッチ」のときはたびたび締め切りに遅れてしまい、まわりの方にかなり迷惑をかけました。 急に自分の文章に自信がもてなくなって。 うまく書けたと思っても、次の日に見るとやっぱり何か違う気がして、なかなか前に進めなかったんです。

——そんなときはどう対処するんですか？

時間的な余裕があるときはしばらく寝かせておきます。そうじゃないときは、気持ちはどうであれ、不安には目をつぶってひとまず書ききる。 そんな力も必要だということを痛感しました。

——「人間レッスン」では売春に巻き込まれる10代を、「グリッチ」ではカルト宗教とUFOに振りまわされる若者を描いています。 不快だとかマニアックだと思われかねないテーマですが、世間の反応は想定内でしたか？

そうした予測は、そもそも不可能だと思っています。 自分が書けるものに集中した結果、生まれたストーリーへの反応ですからね。 特に「人間レッスン」はそこまで期待していませんでした。 世間の反応を予想していたら、かえって作品を完成させるための推進力を失っていたかもしれません。 とはいえ、視聴者の声に耳を傾けることは大事だと思います。 もう少し練り上げるべきなのか、削ぎ落とした方がいいのかというラインを知るために。

——不安なときこそ、自分の好きな物語を追究することが大事なのですね。

最初の2作品をやってみたからこそ、その事実が身に染みたんです。「人間レッスン」のあとは、どうしても周囲の目を意識せざるをえませんでした。 斬新なテーマで視聴者と業界をどう満足させるか、悩みに悩んでいた時期だったんです。 そんな不安のなかでも「グリッチ」のスタートを前にブレ

ずに済んだのは、やはり「脚本家である自分自身が興味をもって楽しく書ける物語か否か」という、単純な問いを大切にしたからでしょうね。

――プラットフォームも多様化してコンテンツ飽和の時代です。パッと人目を引く企画が求められるようになった市場で、脚本家の苦労がしのばれますが……。

　僕がOTTドラマでスタートしたからかもしれませんが、斬新で突き抜けていて、センセーショナルなテーマを探す雰囲気が企画段階から間違いなくあります。当然、脚本家としてそこを意識していないといえばウソになる。しかし一方で気をつけてもいて、目新しいものを探す努力は怠りませんが、結局、視聴者の記憶に残るドラマっていうのは、物語に力があって、脚本家の伝えたい意図がはっきりしたものなんです。だからこそ冷静になって、本当に今以上の新しいものが必要なのか吟味すべきかなって思います。大概のものは出ていますし、この瞬間にも出続けていますから。言い換えれば、素材をどうとらえるかが重要になったということです。素材そのものよりも、それを見る角度のほうに重きをおいて目新しさを追求しようと、僕も日々努力しています。

秘められた感情を揺さぶる、対話の手段としての物語

「脚本家の仕事ですか？　ありきたりな答えですが、これが唯一、僕にできる仕事だからです。もともと感情表現が苦手なタイプなので、書くことが僕にとって感情を伝える最善の手段なんだと思います。ひとことふたことで済むような話を長い物語でしか語れないなんて、効率も悪いし、大げさですよね？　それでも、そうすることでしか伝えられないものだってあるはずだよなって」

ドラマという手段ならではの「親近感」「自己投影」「共感の可能性」は、見る者に日々おざなりにしてきた感情と向き合わせる。だからこそ、チンさんにとってドラマを書くことは「対話の手段」なのだ。

「わかってもらえることもあれば、誤解されることもあると思って仕事をしています。その反応をそのまま受け入れるべきだと思うので。僕が物語を書く理由は、それが僕の言葉だからです」

——ストーリーの肉付けはどのように行うのですか？

　フックとなるシーンや人物設定から着想して、まずはコンセプトに集中して考えていくほうですね。「平凡でおとなしそうな優等生に裏の顔があったら？」「幼い頃にUFOを見たと信じている若者がいたら？」と、こんなところから少しずつストーリーを具体的にしていって、「人間レッスン」では"10代の売春"、「グリッチ」では"カルト宗教"というテーマで肉付けしたんです。

　ただ、いつも必ず途中で立ち止まり、自問する瞬間が訪れます。僕はなぜこのシーンや人物に惹かれているのか、ある種の心理分析を行いながら本質を見極めるんです。今まではこの方法が自分にとっていちばん自然な流れでしたが、今後は少し変えていこうと思っています。例え企画の期間が伸びたとしても、全体を見て構造をしっかりつかんだうえで書きたいんです。

——ご自身なりの試行錯誤がそのような考え方の変化につながったのでしょうか？　さまざまな利害関係や共同作業を経て、ドラマ脚本家が果たすべき役割について何か新たな気づきはありましたか？

　一般的に、ドラマは脚本家の圧力が強いといわれていますよね。僕自身、脚本家の意見を尊重してもらっているなと感じることが多くて感謝しているんですが、ただその一方で、だからこそ脚本家の役割と責任は重いのだということも日々学んでいます。僕の場合は若干の試行錯誤があったんで

すよ。 ワンマンプレイより、演出家や俳優をはじめとする制作陣と協力し合う過程を夢見ていたというか。 ともに話し合いながらアイディアを育てていくスタイルが、僕にとっての理想だったんですよね（笑）。 でも複雑な制作過程においては、脚本家があまりにも余白を残しすぎると、それがかえって一種の不安要素になりかねないということを悟ったんです。

——「人間レッスン」の青少年たちは、自分の息のにおいが嫌だというほど自身を嫌い、「グリッチ」の若者たちは、出世レースには最初から不参加を決め込んで生きています。 刺激的な事件と隣り合わせで生きる無力な世代の感情をよく探究しているように思えます。

　僕自身が感じている、いわゆる同世代間の集団意識のようなものなんだろうかって、それも悩んでいるところなんですが。 だとしても、感情を定義して書くことはありません。 そうした独特な感情は、自分が生きてきた環境や性格から自然と作品ににじみ出るものだと思っているので。

——「人間レッスン」は罪を、「グリッチ」は信仰を問うことから、とても宗教的な雰囲気があります。

　確かに僕は生まれながらのキリスト教信者です。 罪と信仰……テーマを深掘りしていくうちにそこにたどり着いたのですが、もしかすると自分の無意識下にあったのかもしれませんね。「グリッチ」はカルト宗教がテー

「人間レッスン」 写真提供：Netflix

マなだけあって、僕なりにキリスト教に掛けたジョークも入れてみました。やたら信仰深い人物の父親の洗礼名をトマスにするとか……。「疑い深いトマス」はイエスの復活を信じないと言った人ですからね。

──「グリッチ」の主人公ジヒョを描くにあたり、平凡な中流階級の人間であることを強調した理由はありますか?

　俗にいう"金のスプーン"(富裕層)や"泥のスプーン"(貧困層)といった修飾語すらつかないような、曖昧な若者を描きたかったんです。 ときどき、僕ら世代が見聞きできるメッセージが限られすぎているような気がして、もどかしさを覚えるんです。 どこにも属せない曖昧な人たちの物語を追求してみたいと思ったのは、そんな理由からでした。 ジヒョは人のせいにで

Column

「グリッチ─青い閃光の記憶─」の結末に隠されたもの

　マイホームがもてない世代。ドラマの結末部分では、父親のサポートを受けたジヒョが、まともなアパートを借りて独立することで、遅れてきた自分探しの旅に幕を閉じる。ジヒョとボラ、2人の女友達はそこで新たな未来をスタートさせるのだろう。 大切な結末部分で親に家を借りてもらうという設定にした理由は何だろうか? チンさんはそれが「言い訳しようのない現実」だからだという。
「もらえるものをあえて拒んだり、もっているものをわざわざ手放したりしなくてもいいのではないでしょうか? 事実は認めるべきです。 でも、そんな僕たちがヒーローになるのはおそらく難しいですよね。 ただ一方では、全員がヒーローになる必要もないので、"そこにいきすぎた罪悪感をもつのはやめようよ"というエールを、おぼろげながらに伝えたかったのかもしれません」

きない性格です。経済的に追いつめられているわけでもなければ、両親が悪い人でもない。にもかかわらず「私の人生はなぜこんなにもつまらないのだろう？」と苦しんでいる。それでも、ぜいたくな悩みだと思われそうで誰かに弱音を吐くことも、自分を明確に定義することもできず、アイデンティティも弱い。そんな"どっちつかず"の若者に、僕自身を投影したともいえますね。

読める面白さと見える面白さのはざまで

「僕が書く作品はト書きが多いんです。それもネチネチした小言みたいなやつ。俳優が読みにくいはずなので減らそうと試みるんですが、どうしても削れなくて」

　あまたの脚本が飛び交うこの業界では、特に新人脚本家であればあるほど、「短時間でスラスラと読める、選ばれやすい脚本を書くべき」という不文律のようなものがある。だがそんな状況でも、彼は「人物の心理描写を掘り下げて、感情のニュアンスを説明する」小説的なアプローチにこだわっ

ている。 読みやすさをあきらめた代わりに、丁寧な説明書を作ることにしたのだ。 一方で、場面が「見える」工夫は惜しまない。

「執筆のスタイルによって心理描写を省く脚本家は多いと思いますが、その場合でも、書く人と読む人がだいたい同じような映像を想像できるくらいの、視覚的な説得力はもたせるべきと思っています」。 時には場面の雰囲気を直感的に理解してもらおうと、参考となるBGMを併記することもある。「同じアクションシーンでもむごいととらえる人もいれば、そうでもないと思う人もいますよね。 音楽で例を示すと、同じ映像が想像しやすくなるんです」

——10代、20代の飾らない言葉遣いがよく活かされていると思うのですが、台詞を言いながら書いたりするのでしょうか?

モニタの前でいつも演技してますよ(笑)。 口に出してからじゃないと書けないくらいで。 だから脚本も、台詞だけは文法が間違っていても、なるべく口から出たままの状態にしています。 ドラマの登場人物が言いそうなことではなく、素の人間になりきって話す。 それがみなさんにも気に入ってもらえている部分ではないかと思います。

——世論やネットミームなどから社会現象を読み解くとき、それらの情報はどう選別するのでしょうか?

日々変化するネット世論は常にチェックしていますが、それが本当に正しい情報なのかどうか、まずは考えるようにしています。 ミームは単純であるがゆえのインパクトがある。 平均値を最大限にふくらませているんですよね。 だから僕は、それを再び複雑な状態で見直すんです。 表面化している問題だけではなく、その葛藤の裏側にある大衆心理に共感し、深く知るために。

——OTTプラットフォームを通じてのドラマの消費が増え、続きが気にな

るようなラストシーンの描き方に脚本家も苦心されているのでは？ 「続き
が見たい」と思わせるようなシーンを作るために工夫されていることはあり
ますか？

　足すのではなく切ることが大事だと思って臨んでいます。 視聴者を刺激
しようと安易な設定を付け足すより、どこで切ればいちばん効果的に終わ
らせられるのか、そのポイントを探します。 僕はストーリー全体を三幕構
成※7にして、そのなかでさらに細切れにしていきながらベストなポイント
を探すようにしています。

──三幕構成を好まれるのはデビュー前からでしょうか？

　僕はドラマの書き方を体系的に学んだことがなく、ワークショップを受
けて書きはじめたので、焦る気持ちのなか、本を読みあさりながら自分なり
のガイドラインを作っていきました。ナラティブ※8の講義なんかを受けると、
三幕構成に頼らずオリジナリティを強調する方もたくさんいますが、僕は
心の中でこう思うんです。「あなたは天才ですね。残念ながら僕は違います」っ
て（笑）。これまではいつも１話あたり約１時間のドラマを書いてきましたが、
最近の視聴者の視聴パターンから、最低30分くらいのショートフォームに
も慣れていかなければいけないと思っています。 そこで、１話が約25分の
ドラマ「バリー」（18〜23／米）のビートシート※9を自分なりに作ってみた
りもしたのですが「やっぱり僕はまだまだだな！」と落ち込んでしまいました。

──脚本家としてのこれからの課題はありますか？

　これまでは２人くらいまでの本人目線でのストーリーに惹かれていたん
です。ローカルな領域を設定しておいて、そのなかで自分と同世代のストー
リーを濃密に描くことが、僕の力量にも合っていたのだと思います。 僕は
小さなエピソードから感情を大きくふくらませるのが好きなんです。 それ
がもともと小説にのめり込んだ理由かもしれないし、その逆かもしれませんが、
だからこそ、いつかは幅を広げて群像劇に挑戦してみたいんです。 実際、

※7　ハリウッド式の脚本メソッドとして主流になっている物語構造。発端・中盤・結末で構成される
※8　語り手視点で展開する物語。文芸理論のひとつ
※9　あらすじ、感情、キャラクターを章ごとに分けて書く、一種の台本ロードマップ

ドラマ「スノーフォール」（17〜23／米）が大きな刺激になりました。1980
年代のロサンゼルスで起きた実際の麻薬事件をドラマ化したものなのですが、
脚本家が数多くの主人公の視点を意のままに操っているんです。それを見て、
僕もたくさんの人物や世界観を盛り込んだ物語を書く快感を味わってみた
くなりました。

《 Epilogue 》···

《ニュージーランドでの高校生活を終え、建築デザインの勉強をしていたチン・
ハンセは、修士課程を中断した23歳の頃、母である脚本家のソン・ジナが運
営する市民ワークショップへの参加を機にドラマを書きはじめる。 父は「追
跡60分」や「モンゴリアンルート」などで知られる元KBSプロデューサー
のチン・ギウンで、現在は "制作者" 対 "脚本家" としてコミュニケーショ
ンしている──》

　そんなプロフィールから、心のどこかで自信過剰な若い脚本家を想像し
ながら訪れた取材場所は、どこにでもある平凡な家庭であり育児の現場だった。
疲れた様子で椅子に座った彼は、うさぎのぬいぐるみや童話の本を背景に、
初心者としての怖さや期待されることへのプレッシャーなどについて語っ
てくれた。「仕事のルーティーンですか？　めちゃくちゃですよ」。 彼は徹
夜で台本を書く夜型の脚本家から朝型の脚本家へと、生活リズムを立て直
している真っ最中だった。 父親になって、自己実現と親という両立し難い
２つを天秤にかけるミレニアル世代のストーリーを、近いうちにチン・ハン
セのドラマとして見られそうだと冗談交じりに言うと、「実は『グリッチ』
を書くとき、もしシーズン２ができるなら、育児をするジヒョはどうかと考
えたりもしたんです」という答えが返ってきた。

「朝早く起きて子どもを保育園に送り、午後４時に帰ってくるまで、毎日

テキパキと会議や執筆をこなすのが理想のスタイルですね」

　おしゃれな作業部屋も、インスピレーションやアイディアが突然ひらめいてスラスラと筆を走らせる「脚本家っぽい」瞬間にも、彼は興味がない。

「脚本家がじっとストーリーを考えるのと、まず手を動かして書くのとでは、脳科学的に大差はないらしいんです。 むしろ脳にとっては、ずっと何かを書き続けているほうが、新たなコンセプトを引き出すのにより効果的だといわれています。 とりあえず椅子に座って誠実に書き続ける、そんな脚本家でありたいです」

21

歴史ドラマが照らし出す
人間の心の深淵

ファン・ジニョン

「逆賊―民の英雄ホン・ギルドン―」「恋人〜あの日聞いた花の咲く音〜」

Drama

2011年「絶頂」
2013年「帝王の娘スベクヒャン」
2017年「逆賊―民の英雄ホン・ギルドン―」
2023年「恋人〜あの日聞いた花の
　　　　咲く音〜」

TEXT：イ・ジャヨン〈シネ21〉記者　PHOTO：チェ・ソンヨル〈シネ21〉記者

見て見ぬふりはできません。知らないふり、聞いてないふり、
悲しくないふりなどできるわけがありません。
私は詩人ですから。

——「絶頂」

　ファン・ジニョンさんが書くドラマは、主人公が自身のアイデンティティ
に気づく過程が物語を動かす鍵となる。悪夢のような日本統治時代のさなか、
自らを詩人と呼び、時代の目撃者になろうとしたイ・ユクサ[1]（キム・ドンワン）。
自身が百済の武寧王の娘スベクヒャンであると知り、水面下での争いに身
を賭すソルラン（ソ・ヒョンジン）。 未知なる力を覚醒させる幼き日のホン・
ギルドン[2]（イ・ロウン）、「王を取り換えることができるのだ！」という民主
主義的思考を手に入れた民たち——。 こうした過程が、視聴者を究極のカ
タルシスへと導く。 ファンさんが歴史に埋もれた題材をひとつの世界観と
して紡ぎあげるプロセスでは、登場人物が自分自身を理解していく時間が
必ず訪れる。「自分」と「自分を理解すること」にはどんな違いがあるのだ
ろうか。 ファンさんがドラマを通じて伝えたかったこととは何か。 ソウ
ルにある彼女の作業部屋に向かった。

崖っぷちで見せる熱い思いこそ歴史ドラマの魅力

——これまでの作品はすべて歴史ドラマでしたが、何か特別な思い入れが
あるのでしょうか？
　歴史ドラマの魅力は、何といっても「人間の熱い思い」を表現できると
ころではないでしょうか。 時代ならではの制約があるからこそ、愛は切な

※1　朝鮮の詩人・独立運動家、李陸史[1904〜1944]。詩を通じて祖国の抑圧された現実を訴えた。本項では、
　　　彼をモデルとしたドラマのキャラクターはイ・ユクサと記して区別する
※2　許筠による小説『洪吉童伝』の主人公で、神出鬼没の義賊

さを増し、怒りは昂ぶり、忠誠心や義理は厚くなる。 そんな深い感情を描いているとき、この仕事が楽しいと感じますね。 これはあくまでも私の好みですが、日常の小さな出来事を淡々と描くよりも、崖っぷちの状況で見せる人間の本性だったり、長く語り継がれてきた物語の本質を探ることのほうに魅力を感じるんです。

——大学で史学科を専攻したことも、作品づくりに影響を与えていますか？

　実は……成績が振るわず4回も警告を受けて、結局、大学には7年も通ったんです（笑）。 だから脚本家生活に（専攻が）大きな影響を与えているとは言い難いですね。 ただ、史学科に行こうと思った理由は、中高生の頃からたくさん映画を観るうちに映像関連の仕事を目指すようになって、そのために必要な人文学的知識を身につけられるだろうと思ったからです。

——光復※3、百済の武寧王、ホン・ギルドン、そして丙子の乱※4。 ファンさんの作品は、特定の時代や人物を題材に描かれています。 歴史的な出来事は無数にあるなかで、これらを選んだ理由は何でしょうか？

　順にお話すると、まず「絶頂」は、MBCで行われた李陸史（イ・ユクサ）をテーマにした社内公募みたいなものがきっかけで、いくつかの応募作のなかから私の作品が選ばれたんです。 当時、チーフプロデューサーだったキム・ジンマンさんがおっしゃるには、李陸史の物語を詩と絡めて描くという方向性がよかったそうです。 次に「帝王の娘スベクヒャン」は、王の娘の話はどうだろう？という想像からスタートしました。 そこで三国時代※5までさかのぼって資料を探したところ、百済の武寧王にスベクヒャンという隠し子がいたのではないかというエピソードを見つけたんです。

——歴史の空白に想像を加えていくんですね。

　そうですね。「逆賊―民の英雄ホン・ギルドン―」も、資料探しをしている際に偶然、燕山君（ヨンサングン）※6の時代にホン・ギルドンが実在したという資料を発見したことがきっかけです。 というのも、子どもの頃から物語の主人公とし

※3　ここでは日本による統治からの解放を指す
※4　1636年に始まった清による朝鮮侵攻
※5　朝鮮半島に高句麗・百済・新羅の三国が鼎立した時代。紀元前1世紀〜紀元後7世紀を指す
※6　朝鮮王朝10代王。暴君として知られ、ドラマや映画でたびたび描かれる

て慣れ親しんできたホン・ギルドンは、てっきり架空の人物だと思っていたので。　その事実を知った瞬間は、「実在したうえに暴君の時代に生きていただなんて！」と、ものすごく興奮してしまいました。　怪力童子のストーリーへは、そこから自然につながっていきましたね。　時代の抵抗者としての英雄ホン・ギルドンも、もしかしたら『怪力童子ウトゥリ』※7のように、羽を折られて死んでいたかもしれない。　もしそうだとしたら、なぜ民はホン・ギルドンが島に渡って幸せに暮らしたと信じたのだろうか？　私はこう思うんです。　小説のホン・ギルドンがハッピーエンドなのは、そこに民の切なる願いが込められているんじゃないかって。　私たちが大好きなシンデレラ物語のエンディングみたいに、不可能かもしれないけど、それでも信じたい、と。特に、燕山君の暴政に苦しむ民にとってホン・ギルドンは希望の象徴だったでしょうから、最期は『怪力童子ウトゥリ』のようにならず、島で幸せに暮らしてほしいと願ったんだと思います。

　ちなみに、英雄の没落や破滅といった悲劇のストーリーを書くのは、思いのほか難しいんです。　イ・ビョンフン監督※8がこんなことをおっしゃっていたそうですが、「昭顕世子と姜嬪の話はすごく興味をそそられるけど、あまりに悲劇的すぎて軽々しくは手を出せない」と。　時代劇のプロでもそうおっしゃるくらいなんです。

──そんなときはどうやって乗りきるのですか？

　扱いたくても描きにくいテーマはたくさんあります。　甲午農民戦争※9や済州島4・3事件※10もそうですし、「恋人〜あの日聞いた花の咲く音〜」の

※7　朝鮮半島に伝わる説話。新国建国を目指した童子が為政者に殺される話

※8　「宮廷女官チャングムの誓い」(04)「イ・サン」(07)「トンイ」(10)などの歴史ドラマで知られる演出家

※9　1894年に起きた朝鮮王朝に対する農民による内乱。東学党の乱と呼ばれることも

※10　済州島で1948年に起きた。米軍政下の南朝鮮の単独選挙反対を掲げた青年らが武装蜂起し、これを弾圧する目的で軍まで投入され、3万人近い島民が虐殺された

背景である丙子の乱もやはり難しかったですね。そこで、「逆賊」のときに『怪力童子ウトゥリ』をオマージュしたように、「恋人」では、映画『風と共に去りぬ』(39／米)を繰り返し頭の中でイメージしました。映画に描かれた葛藤や希望、そして美しさを、丙子の乱当時の状況と重ね合わせることでドラマに入りやすくなり、その時代を生きた人々のストーリーに説得力をもたせることができると思ったんです。

偏った見方で決めつけてしまわないように

——ファンさんの作品に共通するのは「底辺からの革命」です。民の切なる願いや、民が平等の実現のために立ち上がる姿などが描かれました。

　この質問についてじっくり考えてみたのですが、確かに私は、当たり前に私腹を肥やそうとする人たちに抗いたくなる性格ではありますが、ことドラマを書くときに関しては、面白いストーリーや視聴者と共感したいという気持ちのほうが勝っているようです。楽しんでもらうためには、きちんとした話のつながりが必要ですし、そのつながりがより具体的であるほど説得力が増しますよね。例えば「逆賊」では、資料調査を進めるうちに、「燕山君時代に行方をくらましたホン・ギルドンが全国を揺るがす武装反乱を起こした」という仮説が十分に成り立つのではないかと感じたんです。それくらい大胆で型破りな姿を見せてくれたギルドンだからこそ、民衆に愛され、今日まで語り継がれてきたのだろうと思いました。そう考えると、私が革命を描きたくて人物を引っ張ってきたというより、人物について研究していくうちに、自然と革命的な出来事にたどり着いたというほうが正しいかもしれません。

　それと私は、どんな人にもそれ相応の事情があったのだと考えるタイプで

す。仮にそれが悪人であっても、です。あえて美化したり同情を誘うような方法をとらずとも、その人のおかれた状況や人間関係を具体的に見せてあげるだけでも、理解が得られる余地は十分あると思うんですよね。

――どんなに悪人でも、広い心で受け入れてみるということですね。

そういった視点から「逆賊」の燕山君（キム・ジソク）も、史実に基づいて描くように心掛けました。ちなみに最新作の「恋人」にも仁祖※11（キム・ジョンテ）が登場しますが、彼は勢力を増す清に対抗すべく策を講じるものの、結局は敗戦国の王に成り下がります。しかし私はこう思いました。難局を切り抜けるほどの才に欠けていたとはいえ、非凡の才がなかったことを批判してもいいのだろうか、と。もちろん仁祖に対して、同情したり哀れんだりするつもりはありませんが、視聴者には、仁祖の心がなぜ壊れてしまったかについてもう少し深いところまで覗いてもらえたらと思いました。例え仁祖であっても私たちとそう変わらないのだと。実際、最近ではこのような歴史上の人物に対する再評価の観点を含んだ研究も盛んに行われています。私も、悪役の感情や、そうなるに至った経緯を作品のなかで見せるようにしたいと考えているんです。

※11　朝鮮王朝16代王。燕山君と並ぶ暴君として知られる

できるだけ真実に近づけられるように

——ファンさんの描く悪役はいつも印象的です。回を追うごとにじわじわ変貌していく描写が丁寧だからでしょうか。しかし、ドラマの視聴者が主人公を応援し、アンタゴニスト（敵役）を牽制するという構図を作るには、悪役を共通悪として作り上げなければなりませんよね。その狭間ではどうしても悩みが生じるのではないでしょうか?

　そこが私の作品の視聴率が振るわない理由でしょうね（笑）。悪役が強烈であるほど視聴者を引きつける起爆剤になると思うんですが、少し私に大衆との共感力が足りないのかもしれません。なるべく自分の好みだけに引っ張られないよう気をつけてはいますが、今はまだ、ひとりの人物に焦点を当てていろいろな側面を描きながら、人間を洞察するような物語に魅力を感じているんです。

——これまでの作品についてもうかがいたいと思います。「絶頂」では国の独立を切に願うイ・ユクサの信念を描いていますが、ストーリーを構成するうえでもっとも大切にしたポイントは何でしょうか?

　詩人である李陸史の話をどの方向から伝えるかですね。李陸史には本妻とは別に恋人がいたので、その三角関係を中心に彼の生涯を描くこともできますし、家族の人生もまた波瀾万丈なものだったので、家族を中心にストーリーを作ることもできます。このようにさまざまな選択肢があるなかで、私は李陸史の詩を前面に打ち出したいと思いました。試練が訪れるたびに、彼がどんな思いでその詩を書いたのかが知りたかったんです。そこで壁に李陸史の年表を貼って、その下にそれぞれの時期に書いた詩を書き込み、彼の人生と詩にどんなつながりがあるのか、また彼の"絶頂"とは何かを考えました。彼の人生と作品を結び合わせることに力を注ぎました。

——さまざまなキーワードから中心となるものをすくい上げたのですね。

そのとおりです。 草案を練る過程で範囲を絞って具体的な枠組みを作ること、そしてそこから本当の物語を引き出すこと。 それをいちばん大事にしています。

――どちらか一方に偏ることなく、フラットな視点で描くためでしょうか？ 歴史ドラマとなると、そのあたりへの配慮が求められそうですね。

　不可能だとしても、限りなく真実に近い物語を書きたいからです。 数百年前の出来事ですから、どうあがいても真相を知ることはできませんが、それでもなるべく真実に近づけたいと思っています。 例えば今回の「恋人」でいうと、崔鳴吉（チェ・ミョンギル）と金尚憲（キム・サンホン）の対立について、これまでの史観では、それぞれ和親派と主戦派による、実利か名分か、あるいは生存か義理かという「価値観の対立」が強調されていましたが、研究資料や実録をじっくり見ていたら、どちらも第一に考えていたのは「王を守ること」だったと気づいたんです。 王は国の象徴ですから、その守備方法のすれ違いから、南漢山城（ナムハンサンソン）※12の門を開ける開けないで激しく対立したのでしょう。 丙子の乱以前にも、靖康の変という、女真族の侵入を防げずに皇帝たちが捕らえられて北宋が滅亡した事件があったので、当時の大臣たちも北宋の二の舞を激しく恐れたのだと思います。

再解釈で見せる新たな世界

――「絶頂」に続く「帝王の娘スベクヒャン」でも、台詞に古語や詩的な表現が多く活用されています。 戦闘や策略が続く強烈なストーリーのなかで、それらがどんな働きをすると考えましたか？

　悲壮感のなかに漂うリリカルな一瞬に美しさを感じるので、自分の脚本でもそんな美しさを表現してみたいと果敢にチャレンジしているんです。

※12　仁祖の代に本格的に整備された防御用の城。丙子の乱では仁祖と朝鮮軍が籠城した

「私の毎日は、同じことの繰り返しです。昨日も今日も、きっと明日も変わりません。でも不思議なことに退屈じゃないんですよね。今後、軽く20年は繰り返せそうです」

また、相反する感情の交差も面白いので、ドラマの構成を考えるときも、冷酷なシーンのあとに感情が揺さぶられる要素を入れたり、悲壮なシーンのあとに笑いを入れたりします。 両極端なものが調和すると、物語がいっそう豊かに見えるんですよね。

——「逆賊」は小説『洪吉童伝』をモチーフに再解釈しています。 一度は怪力童子としての力を失ったホン・ギルドンが再び力を取り戻したり、行商人として自由を求めたりします。 また、原作小説に登場する義賊団の活貧党（ファルビンダン）は活彬亭（ファルビンジョン）という新たな場として生まれ変わりました。 再解釈の過程について教えてください。

　もしホン・ギルドンが燕山君と対立して武装蜂起した存在だとしたら、そのホン・ギルドンはどうやって誕生したのだろう……と想像してみました。 すると、どこか朝鮮版のマフィアのように思えたんです。 それも、ある程度の組織力と軍事力を兼ね備えた巨大なマフィア。 しかしその一大勢力が生まれる前に、彼を育て上げ、彼の能力まで見出した父親の物語も一緒に

確かな物語を作るための資料探し

　ストーリーに説得力をもたせるためには、念入りな資料集めが欠かせない。そのためにはどこまでも多読家となり、テーマに関する論文や記事、研究資料を読みあさるというファン・ジニョンさん。彼女の情報修得術は3段階となっている。
「一度読んだだけではなかなか理解できないので、2回精読して、3回目からは線を引きながら必要な情報をチェックしていきます。それから自分の脳内フォルダにそれらをすべて書き写します」
　このようなステップを踏むことで、いざ脚本を書きはじめる頃には資料にあたらずともアイディアがすらすらと浮かんでくるのだそうだ。

描きたいと思いました。「恋人」が映画『風と共に去りぬ』をモチーフに書いたように、「逆賊」は映画『ゴッドファーザー』(72／米) を、なかでもマイケル・コルレオーネ（アル・パチーノ）とドン・コルレオーネ（マーロン・ブランド）の関係性を念頭におきました。また、小説のホン・ギルドンは庶子として生まれたことに強い憤りを感じているのですが、私には彼がそんなことにこだわっているように思えなくて。むしろその処遇に不満を募らせていたのは民のほうだったのではないでしょうか。燕山君の圧政に苦しむ民が、ホン・ギルドンに傾倒するあまり「ホン・ギルドンは本当は賤民なんかじゃなくてロイヤルファミリーなんだ。ただ庶子なだけで」な

んて想像したのではないかって。こんなふうにして「逆賊」が誕生しました。燕山君の時代に起こった史実を基にしたファンタジーであり、再解釈です。

──歴史上の出来事に手を加え、新しい物語を生み出してらっしゃいますが、このようにして作品を作ることは、ファンさんにとってどんな意味があるのでしょうか?

　私の毎日は、同じことの繰り返しです。昨日も今日も、きっと明日も変わりません。でも不思議なことに退屈じゃないんですよね。今後、軽く20年は繰り返せそうです。というのもひとりで脚本を書いている時間もひとりだという感覚がなくて、むしろ、いろんな人と会話をしながら多様な意見に耳を傾けているような、そんな気分でいるんです。

──たくさんのスタッフが効率よくドラマ撮影を行うには、脚本の役割が重要になりそうですね。

　正確な情報が書かれた脚本が必要だと思います。結局、コンテンツの始まりは脚本ですからね。人によって手法もさまざまですが、私は頭の中で描いたイメージや演技のトーンなどを、なるべくわかりやすく脚本に盛り込むようにしています。脚本を見ただけで、それぞれのチームが同じ画(え)を思い浮かべられるように、そして撮影がより円滑に進められるように、脚本家ができるだけ具体的な脚本を提供すべきだと思っています。

──最新作「恋人」が放送を控えていますね※13。撮影の真っ最中だとうかがいましたが、今作ではどんな点が期待できるでしょうか?

　丙子の乱と、その後の朝鮮を描いたドラマになっています。このドラマではジャンヒョン(ナムグン・ミン)とギルチェ(アン・ウンジン)のラブストーリー以外にも、特に捕虜として清に連行されていった人々にスポットを当てています。捕虜は無数にいたはずなのに、ほとんど記録に残されていないんです。ヴィジュアル面では、時代劇をより楽しめるようにと、演出の

※13　取材当時。のちに韓国では2023年8月〜11月に放送された

キム・ソンヨン監督もセット、小道具、衣装などディテールのひとつひとつ
に気を配っています。そして何よりも、情熱の何たるかを見せてくれるナ
ムグン・ミンさんと、キラキラ輝くアン・ウンジンさんの演技に期待してい
ます。優美な画の中に描かれる切ないシーンを楽しみにしていてください。

《 Epilogue 》...

「みなさんが私のことを『脚本家』と呼びますが、私自身は『語りべ』に近
いと思っています。大きな可能性を秘めた話の種を、密度の高い魅力的な
物語に完成させたときの爽快感は格別です」

　ファンさんは語りべとして天性の才能をもっている。ひとつのテーマを
丁寧に掘り下げる執念深さと、集めた資料のなかから必要な情報を取捨選
択する能力こそが彼女の最大の武器だ。誰かが決めた定義を鵜呑みにする
のではなく、自身の分析を基に再解釈してみせたり、コツコツと引き出し
をアイディアで満たそうとする姿勢は常に輝きを放つ。

　このように彼女が優れた語りべであることを証明するものはたくさんあ
るが、今回のロングインタビューを通じてもっとも印象的だったのは、自
身が選んだ人物を心の底から愛しているということだ。なぜ"創造した"
人物ではなく"選んだ"人物なのかというと、歴史をモチーフにして生み出
した人物について描くという、彼女ならではの手法が根底にあるからだ。「こ
の世に理解できない人などいない」という彼女の言葉どおり、どんな人物
でも彼女の手にかかれば、視聴者からの理解や共感が得られるのはそのた
めだ。明るい日差しが降り注ぐ彼女の作業部屋を眺めながら、どれほど多
くの歴史上の人物が脚本家ファン・ジニョンに会いたがっているのか想像
してみた。彼らはいつか、ドラマを通じて新たに生まれ変わる。

22

ユ・ボラ

「あなたに似た人」「ただ愛する仲」

小さな善意で築き上げた世界

TEXT:イ・イェジ〈コスモポリタン〉フィーチャーディレクター　PHOTO:チョン・ヨンイル〈ハンギョレ21〉専任記者

女の敵も、女の味方も、女だ。ヒジュ（コ・ヒョンジョン）とヘウォン（シン・ヒョンビン）が激しく火花を散らすドラマ「あなたに似た人」や、チョンブン（キム・ヒャンギ）とヨンエ（キム・セロン）が支え合う「雪道」※1を見ると、そう思う。登場人物たちに注がれるその眼差しから、ユ・ボラさんが情に厚く、とりわけ女性が生きる世界に対して格別な愛情を注ぐ脚本家であることをうかがい知ることができる。「いつか必ず、日本植民地時代に独立運動家として先頭に立つひとりの少女の軌跡を描いてみせる」と、凛とした面持ちで話してくれたユさん。

　「ただ愛する仲」※2では三豊（サンプン）デパート崩壊事故やセウォル号沈没事故をモチーフにトラウマを抱えながらも普通に生きようとする人々の物語を、「秘密」※3では恋人の罪をかぶって代わりに償う女性を軸に壮絶な復讐劇を執筆し、レギュラードラマデビュー前には、「ヨヌの夏」など※4で多様な人間模様を描いて「短編ドラマの匠」とも呼ばれたユさんにインタビューを試みることにした。

　事務所のドアを開けるや保護猫出身の愛猫ポリが「ニャー」という鳴き声とともに出迎えてくれた。「手をつないで横断歩道を渡る子ども、倒れた立て看板を起こしていく人、猫を見かければ『やぁ！』と声をかけていく人に魅せられ、壮絶な人生を懸命に生きる人々を描いた話に魅力を感じ、見返りを求めない善を信じる」と語った、ユさんとの繊細で力強い対話をお届けする。

※1　2015年にKBSが制作した光復70周年の三一節特集ドラマ。2017年には再編集して映画化された。慰安婦を題材に2人の少女の友情を描く

※2　ショッピングモールの崩壊事故で生き残ったもののトラウマを抱える2人の男女を描いた2017年作品。イ・ジュノとウォン・ジナが主演をつとめた

※3　2013年のミニシリーズ。チソン、ファン・ジョンウムらが出演した愛と復讐のサスペンス

※4　2012年〜2014年にKBSの短編ドラマ枠「ドラマスペシャル」で5篇を執筆した

※5　高校時代に壮絶ないじめを受けた女性の復讐を描くソン・ヘギョ主演のヒューマンサスペンス。2022〜23年作品

※6　2023年に放送されたイ・ジェフン主演のアクションサスペンス。2021年のヒットを受けて制作された続編

女が女を見つめる感情を突き詰める

――コ・ヒョンジョンとシン・ヒョンビンが熱演したドラマ「あなたに似た人」を見ましたが、とても面白かったです。復讐というのは非常に強烈なモチーフですよね。最近の「ザ・グローリー～輝かしき復讐～」[※5]の大ヒットもそうですが、復讐ものは人気が高いですね。

　今、放送している「復讐代行人2～模範タクシー～」[※6]も人気がありますよね。現実で罰せられるべき人たちがそうならない社会だから、代わりに罰を与えて懲らしめてほしいという強い願望の表れだと思います。現実社会にスカッとする話がないというのもありますし。ニヒリズムに陥るよりは、せめてドラマででもそういった渇望を満たすほうがましでしょう。実はそういう面で、「あなたに似た人」は、個人的には失敗だったと思っているんです。復讐劇で視聴者に爽快感とカタルシスを与えるためには、視聴者が主人公に肩入れして「復讐相手が破滅してしまえばいいのに」という気持ちになるよう仕向けるべきなのに、私は（主人公である）ヘウォンに完全に感情移入することができず、かといって対するヒジュのことも心から憎めはしないという複雑な人物像を作ってしまったのですから。ストーリーはシンプルなのがいち

「あなたに似た人」 写真提供：JTBC

ばんなのに、こう書きたいという自分の欲が先走ってしまいましたね。

――「あなたに似た人」は、ひとりの女性が自分とどことなく似ているほかの女性に対して抱く好奇心と憧れ、嫉妬心と愛憎が立体的に描かれていた点がよかったと思います。女同士が対立するその隙間に割り込んでくる男は、欲望の対象であると同時に引き立て役のようでもありました。

　原作小説[※7]にも2人の女性の関係性が本当に魅力的に描かれていたのでドラマ化しようと決めました。ただ、もう少し密度の濃い脚本にできなかったかと悔いも残ります。「浮気したのなら男を懲らしめないと。どうして女を懲らしめるんだ」というような視聴者の意見もありましたが、私は女同士の関係に焦点を当てたかったんです。

――《すべての物語には始まりがある。――私の物語の始まりは、やはり、あなただ》というヒジュのナレーションと同時に画面は男との回想シーンを映し出し、次に目の前のヘウォンのカットに切り替わります（第3話）。おっしゃっていた意図が、ありありと見て取れました。

　2人はお互いにとって分身のような存在だったんです。ヘウォンも恋人に裏切られたことよりも、いちばん信じていたヒジュという存在に裏切られたという気持ちのほうが大きかった。単純に、浮気したから復讐してやるというわけではなく、ヒジュが正直に話してくれれば身を引いたのに、そうしてくれなかったことに深く傷ついたんです。

――そういえば、新人作家キム・ファジンさんの小説『ナジュについて』（未邦訳）には、自分の恋人に対してではなく、その恋人が前につきあっていた彼女のほうに執着する女性が出てきます。

　実際、そうじゃありませんか？　自分の恋人がどんな人とつきあっていたのか、別れたら誰とつきあうのか、そんなことがすごく気になって「前の彼女はどんな人だったんだろう」「その人のどういうところが好きだったんだろう」なんてつい考えてしまいますよね？（笑）

※7　2012年に「若い作家賞」を受賞したチョン・ソヨンによる同名作。初の小説集『ミスする人間』に収録され、2021年に『あなたに似た人』と改題して再出版されている

——女性は本当に女性が好きですよね。 だから憎んだりもするのでしょうね（笑）。

　私たちはそうした話に目がないですよね。 原作者のチョン・ソヒョンさんの小説にも、女性主人公が若い女性に対し、自分の若い頃を彷彿とさせつつも、貧しさをものともせず輝いている姿に感心する場面があるんです。 そうした感情をもっと深く知りたいと思っています。

——ユさんは「秘密」のユジョン（ファン・ジョンウム）や「雪道」のチョンブンのようにくじけないヒロイン像に対する愛情があるようですね。

「秘密」は企画がかなり進行した段階から参加した作品だったので、台本を書いたらすぐに撮影に入るという状況でした。 切羽詰まっていたせいか、前だけを見て進むまっすぐなヒロイン像に拍車がかかり、爽快感が増していきました。 私はこんなキャラクターをもっと見たいですね。 近頃は、女性の物語をただ描くのではなく、そこに面白さまで加わった作品やキャラクターがたくさん生まれてきているのでうれしいです。

——ユさんにも「あなたに似た人」や「秘密」の主人公のように、誰かを愛し、憎んだ経験がおありなのでしょうか？

　私なら嫌気がさした瞬間に終わりで、ドラマにもなりませんね。 私みたいな人間を登場させるなら、映画『アナザーラウンド』（20／デンマーク）のような、自暴自棄になって酒におぼれる物語がベストでしょう（笑）。

高校時代に経験した、
聖水大橋と三豊デパートの崩壊事故

——女性２人が中心になる話がお好きなようですね。「雪道」でも慰安婦として連れていかれたチョンブンとヨンエの絆を見事に描ききっていらっしゃ

いました。《死ぬのが怖いんじゃない、死ねずに生きているほうがもっと怖いのよ》という孤高なヨンエに対し、《死ぬのなんかいつでもできる、生きて帰らなきゃ》となだめる気丈なチョンブン。2人のキャラクターを対比させながらストーリーを展開させたのは、どういう意図からでしょうか?

　私は、スーパーマンみたいに優秀な人物がすべて解決していくストーリーよりも、まるで違う2人が、欠けた部分をも尊重し補い合っていくストーリーが好きなんです。 圧倒的な力で抑えつけられた植民地下では、社会的弱者であるチョンブンだけでなく、志が高くエリート階級だと自負していたヨンエまでもが同じ境遇に立たされます。 そんな彼女たちがどんな絆を見せるのか描きたかったんです。 私が男性を主人公にしないのは、私の中にあるロマンに近い男性像を描いてしまうからなんです。 そうなると現実味に欠けてしまうので。 私にとって女性を主人公にすることは自然なことなんです。
——「ただ愛する仲」は、セウォル号沈没事故※8と三豊デパート崩壊事故※9、そして聖水大橋崩落事故※10をモチーフにした作品ですが、PTSDを描写しながらも癒やしを届けるドラマになっていますね。 ストーリーには意図的でもそうでなくても時代が反映されるものですが、ユさんの脚本からは常に時事的な部分がはっきりと感じ取れます。

※8　2014年4月16日に発生。乗客・乗員476人を乗せた大型旅客船が珍島沖で転覆し、304人の命が奪われた。そのうち250人は修学旅行中の高校生だった

※9　1995年6月29日に発生。1500人近い死傷者を出した。不正工事が原因とされる

※10　1994年10月21日に発生。ソウルの漢江に架かる橋が崩落し、通勤・通学中の市民が多数犠牲となった

※11　孤独な女子中学生の揺れる思いを繊細に描き、世界各国で高い評価を得たキム・ボラ監督の長編デビュー作。聖水大橋崩落事故の起きた1994年が背景となっている。2018年作品

※12　大手製パンチェーンの工場で20代の女性従業員が機械に挟まれて死亡した事故。この工場では2017年から40人近い死傷者を出していたにもかかわらず対策をおろそかにしていたことが明るみに出た

※13　新堂駅の女子トイレで巡回中だった20代の女性駅員が同僚の男性にストーキングされ、殺害された事件

※14　ハロウィンの人出でにぎわう梨泰院で、狭い路地に密集した人が倒れ込む群集雪崩が起き、150人以上の若者が犠牲となった雑踏事故。当局の事故予防対策に不備があったとされる

いちばん多感な高校生の時期に聖水大橋が崩落し、三豊デパートが崩壊しました。 聖水大橋も三豊デパートも、私が通っていた高校からそう遠くありませんでした。 聖水大橋が崩落した日、先生たちが授業を中断して出席者を確認していた姿が今でも目に焼きついています。 (2014年に) セウォル号沈没事故が起きたとき、その当時の無力感と絶望感が蘇ってきてしまいました。 起きてしまったことはもう取り返しがつきませんが、納得できる対応で事態の収拾にあたっていれば、それだけでもある意味では慰められたと思うんです。 しかし、この社会ではそれがありませんでしたよね。 だから「ただ愛する仲」や、映画『はちどり』※11のような作品が生まれたのではないでしょうか。

――世界情勢への関心も高そうですね。

気になることが多すぎて大変です。 関心が尽きないので、暗い世の中を見てうしろ向きな考えにとらわれすぎないよう努力しています。 私は冷笑的な態度がいちばんよくないと思っているので、できるかぎり、そうならないように努めているんです。

芸術に希望がもてるのは責任を論じるから

――2022年に相次いで起きた事件（製パン工場で犠牲になった労働者※12、新堂駅で殺害された女性※13、梨泰院で息絶えた若者たち※14）を見るにつけ、同じことが繰り返されていると思わざるをえません。

私は、希望がもてる社会にしていくには、明らかな過ちに対してきちんと責任をとるという姿勢がなくてはならないと考えています。 二度と繰り返さないように努力し、対策をすれば前には進めるのです。 ところが誰も責任をとることなくうやむやにするから、結局はシラケた空気だけを残して

終わるしかなくなってしまう。 この社会はもう終わってる、どうせ変わらないという風潮。 私がいちばん恐れているのはそこなんです。 事の大小にかかわらず、責任をきちんととることのできる社会であってほしい。 それでも最近のドラマや映画、小説に希望を見いだせるのは、そうした社会的イシューを風化させないように努力しているからです。 だから絶望することはないと思っています。

──ユさんをヒット脚本家に押し上げたドラマ「秘密」を久しぶりに見返しました。 あらためて見てみると、男性主人公がヒロインに壁ドンしたり、無理やり引っぱっていって力でねじ伏せたり、カッとなって声を張り上げたりと、刺激的なドラマだなと感じました。

　今見返すと俗っぽいシーンばかりじゃないですか？　最近、昔のドラマや映画を見ると、よくもまあ、あのときはあんな言葉をぬけぬけと使ってたものだと思いますね（笑）。（壁ドンや強引にという表現も）当時はそれが変だとは思わなかったんですよ。 むしろ、これなら視聴者が喜ぶかもしれないと思いながら書いていました。 私ひとりですらこんなに意識が変わるんですから、私たちがどんなに悲観的な話をしても、社会は確実に少しずつ、本当に少しずつでもよくなっていっているんだという気がします。 若い人

ユ・ボラさんが執筆する
デスク

たちは1980〜90年代をまるでユートピアのように美化することがありますが、私は思い出すんですよ。隣の家のおばさんがいつも夫に殴られたあざを隠すためにサングラスをして生活していたことや、おじさんが平気で女の子を触りながら「君がかわいいからだよ」と言っていたこと、親が人の目も気にせず自分の子どもを叩いていたこと、いつもどこからか聞こえてくる母親たちの悲鳴、女性たちが逃げる足音や、子どもの泣き声まで。その当時に比べれば今は本当によくなったと思いませんか？ ほんの少しずつだけど前進していると思います。

語りべがいなくて忘れ去られた独立運動家の女性たち

——レギュラードラマのデビュー前は短編ドラマの匠でしたよね。「ヨヌの夏」は名作だと思います。「ヘラサギ、飛んで行く」「僕はきみのために強くなる」「サングォン」「青春、18歳の海」など、さまざまな階級の社会問題を取り上げていました。

　短編ドラマはストーリーをわりと自由に作れるので思い入れが強いですね。新人の脚本家や演出家も多く、仕上がりが多少粗削りでも作品にかける思いは相当なものです。OTT※15の時代とはいいますが、今でも放送局の短編ドラマのシナリオコンクールは続いています。そういえば、「青春、18歳の海」のもともとのタイトルは「18歳」だったんですが、セウォル号沈没事故が起きて、犠牲者のほとんどが18歳だったから変更しなさいというどこかからのお達しがあって、「青春」に変更しました※16。

——脚本の力はどのようなところにあると思いますか？

　すべての共同作業の基本は台本という名の印刷物です。責任重大ですよ。すべての人を満足させることはできないにせよ、少なくとも理解できる話を

※15　Over-The-Topの略。インターネット回線を通じてコンテンツを配信するストリーミングサービス
※16　日本では「青春、18歳の海」のタイトルで放送された

書かなくてはいけないので。だからといって振りまわされてもダメですし。結局、脚本の力というのは「なぜ自分がこの話を書こうと思ったのか」ということを常に忘れないところから湧き続けるんだと思います。脚本家として自分が書こうとしたことを、確固たる意思をもって振りまわされずに書ききること。時代が変わっても脚本の力は、今も昔も、そして未来にも及んでいくと思います。

——ユさんを執筆へと突き動かす原動力は何でしょうか？

契約です。私に契約金を支払ってくれる制作会社が損をしないでほしいという思いが、脚本を書く原動力になります。それがなければ私なんて何もできないですよ（笑）。「みんなが君の台本を心待ちにしてるんだ」という言葉が、私のエネルギーになっています。

——脚本はどのように書きはじめるのでしょうか？

こんなシーンを書きたい、それなら、このシーンに出てくる人物はこんな人だったらいいな……と、ストーリーはこのように生まれていきます。「人間劇場」※17などを見るのが好きなんですが、自分が経験しえない誰かの人生を覗いていると、描きたいシーンがふと思い浮かぶんです。

——今日のインタビューに付き添ってくれた愛猫ポリも、インスピレーションを与えてくれますか？

もちろんです。こうやって一緒にいてぼんやりとしていると、ポリが呼吸する音が聞こえてきて。ひとつの生命体が私と同じ空間にいるということに心が温かくなるような、そんな瞬間があるんです。この子に少しでもいい暮らしをさせてあげられるように、またがんばって書かなければという責任感が確実に湧いてきます。生きがいですね（笑）。

——これからぜひ書きたいという物語はありますか？

お会いするプロデューサーさんには必ずもちかけているアイディアがあるのですが、日本植民地時代の片田舎に住む少女が満州にいる兄を訪ねる

※17　KBSで2000年から放送されているドキュメンタリー番組

保護猫出身の愛猫ポリが
いつもそばにいる

道中記です。旅の過程で、有名無名の独立運動家の女性たちに出会い、純
情で引っ込み思案だった少女が何年もかけて満州に到着する頃には力強い
活動家になっているというストーリーです。調べてみると、独立運動をし
ていた女性の物語は男性に比べて取り上げられてきませんでした。その理
由を突き詰めていくと、男性の独立運動家には妻や子孫がいるので語り継
がれていくのですが、女性の場合、その多くが夫も子どももおらず（死後は）
忘れ去られるしかなかった。そんなこともあり、彼女たちにスポットを当て
たいと思っているんです。

見返りを求めない善意を信じたい

──今、どんな物語を書いていますか？

　人口減少社会についての物語を書いています。現在、韓国の出生率は0.78[※18]
なんですが、子どもを産みなさいといいながら、あいかわらず「子どもはお断
り」というノーキッズゾーンがそこかしこにあって、ママ虫[※19]という言葉
を無神経に使う時代です。子どもを産んだら偉いのか？という声も聞こえ
てきたりしますが、今の状況であれば間違いなく偉いですよ（笑）。生活を
サポートするとか、少なくとも出産が損にはならないと思ってもらえるよ
うにしないと。こんな現状をテーマにしたドラマになると思います。2023

※18　数値は2022年のもの。2023年は0.72となっている
※19　周囲に迷惑をかける非常識な母親を指すネットスラング

年中に撮影にまで漕ぎつけるのが目標です。

──何を美しいと思いますか？

　手を挙げて横断歩道を渡る子ども、道を歩いていてゴミを拾う人、倒れた看板を立て直す人、猫がいれば「やぁ！」と声をかけていく人、捨て犬を見て、どうしてこんなことをするのかと心を痛める人。私はそういう些細なことに美しさを感じます。

──それでは、どんな物語が面白いと思いますか？

　壮絶な物語ですね。懸命に生きて、力強く前に向かって進んでいく人たちの物語に魅力を感じます。そんな力強さが柔軟な社会へと導いてくれるものだと思います。だから「ザ・グローリー」も面白かったですし、少し前にドラマ「オリーヴ・キタリッジ」（14／米）を見たんですが、一生心に残るような最高のドラマでした。やたら気難しくて勝手気ままな老年女性が、もっと生きていたいというメッセージを投げかけます。私たちは「死んだほうがましだ」とか「老いたら死んだも同然だ」なんて軽々しく口にしますが、しぶとく生きるオリーヴの姿に感情移入しました。

──何を信じますか？

　見返りを求めない善意を信じたいですね。最近は、何らかの善意を施されても詐欺かもしれないから気をつけなきゃと疑念が先立つ時代です。だけど私は小さな善意を信じたいんです。いい儲け話があるんだけど教えてあげるよとか、そういうのではなくて（笑）。口ではそう言いながら、疑い深い私なのですが、小さな善意が集まって社会がよりよいものになると信じたいですね。

　久しぶりの再会だった。三一節^{※20}特集ドラマ「雪道」で賛辞を受けたユ
さんに話をうかがおうと、弊誌（『シネ21』）がインタビューを敢行してか
ら早いもので8年。彼女はイ・ジュノ、ウォン・ジナ主演の「ただ愛する仲」
に続いて、コ・ヒョンジョン、シン・ヒョンビン主演の「あなたに似た人」まで、
2つの商業的ヒット作を生み出した中堅脚本家になっていた。すっかり円
熟味が増したいい大人になったともいえる。あいかわらず自身の脚本に対
して厳しく謙虚だが、自分が美しいと思うこと、面白いと思うこと、信じる
ことを聞けばすぐにきっぱりと答える人。そして、相手に自信をもって勧
めることができる人だ。ウィスキーとアロマキャンドルと本とメモで埋め
尽くされ、猫が優雅に歩き、ときにゴロゴロとのどを鳴らす音が響く、あま
りにも素敵な書斎に招待されて何となく気恥ずかしい思いがした。このイ
ンタビューを読んだ読者諸兄姉もそんな気持ちを一緒に感じてもらえたら
と思う。ユさんが必ず書いてみせると誓った、ひとりの少女が自信に満ち
た独立運動家になっていく物語をみなさんと一緒に心待ちにしながら。

22 ─ ユ・ボラ ─ 유보라

<hr>

※20　日本統治からの独立運動が始まった日を称えた祝日。3月1日

——書斎がとても素敵です。 お酒とアロマキャンドルがたくさん置いてありますね。

初めて部屋に入った瞬間にどんな香りがするかによって、その人の印象も変わりますよね。 だから、たくさん置いてるんです。 お酒の匂いをごまかす芳香剤にもなりますし（笑）。

——ウィスキーの瓶が多いですね。 執筆するときのいいパートナーなのでしょうか？

ウィスキーに凝っているんです。 チョコレートの香りがするものもあって、おつまみがなくてもぐいぐい飲めますよ。 私は集中力が続かないほうなので「今日のところは切り上げて一杯やるか」とか「さっさと寝て、明日また一から考え直そう」というときに飲んだりしますね。

——言葉が書かれた付箋がデスク脇にびっしりと貼られていますね。《くたばってもまだリングの上だ》というのは、最近見たコメディドラマ「タルサ・キング」(22／米) でシルベスター・スタローン演じる70代のマフィアが放つ台詞です。 私はいつも悩みながら脚本を書き、次も書けるかわからないとすぐ不安になるタイプです。 だからなのか、そのシーンがとても気に入って。 そしてこの《希望のために必要なものは確実性ではなく可能性だ。 すべての歴史は我々にこうした可能性を示してくれる》というのは、歴史学者ハワード・ジンの言葉で、私の昔からの座右の銘でもあります。 ずいぶん前に貼ったメモなんですが、最近は特に心に響きますね。 生きづ

らい世の中だけど、だからこそ何をしても無駄だと投げ出すのでは
なく、希望をもたなければ、そう信じてみたくなったんです。

——本棚には名著が並んでいますね。

　私の資料室ですね。じっくりと見極めて購入します。最近はチョン・
ヒョヌさんの『鉄くず日誌』（未邦訳）を読みましたが、非常に印象的
でした。好きな小説はチョン・ジアさんの『黒い部屋』（未邦訳）で
す。元政治犯の年老いた母親が40代の娘の部屋を眺めながら人生
を振り返るんですけど、これぞまさに文学だと思いました。『1917、
命をかけた伝令』（19／英米）や『ダンケルク』（17／英蘭仏米）のよ
うな作品を見ると説明的なエピソードがなくても「これぞ映画だ」
と感じませんか？　『黒い部屋』もそんな小説なんです。あらすじ
を簡単にまとめることはできませんが、ずっしりと胸に響く何かを
感じる読後感です。テオドール・カリファティデスの『もう一度書
けるだろうか』[21]は、77歳を迎えた作家が再び筆を持つことに対す
る自らの心情と向き合うさまを綴った本なんです。一文字も書かな
いことより、昔のようには書けていない文章を見ることのほうが怖かっ
たという作家が、無気力状態を乗り越えてもう一度ペンを取るとい
う内容で。「私ごときの物書きはただ書くしかない、謙虚に気を引き
締めていこう」という気持ちでこの本を読んでいます。

※21　韓国発売時のタイトル。原題は『Another Life: On Memory, Language, Love, and the Passage of
　　　Time』。未邦訳

「クオン インタビューシリーズ」は
さまざまな芸術の表現者とその作品について、
広く深く聞き出した密度の高い対談集です。

翻訳 : **岡崎暢子**（おかざきのぶこ）

韓日翻訳・編集者。1973年生まれ。出版社はじめ各種メディアで韓日翻訳に携わる。
『韓国テレビドラマコレクション』（キネマ旬報社）2015〜2020年まで編集統括。訳
書に『あやうく一生懸命生きるところだった』『教養としての「ラテン語の授業」』『人
生は「気分」が10割』（以上、ダイヤモンド社）、『頑張りすぎずに、気楽に』（ワニブッ
クス）、『K-POP時代を航海するコンサート演出記』（小学館）、『作文宿題が30分で書
ける！ 秘密のハーバード作文』（CCCメディアハウス）などがある。

クオン インタビューシリーズ 04

韓国ドラマを深く面白くする22人の脚本家たち

「梨泰院クラス」から「私の解放日誌」まで

2024年7月31日　初版第1刷発行

著者	ハンギョレ21、シネ21
翻訳	岡崎暢子
翻訳協力	小川陽子、諏訪さちこ、多比良友子、高松彩乃、田中千晴、谷口利佳、 中村晶子、藤本涼子、元永真、渡邊沙也香
編集	松渕寛之
デザイン・DTP	洪永愛
印刷	大盛印刷株式会社
発行人	永田金司　金承福
発行所	株式会社クオン
	〒101-0051東京都千代田区神田神保町1-7-3 三光堂ビル3階
	電話 03-5244-5426　FAX 03-5244-5428
	URL https://www.cuon.jp